HOW TO BE ALONE

如何独处

［美］乔纳森·弗兰岑 著　洪世民 译

南海出版公司

新经典文化股份有限公司
www.readinglife.com
出　品

献给凯茜·切特科维奇

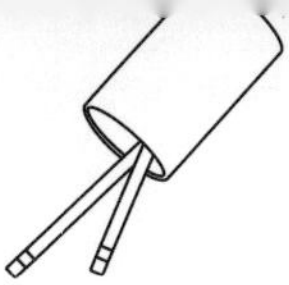

目录
Contents

作者的话

我耗时多年的第三本小说《纠正》，出版于世界贸易中心崩塌前一周。那似乎是自我和商业都应该默不作声的时候——套用尼克·卡拉韦的话，那是你希望“世界上所有人都身着军装，在道德上永远保持立正姿态”[①]的时刻。然而，在商言商。大难过后不到四十八小时，我又在接受采访了。

采访者对他们所称的“《哈泼氏》小品文”特别感兴趣。（没有一个人用杂志编辑赋予它的原始标题“偶尔做梦”[②]。）他们大多以这个问题开场：“在你一九九六年的《哈泼氏》小品文中，你曾保证你的第三本书会是一部大型社会小说，攻击主流文化、振兴

①引自 F. S. 菲茨杰拉德《了不起的盖茨比》第一章（邓若虚译本）。尼克·卡拉韦为该小说中的叙述者。

②原文为 Perchance to dream，来自莎士比亚戏剧《哈姆雷特》第三幕第一场哈姆雷特独白。

美国文学；你觉得《纠正》是否实现了这个诺言？”我对接下来每一位采访者都这样解释：不，相反，我在那篇文章里几乎未提我的第三本小说；所谓“保证”完全是空穴来风，是《纽约时报周日杂志》某个编辑或标题作者杜撰的；事实上，我非但没有承诺要写一本针砭主流的大型社会小说，反倒把那篇文章当成一个声明放弃种种抱负的机会。因为多数采访者并未读过那篇文章，而读过的极少数人又似乎对它有误解，所以我渐渐能熟练地对它的论点进行简明扼要的概括；直至十一月，在我第一百场还是第一百一十场采访时，我终于归纳出一小套妥当的说辞以正视听：“不，事实上，《哈泼氏》小品文是在讲我要放弃身为小说作者的社会责任感，去学习写一本具有趣味性、娱乐性的小说……”我实在困惑，甚至感到不止一点的委屈，竟无人能明察文中这个简单又明确的想法。我心想，这些媒体人可真是固执得愚蠢！

十二月时，我决定整理出一本随笔集，收录《偶尔做梦》全文，并澄清我在其中说过和没说过的话。但当我打开一九九六年四月份的《哈泼氏》杂志，却看到一篇显然出自我手的文章以五千字的抱怨开场，其尖叫声之刺耳、逻辑之匮乏，连我自己都看不下去。从五年前写了那篇文章至今，我竟已忘却我曾是一个满肚子怒气、满脑子理论的人。我曾认为美国人爱看电视、不读亨利·詹姆斯[①]是末日般令人担忧的事；也曾是

①亨利·詹姆斯（1843－1916），美国小说家、文学评论家，著有《一位女士的画像》《鸽翼》等。

那种狂热分子，深信既然世界无法认同其独特的信仰（对我来说即对文学的信仰），我们一定是活在末日时代。我曾认为美国的政治经济是个庞大的阴谋集团，目标就是阻挠我的艺术抱负、消灭人类文明中所有令我愉快的事物，并在此过程中强暴、谋害我们的星球。《哈泼氏》小品文的前三分之一就是由这等愤怒和绝望写成，满纸理论，怨气冲天，现在我自己看了都觉得害怕。

的确，早在一九九六年，我就企图以那篇随笔记录一个止步不前的小说家如何逃离愤怒思想的监牢。所以现在，有一部分的我想要重现它最初的面貌，算是对我年少轻狂的记录。但我想大部分读者都不会对这样的宣言感兴趣：

> 在我看来最清楚不过的是，假如有哪一位商业大亨或政府要员相信书有未来，我们就不会眼睁睁看着华盛顿和华尔街为一条信息高速公路疯狂筹募五千亿美金，那些拥护者嘴上念叨着此举会使阅读遭到蹂躏（“你得习惯在屏幕上阅读”），但还是无法掩饰他们内心对这种前景的漠视。

这一点点东西就够受的了，所以我行使了作者的权利，把那篇文章砍去四分之一，并彻底改写（还把标题改为“何必苦恼？”）。虽然文章还是很长，但我希望现在它读起来没那么累赘费劲，行文也较直截了当。别的不提，我希望至少能够指着它说：“看，这论点一目了然，就像我之前说的一样！”

适用于《哈泼氏》小品文的，同样也适用于这本随笔集。我想让这本书在某种程度上作为我挥别充满愤怒和恐惧的孤寂，转而接受——甚至颂扬——读者和作家身份的一种记录。这并不表示世上已经没那么多令人恼火和害怕的事了。我们国家对石油如饥似渴，这已经造就了两个布什总统和一次丑恶的海湾战争，眼看又要带领我们没入永无止境的中亚冲突。虽然你以为绝无可能，但现今美国人对美国政府的质疑似乎比一九九一年还少，而主流媒体可谓集体性倒向武力外交。就在国会再次否决放宽 SUV 节能标准的同时，福特汽车的总裁仍然可以在电视上忧国忧民地捍卫他们的产品，宣称美国人绝不能接受“任何种类的限制”。

尽管每天都有那么多离谱的新鲜事上演，我仍选择仅对本书其他文章做最低程度的修补。没有了世界贸易中心，《天下第一市》读起来会有点不一样；《帝国卧室》是在约翰·阿什克罗夫特[①]带着他对个人自由的漠视上台前完稿的；炭疽病[②]令美国邮政总局的状况雪上加霜，《迷失在邮件中》早已呈现其困境；奥普拉取消了她的读书俱乐部对我的邀请，让“精英主义”这

①约翰·阿什克罗夫特（1942－ ），美国律师、政治人物，2001 年至 2005 年担任布什政府总检察长。

②恐怖分子曾于 2001 年通过邮件寄送炭疽芽孢粉末到美国，引起恐慌。

个修饰语在好几篇文章里荧光闪闪。但对我而言，比起地方性特殊事件，这些文章共同的深层探究更为重要：在喧闹嘈杂、五光十色的大众文化中，如何维持个体性和复杂性，即，如何独处的问题。

二〇〇二年

父亲的脑

这是一段回忆。一九九六年二月一个多云的上午，我收到家母从圣路易斯寄来的邮件，是情人节包裹，含一张粉色浪漫贺卡、两根四盎司的 Mr. Goodbar 巧克力棒、一颗别在线圈上的心形镂空花纹饰品，以及一份神经病理学家做的家父的脑部尸检报告。

我记得那天上午灿烂而又阴郁的冬日之光，记得我把糖、卡片和饰品留在客厅，拿着尸检报告走进卧室，坐下来读。报告是这样开始的：大脑重 1255 克，有旁矢状面萎缩、脑沟增宽的现象。我记得我把克换算成磅，然后以我熟悉的超市包膜肉盒上的磅数想象它的重量。我记得我没有再读下去，便把报告放回了信封。

在过世前几年，父亲参加过华盛顿大学主办的一项以记忆与衰老为主题的研究，而参与者可获得的报酬之一就是一次免费的死后脑部解剖。我怀疑那项研究还提供其他监测或治疗作为答谢，才会让喜爱各种赠品的家母坚持要家父去当志愿者。另外，她之所以把尸检报告放进我的情人节包裹，节俭或许是唯一有意识的动机。这样可以省下三十二美分的邮资。

我对那个二月上午最清晰的记忆兼具视觉性和空间性：黄色的 Mr. Goodbar，我从客厅到卧房的移动，恰好处在冬至和春分正中间的那日近午时分的光。但我心知肚明，就连这些记忆也不可信。据最新理论——植根于近二十年大量神经学和心理学研究——大脑并非记忆的相册，不能把记忆像不变的照片那般分散储存。记忆，套用心理学家丹尼尔·沙赫特的说法，是行为的“暂时群集”——一种神经回路必要的类刺激，可将感觉意象和语义数据结合为短暂感知，让我们记住整件事。不过，鲜有意象与数据是某特定回忆的独有财产。一如我在那个情人节上午的体验所披露，我的大脑依赖“红色”“心形”和“Mr. Goodbar”这些已有的子集；窗外的灰色天空如同其他数千个冬日上午一般熟悉；而我已经拥有数千万个神经元来专门构成我母亲的形象——对邮资锱铢必较、对孩子多情依恋、对我父亲余怒未消以及匪夷所思的不谙世故等等。因此，据最新模拟，我对那天上午的记忆是由一组脑部相关区域之间的固定神经链接和对整个群集的预先配置构成的：一旦回路中有任一部分接受刺激，整个群集就会被“点燃”，同时产生化学和电力作用。现在，只要你说“Mr. Goodbar”一词并让我进行自由联想，我如果不说黛安·基顿[①]，就一定会说“脑部尸检”。

就算我现在才第一次这样疏浚我的情人节回忆，它还是会如此运转。但事实上，从那以后，我无数次回想过那个二月的上午。我把这件事告诉兄长，把它当成“离奇母亲事件”跟我喜好这类事的朋友分享。我甚至——说来丢脸——向完全不熟的人透露过。后继的每一次重新整理和重新叙述都巩固了建构那段记忆的意象与知识。而在细胞层次，据神经学家的说法，我每一次都在加深那段记忆，强化各神经元之间的树状连接，进而鼓励大脑启动特定的神经无突触群。我们大脑最强的适应力之一，就是我们能够忘却几乎每一件已经发生的事，这也是让我们的灰质远比任何已发明的机器（例如我的笔记本电脑混乱的硬盘，或是坚持巨细靡遗地回忆《飞越比佛利》某粉丝网站一九九八年十一月二十日最后更新内容的万维网）聪明的特质。关于过往，我留下了笼统、极具类别性的记忆（在西班牙待过一年，多次前往东六街的印度餐厅用餐），而对相关具体情节的记忆则较少。我留存的记忆是我常去回想、因此不断获得强化的。无论从形态学还是电化学来看，它们真的成为我大脑构成的一部分了。

这种记忆模式——我是门外汉，在这里只能做松散、概括性的说明——让我身体里的那个业余科学家兴奋起来。的确，

①黛安·基顿（1946－ ），美国电影演员、导演和制作人，曾在电影《寻找古德巴先生》（*Looking for Mr. Goodbar*）中扮演女主角。

我的记忆就是这样模糊而又鲜明，而一想到神经网这般不费吹灰之力地以大规模并行的方式进行自我协调，创造出我鬼魅般的知觉和出奇牢固的自我意识，我不禁肃然起敬。人脑是由一千亿甚或多达两千亿个神经元织成的网，有数兆个轴突和树突经由至少五十种化学传导物质交换千兆信息。这个我们赖以观察和感知宇宙万物的器官，绝对是我们在这个宇宙中所知的最复杂的物体，远超其他。

但它也是一小块肉。某刻，或许是情人节那天晚些时候，我强迫自己读完了那篇尸检报告。其中包含一段对家父脑部的“微观描述”：

> 额叶、顶叶、枕叶、颞叶的大脑皮质显现出许多老年斑块，主要为弥漫型，极少数有神经元纤维缠结。在HE染色切片中可轻易检查出雷维氏小体。杏仁核显现出斑块、零散缠结和轻微的神经元损伤。

在九个月前我们于当地报纸刊登的启事中，家母坚持要说父亲是“久病辞世”。她喜欢这个词的正式和含蓄，但也不难听出她在其中的抱怨，她在“久”字上加重的语气。病理学家在家父大脑中鉴定出老年斑，足以——唯有通过验尸——证实这些年来她夜以继日奋力对抗的真相：一如其他数百万美国人，家父患有阿尔兹海默症。

这是他的病。你也可以说，这是他的故事。但你只能容我娓娓道来。

阿尔兹海默症是典型的渐发性疾病。因为就连健康的人也会随年岁增长变得愈发健忘，我们无法准确指出最先受其侵害的记忆。家父的病况尤其令人气结，他不仅郁郁寡欢、沉默寡言、轻微耳聋，还因其他病痛大量服药。长久以来，把他的不知所云归咎于听力受损、健忘归咎于抑郁、幻觉归咎于药物似乎相当合理，而我们也正是这样推论的。

对于家父刚开始衰老的那几年，历历在我脑海的是事情本身而不是他。事实上，令我多少有点惊愕的是，我本人竟然在自己的记忆里占了那么大的分量，父母只是配角。不过，那些年我住得离家很远。我的信息主要来自母亲对父亲的抱怨，而我对此向来持保留态度，因为我几乎一生都在听她抱怨。

关于我父母的婚姻，可以肯定地说：不怎么美满。他们始终在一起是为了孩子，也因为不觉得离婚会让他们快乐一些。只要家父在工作，他们就能各据一方，分别在家里和公司享受自主，但自他一九八一年满六十六岁退休，两人便开始不舍昼夜地在他们装修舒适的郊区别墅里上演《密室》[①]。当我像联合

①法国存在主义剧作家让－保罗·萨特创作的剧本，描写三个甫死之人被关在地狱的密室里，只能通过别人的目光来界定自己。地狱里虽无刑具，但三人的相处就足以折磨彼此。

国维和部队一样短暂探视时，他们俩都会热切地向我控诉对方。

不同于家母一生住院近三十次，家父在退休前健康状况良好。他的双亲和叔伯都活到八九十岁，而他，厄尔·弗兰岑先生，满心期望自己能活到九十岁左右，“好看看世事如何演变”——他常这么说。（李尔王——将他名字的字母顺序打乱就是父亲的名字[①]——也以类似的说法展望他的晚年：和科迪莉亚一起听听“宫廷的消息”，看看“谁赢谁输，谁入谁出”。）家父除了吃三餐、见见孩子和打桥牌之外没什么嗜好和消遣，但他确实对人间的“叙事”兴趣浓厚。他看的电视新闻多得令人咋舌。他老年的抱负就是尽可能久地跟随国家和他的孩子们的脚步，见证徐徐展开的历史。

这个抱负的被动性，以及他生活的千篇一律，让我愈来愈难见到他的身影。从他智力衰退的头几年当中，我只能准确无误地掘出一个直接记忆：看着逼近九十岁的他挣扎着，直至无法算出餐厅账单上的小费。

幸好家母是写信高手。父亲的被动——我觉得相当遗憾，但并不真的关我的事——令她失望透顶。迟至一九八九年秋——那一季，据她信中说，父亲还在打高尔夫和大修房屋——她的怨言仍十分私密：

①作者父亲的名字为 Earl（厄尔），李尔王为 Lear。

跟一个非常不快乐的人一起生活太难了，尤其是你知道自己必定是他不快乐的主因。数十年前，当你爸告诉我他不相信世间有所谓的爱情（性是一种“陷阱”），而他生来就不是“快乐”的料时，我就该聪明地觉悟，想要一段令我满意的关系已然无望。但当时我忙碌于我爱的孩子和朋友，我想我就像郝思嘉一样，叫自己“明天再担心那个”。

家母写这封信的时候，她和父亲之间的战争剧正转向父亲听力受损的主题。母亲坚决认为不戴助听器是不顾他人的行为，父亲则抱怨别人不会体贴地“把话讲大声点”。战争在他终于买了助听器却不肯戴时达到顶峰。于是，家母又针对他的“固执”“自负”和“失败主义”创作出一个道德故事；但事后观之，我们很难不去怀疑，那时他的耳聋就已经在掩盖更严重的毛病了。

一九九〇年元月的一封信包含母亲对这毛病的第一篇书面记录：

上星期有一天，他得跳过早间服药以便接受华盛顿大学“记忆与衰老”研究的动作技能测试。那一晚我被他电动刮胡刀的声音吵醒，看看时钟，才深夜两点半，他竟然就在浴室刮胡子了。

往后几个月，父亲陆续犯了非常多的错误，致使母亲不得不接受其他解释：

> 他不是过度紧张、注意力不集中就是有点智力退化，但最近有不少事情真的令我担心。他总是忘了关车门或车灯，我们隔三岔五就得打电话给汽车协会，请他们派人来给电池充电（现在我在车库贴了标语，似乎有帮助）……我真的不敢想象留他一个人在家待哪怕一小会儿会发生什么事情。

随着那一年缓慢流逝，母亲越来越不敢留他独自一人待着了。她的右膝严重劳损，而且，因为她的腿早年骨折时已装过一块钢板，她正面临复杂的手术，以及漫长的复原和复健期。一九九〇年底到一九九一年初，她的信里一再流露苦恼：该不该动手术，如果动了手术，要怎么管好父亲。

> 假如我住院，让他单独在家里过夜我一定会精神崩溃，因为他会让水一直流，时不时忘了熄灭炉火，让家里到处亮着灯……最近我尽可能一再检查大部分的物品，但即便如此我们还是有很多事情乱七八糟，而真正最令人难受的是他怨恨我侵扰他——“我的事你别管！！！”他不接受也不了解我只是想帮他的忙，这是最最令我难受的。

那个时候，我刚完成我的第二本小说，于是主动表示愿意去陪父亲，让家母去动手术。为避免伤害他的自尊，我和家母一致同意假装我是为了她过去，而不是他。但奇怪的是，我并非完全在假装。母亲对父亲丧失行为能力的描述固然令人信服，但父亲对母亲大惊小怪唠叨不休的形容同样铿锵有力。我去圣路易斯是因为，对她来说，他的失能千真万确；而一到那里，我就表现得仿佛对我来说，绝非如此。

正如家母所担心，她在医院一住就将近五个礼拜。奇妙的是，虽然我从来没跟父亲单独生活过那么久，以后也不再会有机会，但关于那段与他同住的日子，现在我却几乎想不起哪件具体的事；我脑中有个概略的印象：他有点安静，或许，但其余完全正常。说到这里，你可能以为，情况跟家母先前的描述截然不同。但我也没有为此矛盾困扰的记忆。我有的是一封在圣路易斯期间写给朋友的信，我留了复印件。信中，我提到父亲服用的药物已经略作调整，目前一切还算不错。

是一厢情愿的想法吗？嗯，某种程度上算。但人的心理的基本特征之一便是热切地以片段建构整体。每个人的视觉都有名副其实的盲点，就在视神经连接视网膜之处，但我们的大脑却始终如一地指示一个围绕我们的无缝世界。我们断章取义。我们在花卉图案的椅垫上看到表情丰富的面孔；我们一直在填空。同样地，我想当时我是刻意对父亲的沉默和恍惚视若无睹，坚持把他看作与以前无异的那个康健的老厄尔·弗兰岑。我仍需要他在我关于自己的故事里扮演角色。在给朋友的信中，我写到一天上午我和父亲去看圣路易斯交响乐团的彩排，那是母亲交代我们一定要去的，不然她的免费票就浪费了。在上半场结束，即非常年轻的美岛绿搞定《西贝柳斯小提琴协奏曲》之后，父亲激动地从椅子上跳起来，那是种令人掬一把同情泪的老人的激动。“好啦，”他说，“我们走。”我不至于蠢到要他坐下听完即将响起的查尔斯·艾夫斯的交响曲，但我实在厌恶他这般俗不可耐——那是我当时的看法。开车回家的路上，他对美岛绿和西贝柳斯有句评语。“我听不懂那种音乐，”他说，“他们是在干什么——背谱吗？”

不久，还是那年春季，父亲被诊断出前列腺长了颗小小的、缓慢生长的恶性肿瘤。他的医生建议他不要费心治疗，但他坚持要做放射疗程。父亲多少明白自己的心智状态，愈来愈怕他哪里出了大毛病：怕他终究活不到九十岁。膝盖在术后六个月仍内出血的家母，认定父亲是疑心病作祟，对他已失去耐心。一九九一年九月，她这样写道：

> 你爸展开了他的放射疗程，让我松了口气，这强迫他每天都得离开家〔她在这里画了张笑脸〕——好大的附加利益。他现在太神经质、太焦虑、太抑郁了，我知道他得

做一些决定了。事实上，他现在一天到晚干坐着（满足于无所事事），有太多时间担心他自己了——他需要转移注意力！……我愈来愈觉得，人所能拥有的最优秀的特质是（一）积极的态度和（二）幽默感——但愿你爸有。

接下来几个月，情况相对乐观。肿瘤被消灭了，母亲的膝盖终于有所改善，而她开朗的天性也回到了她的信上。她写到父亲在一场桥牌赛中勇夺第一："带着清楚的头脑，采用较积极的比赛策略，他表现得出奇的好，而这大概是唯一讨他喜欢（和让他保持清醒！）的事。"但父亲对自己健康状况的焦虑并未减轻；他经常胃痛，而他相信那是癌症所致。渐渐地，母亲向我讲述的故事的意涵，从私人和道德层面转向精神病学层面。"过去六个月我们失去了很多朋友，这教人心烦意乱——我相信这是你爸神经质和抑郁的部分成因……"她在一九九二年二月写道。信上还说：

你爸的内科医生罗斯先生差不多证实了长久以来我对你爸胃部不适的想法（他排除了所有临床的可能性）。你爸（一）极为神经质，（二）极为忧郁，我希望罗斯医生给他开抗抑郁的药物。我就知道一定有办法改善……过去一年我们生命中发生了好多令人心烦和沮丧的事，我也非常难过，但你爸的心理状况正在伤害他的生理健康，如果他不去做咨询（魏斯医生如此建议），或许他现在可以接受药物或无论什么抗神经质和抑郁的东西。

那一阵子，“神经质和抑郁”是她信里的固定班底。一开始百忧解似乎能提振家父的精神，但效用短暂。最后，一九九二年七月，出乎我的意料，他答应去看精神科医生。

家父对精神病学一直抱持高度怀疑的态度。他认为精神病治疗侵犯隐私，心理健康是自律的问题，家母愈来愈意有所指地建议他“找人说说话”更是冒犯之举——像频频投掷小手榴弹，责备他们不幸福的婚姻。他愿意踏进精神科医生的诊间，多少反映出他的绝望。

十月，我在前往意大利途中先去了圣路易斯，问他医生看得怎么样。他双手一摊，表示绝望。“他真的很有本事，”他说，“但恐怕他已经把我除名了。”

竟有人敢把我父亲除名？是可忍孰不可忍。我从意大利寄了长达三页的信给医生请他再考虑，但就在我写信的时候，家里的屋顶开始塌陷。“我真的很不想告诉你，”母亲在传真到意大利的一封信中这样写道，“你爸倒退得很严重。泌尿科医生为他的泌尿问题开的药加上抗抑郁和神经质的药又让他晕头转向，那些幻觉什么的很恐怖。”有个周末他们在印第安纳我叔叔厄夫家住，离开熟悉环境的父亲发了一整晚的神经，致使叔叔朝着他的脸大吼：“厄尔，我的天啊，我是你弟弟厄夫呀，我们以前睡同一张床呀！”回到圣路易斯，父亲开始对退休的普莱波太太大呼小叫，母亲雇她一星期来照顾父亲两个上午，好让自己出门办点事。他不明白他为什么要人照顾，假如的确需要，他不明白为什么做这件事的会是陌生人而不是他的妻子。他成了名副其实的“黄昏族”，白天在瞌睡中度过，凌晨暴跳如雷。

接下来是一次伤感的假日探访，我和妻子终于介入，帮家母联系上一名老年社工，母亲则拜托我们白天把父亲弄到筋疲力竭，好让他一觉睡到天亮，不要半夜起来发神经，结果，父亲不是面无表情地坐在壁炉边，就是滔滔不绝地讲他童年的悲惨境遇，母亲则为社工过高的索费发愁。但在我印象里，即便那个时候，也没有人说过“痴呆”这个词。在母亲写给我的所有信件中，“阿尔兹海默”总共出现过一次，说的是我十几岁时曾为之效劳的一位德国老妪。

我还记得十五年前“阿尔兹海默症”一词刚开始流传时我的怀疑和恼怒。在我看来它是人类经验医学化的另一个例证，不断扩张的“被害心理”术语表上的最新词条。对于家母透露的老雇主的消息，我这样回复：“你形容的听起来跟之前的老艾莉卡没啥两样，只是更糟一些，得阿尔兹海默症应该不是这个样子吧？我每隔一段时间就要忧心：究竟有多少普通精神疾病为了赶时髦而被误诊为阿尔兹海默症。”

从我目前的后见之明——每隔一段时间我就要忧心，当年三十岁的我究竟有多自以为是——我明白了当时我不愿父亲被冠上“阿尔兹海默症”的帽子，是在避免独一无二的厄尔·弗兰岑因一种叫得出名字的疾病而落得平凡。疾病都有症状，而症状无不指向我们人人一致的器官组成。它们表明大脑就是肉。而在我理应承认，没错，大脑是块肉的时候，我却似乎维护着我的盲点，擅自插入凸显自我灵魂的故事。把备受折磨的父亲看成器官症状的组合，也会诱使我以描述症状的用语来理解健康的厄尔·弗兰岑（和健康的我）——把我们可爱的性格贬低为有限的神经化学协同作用。有谁喜欢这样的人生故事呢？

即便现在，我在搜集阿尔兹海默症的实情时仍然心神不宁。例如，拜读大卫·申克的《遗忘：阿尔兹海默症，一种流行病的写照》时，我不禁想起当父亲在家附近迷路，或如厕后忘记冲水，他展现的症状和其他数百万受苦的人一模一样。有这么多同伴或许是种安慰，但我很难过地看到，“个人意义”从父亲的若干错误中逐渐枯竭，比如他把家母和她的母亲搞混了——这在当时让我大感惊异而又费解，我也从中得出了各种有关他们俩婚姻的重要的新见解。我那种私我观念，原来都是虚妄。

打从人类有了记录老年痴呆的方法以来，它就一直与我们如影随形。当人类平均寿命仍然很短、老年相对稀有的时候，“老态龙钟”被视为老化过程自然的副产品——或许是大脑动脉硬化的结果。一九〇一年，年轻的德国神经病理学家阿洛斯·阿尔兹海默相信，他在名叫奥古斯特·D的五十一岁妇女身上看到了全新的精神疾病变种，她饱受异常情绪波动和严重失忆之苦，在阿尔兹海默为她做初步检查时，她对他的问题给出了启人疑窦的答案：

“你叫什么名字？”

“奥古斯特。”

“贵姓？”

“奥古斯特。”

“你先生的名字是？”

“我想是奥古斯特吧。”

四年后奥古斯特·D在一家公共机构过世，阿尔兹海默运用了显微镜学和组织染色的最新发展，从她的脑部组织抹片中看出惊人的双重病理：无数看似黏稠的“斑块”堆，以及无数被神经元纤维“缠结”吞没的神经元。阿尔兹海默的发现让他的赞助人埃米尔·克雷佩林深感兴趣。他是当时德国神经病理学的泰斗，正与弗洛伊德和弗洛伊德的精神分析理论展开一场如火如荼的科学之战。对克雷佩林来说，阿尔兹海默发现的斑块和缠结，能为他“精神疾病本质上为生理疾病”的论点提供极佳的临床上的支持。他在著作《精神病理学手册》中，将奥古斯特·D的病症称作阿尔兹海默症。

在阿洛斯·阿尔兹海默为奥古斯特·D验尸后的六十年，即使疾病防治的种种突破已将发达国家民众的寿命提高了十五年，阿尔兹海默症仍被视为如亨廷顿氏舞蹈症[①]一般的罕见疾病。大卫·申克陈述了美国神经病理学家梅塔·瑙曼的事迹，后者在五十年代初期检验了二百一十位老年痴呆受害者的大脑，结果只在极少数人脑中发现了动脉硬化，而大部分都有斑块和缠结。这是阿尔兹海默症远比一般人想象的普遍的铁证，但瑙曼的研究似乎没能说服任何人。“他们觉得梅塔在胡说八道……”她的丈夫回忆道。

科学界就是还没准备好接受老年痴呆可能不只是自然的老化过程。五十年代初，尚未出现具自我意识的“老年人”群体，“阳光带”[②]的退休小区尚未爆炸性扩张，没有美国退休协会，廉价餐厅也没有“早鸟优惠”，而当时的科学思维反映了这些社会现实。直到七十年代，重新诠释老年痴呆的条件才趋成熟。那时，诚如申克所说：“太多人活了太久，使衰老感觉起来不再那么稀松平常或可被接受。”国会在一九七四年通过了《老年人行为研究》法案，并成立国家老年研究中心，且迅速募得资金。到了八十年代末，在我对此临床用语和突然无所不在的状况厌烦透顶时，阿尔兹海默症的社会及医学地位已和心脏病或癌症一样高——也有可为此提供证明的研究资金水平。

①一种家族显性遗传型神经退化疾病，因其最明显的症状就是四肢不自主晃动，故被称为“舞蹈症”。

②泛指美国南部气候温暖、冬季较短且温和的各州。

阿尔兹海默症在七十及八十年代不单发生了诊断上的范式转换。新病例也确实急遽增加。随着死于心脏病或感染的人越来越少，越来越多的人活到精神错乱。在养护中心，阿尔兹海默症患者活得远比其他病患久，代价是每年每名病患至少花费四万美元；而在被公共机构收容之前，他们对费心照顾他们的家人生活的干扰也与日俱增。目前美国已经有五百万人罹患这种疾病，至二〇五〇年，数目可能增至一千五百万。

由于慢性病非常有利可图，各大药商正掀起一股投资阿尔兹海默症专利研究的热潮，就连拿公共补助的科学家也暗地申请专利。但因为这种疾病的科学原理仍混沌未明（运作中的大脑不比地球中心或宇宙边缘容易接近多少），没有人能确信哪些研究方法可带来有效的治疗。总的来说，该领域的感觉似乎是：如果你不到五十岁，你应可指望在你需要时能获得有效的对付阿尔兹海默症的药物。但话说回来，二十年前，许多癌症研究人员也预言二十年内会有良方。

离五十岁还有一大段距离的大卫·申克，在《遗忘》里提出“老年痴呆的治疗或许并不完全是福”的论点。比方说，他指出阿尔兹海默症有一个显著的特性是：“受害者”的痛苦程度常会随着病情发展而减轻。照护阿尔兹海默症患者的工作之所以一再反复得让人累垮，正是因为患者本人失去了感受事情重复的大脑装备。申克引述了患者的话，有人说他们“忘了有趣的事”，也有人表示活在永恒的、不会过去的“现在”，他们的感官愉悦更胜以往。如果你的短期记忆毁损，当你弯腰去闻玫瑰花香时，你便不会记得你一整个早上都在弯腰闻同一株玫瑰了。

诚如精神病学家贝瑞·莱斯伯格二十年前率先观察到的，阿尔兹海默症病患的神经衰退正好与孩童的神经发育相反。孩童最早发展的能力——抬头（一至三个月）、笑（二至四个月）、不需辅助坐起（六至十个月）——正是阿尔兹海默症患者最后失去的能力。发育期孩童的脑部发展是通过一种叫作“髓鞘形成”的过程强化的：各神经元之间的轴突联结，借由髓磷脂的鞘化作用而渐趋稳固。显而易见，既然孩童脑部最后成熟的区域是髓鞘化最弱的，它们也是最容易受阿尔兹海默症侵犯的区域。负责将短期记忆处理成长期记忆的“海马体”髓鞘化得非常慢。这就是为什么我们在三四岁之前无法形成永久记忆，也是阿尔兹海默症的斑块和缠结会最先出现在海马体的原因。因此，幽灵般的中期患者就算不记得眼前发生的事，仍然会自己走路和吃饭。“心里的孩子”不再关在心里了。套用神经学的说法，我们正望着一个一岁小孩。

阿尔兹海默症患者会稚气地不负责任和单纯地聚焦于现在，虽然申克勇敢地试图乐观看待这点，我却耿耿于怀，因为变回婴儿是家父最不想发生的事。他口中在北明尼苏达度过的童年十分可怕（相当符合抑郁症患者的回忆）：凶恶的父亲、不公平的母亲、做不完的家务杂事、穷乡僻壤的贫困、家人的背叛、骇人听闻的事件。他退休后不止一次告诉我，他这一生最大的乐事是长大后去工作，与其他重视他能力的男人为伍。父亲极重隐私，对他来说，隐私的言外之意就是不让外人看到一个人可耻的内心世界。对他而言，还有什么病比阿尔兹海默症更糟呢？病发之初，它切断了他的人际联系，使他再次陷入最深刻的压抑的孤独。病情继续发展，它又夺走了他成年的保护罩、把童年深藏心底的工具。我宁愿他是心脏病发作。

不过，申克对于阿尔兹海默症光明面的论述或许不怎么稳固，他的核心主张却难以驳斥：衰老不仅是意义的消除，更是意义的根源。对家母来说，阿尔兹海默症患者各种能力的丧失既放大也反转了她婚姻里存在已久的模式。父亲一直以来都不肯对她敞开心扉，而现在，渐渐地，他更加无法敞开了。在家母眼中，他还是以前那个厄尔·弗兰岑，那个把自己关在小房间里打瞌睡、听不到别人讲话的厄尔·弗兰岑。而她自己倒成了那个缓慢而稳定地失去自我的人，与一个把她误认成她的母亲、将他所知的她的一切抹消殆尽、终而不再唤她的名字的男人共同生活。他，尽管向来坚持当婚姻里的老大、决策者、天真妻子的成年保护者，现在却不由得像个孩子了。现在，乱使性子的人换成他，不再是母亲了。现在，她像以前载我们三兄弟那样载他到城里各处。一件事、两件事、三件事，她当家做主了。因此，虽然家父“久病”让她倍觉压力与失望，这也是一个机会：她逐渐取得她从不被允许拥有的自主权，算是了结夙愿。

至于我，一旦接受了灾难波及的范围，阿尔兹海默症的旷日经久便迫使我和母亲更加密切地来往，而这出乎意料的愉快。我也得以明白——否则我或许永远不会明白——我可以放心地依靠我的兄长，他们也可以依靠我。而奇妙的是，虽然我一直非常珍视我的智慧、明理和自觉，我却发现，亲眼目睹父亲失去这三者，竟让我没那么担心自己失去它们了。总的来说，我变得勇敢了一些。一扇不好的门开了，而我发现自己可以走过去。

我说的这扇门位于圣路易斯巴恩斯医院的四楼。在我和妻子协助母亲与社工联络上，返回东岸大概六个星期后，我大哥和父亲的医生说服父亲去这家医院做检查。医院的想法是先让他将血液中的所有药物排干净，看看我们真正该对付的是什么。母亲帮他办好住院手续，花了整个下午让他在病房安顿下来。母亲离开去吃晚餐时，他还是那副魂不守舍的老样子，但那晚她一回到家，就开始接到从医院打来的电话，首先是父亲，命令她过来把他弄出“这家旅馆”，接着是护士，说他变得凶神恶煞。隔天早上母亲回到医院时，发现他整个魂都飞走了——胡言乱语、完全晕头转向。

一个星期后我飞回圣路易斯，母亲来机场接我，直奔医院。当她和护士说话时，我来到父亲的病房，看到他人在床上，毫无睡意。我打了招呼。他发狂似的比了“嘘”的手势，要我去他枕边。我弯下身子，他用嘶哑的耳语要我降低音量，因为“他们在听”。我问“他们”是谁。他不肯告诉我，但他的眼珠害怕地滚动，扫视房间，仿佛他才刚看见“他们”到处都是，因而对“他们”的消失感到困惑。当家母出现在门口，他更小声地向我透露：“我想他们收买了你妈。”

我对接下来那个星期的记忆大多模糊不清，历历在目的只有一两个改变人生的场景。我每天都去医院，尽可能多坐在他旁边陪他，直到受不了为止。他口中没有哪两个句子是串得起来的。事后回想，我觉得最重要的记忆是非常特别的一段。它由一抹梦幻的室内微光点亮，背景是一间病房，朝向和狭小的格局有别于记忆里其他病房；我的记忆通常都有一些特殊的时间标记，但这段没有。我不确定它是否源自我去医院探望父亲的第一个星期。神经学家们说，所有记忆实为记忆的记忆，但通常感觉起来不像。这段倒是很像这么回事。我记得自己记得这些：父亲在床上，母亲坐在一旁，我则站在门边。我们正在进行一段痛苦的家庭对话，可能是关于父亲出院后要搬去哪里。几乎完全跟不上的父亲非常痛恨那段对话，最后他仿佛受够我们胡说八道似的大叫，还激动地加强了语气：“我一直很爱你妈。一直很爱。”母亲听了掩面啜泣。

这是我唯一一次亲耳听到父亲说他爱她。我相信这段记忆是真实的，因为那个场景即便在当时对我都非常重要，后来我又把它描述给妻子和哥哥们听，并并入我对自己诉说的父母的故事之中。后来，当母亲一口咬定父亲从来没说过他爱她，一次也没有，我问她记不记得医院里的那次。我重复他讲的话，她摇摇头,不确定。“或许吧,”她说,“或许有。但我不记得了。”

我们三兄弟每隔一两个月轮流去圣路易斯一次。父亲从来没有认不得我，总是一副高兴见到我的样子。他在养护中心的生活显然是无止境的噩梦，充斥着他臆造的往事，以及那些残障和脑受损的同居病友；他的护士不太像这梦里的演员，而更像不受欢迎的入侵者。不同于许多住院的女性一会儿哭得像婴儿、一会儿有人喂她们冰激凌时又高兴得神采飞扬，我从未见过父亲哭泣，而他吃冰激凌时愉快的神情也始终像个大人。他会一边煞有介事地跟我点头，给我耐人寻味的笑，一边向我吐露荒诞不经的只言片语，对此我只能点点头，假装会意。他最固定、最接近连贯的话题是他希望离开“这家旅馆”，还有他无法理解为什么自己不能住在一套小公寓里让家母照顾。

同年感恩节，我和家母及妻子带他离开养护中心，开我的沃尔沃旅行车载他和一部轮椅回家。他已经十个月没回家了。如果家母期待他露出令人满足的喜悦之情，那她一定很失望；场所的变化不再能打动家父，一如无法打动一岁小孩。我们坐在壁炉旁，并且，出于有欠考虑的恶习，给一个或许对其他一切一无所知却深知自己是多么令人伤感的摄影主题而一脸不悦的男人拍了照片。现在回想，当时的情景糟糕透顶：父亲歪坐在轮椅上，宛如松绳的木偶，直眉瞪眼，嘴角下垂，在闪光灯下一片模糊的眼镜几乎要从鼻子上掉落；母亲的脸像一张面具，显现控制得宜的绝望；妻子和我露出紧张而怪异的笑，伸手触摸父亲。晚餐时母亲铺了条浴巾在父亲身上，把他的火鸡切成小块。她一直问他在家里吃感恩节晚餐开不开心。他沉默以对，移开视线，有时微微耸耸肩。哥哥们来电祝他佳节愉快；这时，出人意料地，他露出微笑，发出诚恳的声音，能够回答简单的问题，还谢谢他们打电话来。

这一晚算是典型的阿尔兹海默症之夜。因为孩童很早就学会了社交礼仪，阿尔兹海默症患者在记忆损毁后很久，仍保有表现礼貌和含糊说出亲切词语的能力。父亲能（勉强）应付哥哥们的节日贺电并不足为奇。但接下来，晚餐后，在养护中心外面发生的事情却着实令人吃惊。当妻子跑进去拿老人椅时，父亲坐在我身边，打量着他即将再次进入的机构的门。“与其非得回来，”他用清楚、有力的声音告诉我，“不如不要离开。”这不是语意含糊的句子；它完全符合眼前的情况，强烈暗示他察觉到更大的困境，也能够连接过去和未来。他在请求免去自己被重新拖向意识和记忆的痛苦。当然，感恩节隔天早上，以及其余我们探访的日子，他就跟之前一样疯癫，话语是胡乱拼凑的音节，身体像躁动不安的连枷。

在大卫·申克心目中，阿尔兹海默症提供的最重要的“意义之窗”在于它减缓了死亡的速度。申克将阿尔兹海默症比作棱柱体，将死亡折射成一道各部分原本紧密结合的光谱——自主权之死、记忆之死、自觉之死、性格之死、肉体之死，他同意对阿尔兹海默症最常见的形容：它特有的悲伤与战栗，源于受害者的“自我”在肉体死亡之前很早就已凋敝。

这在我看来大部分正确。在家父心跳停止之前，我已为他哀悼多年。然而，在我思考他的故事时，我不禁怀疑那种种死亡能否真的被那样分割，对于自我这把交椅，记忆和意识究竟有无这么稳固的所有权。在他丧失所谓的“自我”两年后，我仍无法停止寻找意义，也一直在寻得意义。

他显然十分顽强的意志力尤其令我吃惊。我不由得相信，当他在养护中心外勉力振作，向我提出那个请求时，他是在运用身体某种残余的自律，某种保存于意识和记忆之下的精神力。我也不得不相信，他隔天早上的崩溃，一如住院第一晚的崩溃，是彻底弃绝那股意志力所致，是放手，是在面对难以忍受的情绪时，欣然接受了疯狂。虽然我们可以确定他衰退的起点（意识完整、精神健全）和终点（遗忘与死亡），但他的大脑绝非一部不可阻挡地渐趋发狂的计算装置。尽管阿尔兹海默症引起的退化过程理应呈现这样稳定的向下趋势：

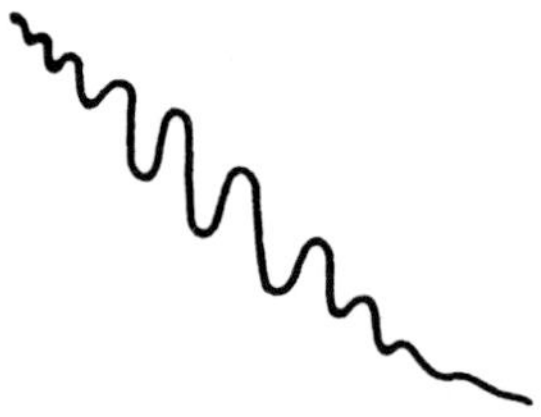

我看父亲的衰退却像这样：

我怀疑，他勉力支撑自己的时间要长过他似乎有可供支撑的必要神经元的时间。然后他崩溃、衰老得比他的病状理应导致的还要厉害，而他选择在百分之九十九的时间处于低潮。他想要的（早年是回避，晚年是放手）是他之所以为他所必需。而我想要的（父亲的脑不是关于肉的故事），则是我选择记住和重述的内容所必需。

我讲出口的故事之一——为了饶恕自己对他的病况长久浑然未觉——是他下定决心隐瞒病情，并且在出奇长久的一段时间里，以坚强的性格达成所愿。我母亲以往也曾发誓事实就是如此。他骗不了与他共同生活的女人，无论他怎么欺侮她，但只要有儿子在镇上，或家里有客人在，他就会好端端的。我在母亲手术期间与他同住时的谜，真正的解答或许不是我糊涂，而是他发挥了强韧的意志力。

在那个糟透了的感恩节过后，当我们知道他再也不会回家，我便协助母亲整理他的书桌。（那就像你整理小孩或死者的书桌一样自由。）我们在一个抽屉里找到他为了对抗遗忘而在暗地里做了小小的努力的证据。那是一沓纸，他在上面写了孩子们的地址，每张写一个，同样的地址写了好几张。他还在另一张纸上写了他长子和次子的生日——“鲍伯：1-13-48”和“汤姆：10-15-50”——然后，在试着回想我的（1959 年 8 月 17 日）时，他用橡皮擦擦过月和日，再依据我两个哥哥的日期做了猜测：“乔：10-13-49”。

再想想我认为的他跟我说的最后几句话。那发生在他过世三个月前。那几天，我每日探访养护中心尽九十分钟的孝心，听他喃喃抱怨母亲、温和地臆测他坚称在毛衣袖子和长裤膝盖处看到的小东西。他跟我前一天早上顺道来访时无异，我把他推回房间、告诉他我要出城了的时候，他看上去也没什么不一样。但随后他把脸抬起来看着我——再一次，突如其来地，声音清楚而有力地说：“谢谢你来。很感激你花时间来看我。”

表示礼貌的固定用语？他原始自我的一扇窗？要相信哪种说法呢？我似乎没什么选择。

由于长期仰赖母亲的信件来重现父亲的崩溃，从一九九二年她开始跟我在电话里长谈、只写短笺而不再写信之后，我便觉得笼罩在无从考证的阴影中。柏拉图在《斐德若篇》中将书写形容为“记忆的拐杖”，在我看来完全正确：没有那些信，我就没办法把父亲的故事说清楚。不过，柏拉图在文中哀悼口述传统的式微和书写造成的记忆萎缩，处于书面文字时代另一端的我，却对纸张上文字的强健与可靠印象深刻。母亲的信件比我那些以自我为中心的偏颇记忆真实、完整；在我心目中，写下“他需要转移注意力！”那句话的她，比在数小时录像带或好几沓照片里的她有活力多了。

不让记忆磨灭、用永恒的文字记下故事的意志，在我看来跟“人类不只是生物”的信念有异曲同工之妙。我想知道，现今文化之所以难抵唯物主义的魅力——我们愈发愿意将心理学视为化学、个性视为遗传学、行为视为人类演化过程中危急关头的产物——是否真的与后现代口述的再起和书写的衰落——打不完的电话、转瞬即逝的电子邮件、对闪烁不定的电视坚定不移的热爱——没有密切关系。

我有没有提到我父亲也写信的事？他通常打字，以“抱歉拼错很多单词”作开场白，信比母亲的少很多。在最后几封信中，其中一封写于一九八七年十二月：

> 每年这个时节都让我觉得难熬。那些送礼的事情令我不安，我是很想买礼物送人的，却缺乏买对东西的想象力。我担心买到尺寸不合、颜色不对或不被需要的东西，害人家得拿去退换。我喜欢买工具，但有次我送鲍伯一把平衡感挺不错的小榔头，他却指出这类东西的一个问题。他说，这已经是第二或第三把榔头了，再也不需要了，谢谢你。

给你妈送礼物也很麻烦。她是那么多愁善感，如果没送好礼物，我会觉得受伤，但她可以自由使用我的活存户头。我曾叫她买点东西给自己，钱我出，这样圣诞过后她就可以说“瞧我老公送了我什么！”，不会输给谁了。但她不愿参与这种诡计。所以这一整季我都很难过。

一九八九年，由于专注力随着他越来越“神经质和抑郁”而衰退，父亲全然停止写信。因此，当我和家母在他留了那些地址和生日的抽屉里发现一封日期写着一九九三年一月二十二日而未寄出的信时，我们好不讶异，因为那日期迟得超乎想象，离他最后的崩溃仅几个星期。信放在信封里，收件人是我的侄子尼克，当时六岁的他才刚开始自己写信。或许父亲是羞于寄出一封他自知条理不清的信；更可能的是，考虑到他海马体的健康状况，他纯粹是忘记了。对我来说，那封信已成为无形英勇意志力的象征，信是用铅笔写的，字很小，且每一行都向下倾斜：

亲爱的尼克：

我们两天前收到你的信，很高兴看到你在学校表现良好，特别是数学。会写作很重要，因为交流思想的能力，将决定一个国家能否善加利用另一个国家的思想。

跟你最亲近的亲人大都是好作家，这让我如释重负。

我应该把写作学好一点的，但我们太容易说，让妈妈来吧。

我知道我写的东西不容易读，但我的腿部神经有问题，手也会抖。看我已经写下的内容，我想你大概难以理解，但如果有那么一丝运气的话，我会跟你保持联系。

这里的天气已经变了，从又湿又冷变得干燥，天空蔚蓝。我希望能这样下去。好成绩也要保持下去。

爱你的爷爷

P. S. 谢谢你的礼物。

父亲的心肺都非常强健，而当家母正打起精神准备再应付最后两三年时，一九九五年四月某天，他突然停止进食。或许是因为吞咽困难，也或许，凭借着硕果仅存的意志，他决意让他不想要的第二童年落幕。

当我飞抵镇上时，触诊法测出他的血压只剩七十。这一次，母亲又来机场接我直奔养护中心。我看到他侧身蜷在一张薄被单里，呼吸很浅，眼睛半闭着。他的肌肉消瘦了，但他的脸光滑而平静，几乎没有皱纹，他的手，完全没变，比起身体其他部分大得离奇。我们没办法确定他是否认得我的声音，但我人到没几分钟，他的血压便升至 120/90。当时我便担心，甚至此刻仍在担心，对他来说，我的出现是不是让事情变得更艰难：他已经来到准备就死的时刻，偏又耻于在儿子面前做出这么私密或令人失望的举动。

母亲和我进入“看”和“等”的节律，一个人睡，另一人在旁守护。一小时一小时过去，父亲一动不动地躺着，向死亡前进；但当他打哈欠时，那就是他的哈欠。而他的身体，虽如槁木，也仍散发属于他的光彩。就算他的自我存活的部分愈来愈小，愈来愈破碎，我仍坚持把他看成一个整体。我仍深爱着，确切而与众不同地爱着，在床上打哈欠的那个男人。我怎能不出于那份爱而来重组那个男人的故事——那个当我试图拿湿棉棒帮他清理口腔时，仍能凭借完好的意志力别开头去的男人？我在走进自己的坟墓时亦将坚持认为，家父是下定决心求死，并尽其所能地按照他自己的意愿死去。

至于我们，则下定决心不让他孤单地离世。或许这大错特错，或许他一心期盼被抛下一个人。尽管如此，我待在镇上的第六晚，当他躺着，呼吸着，释放他的大哈欠，我还是在一旁熬夜，从头到尾读完了一整本轻小说。一位护士过来听了听他的肺部，告诉我他一定从没抽过烟。她建议我回家睡觉，她会从楼下派一名特护上来看他。显然，这个养护中心有一位常驻的死亡天使，拥有特殊天赋，能在亲人晚上离开后说服濒死者，闭眼吧，没有关系。我拒绝那个护士的提议，自己来完成这项服务。我弯腰凑近父亲，他身上散发淡淡的醋酸味，除此之外干净而温暖。我先表明身份，然后告诉他，不论他现在需要做什么，我都可以接受，他大可放手去做他需要做的事。

那天傍晚，外头刮起圣路易斯初夏的大风。我在炒蛋时接到母亲从养护中心打来的电话，要我赶快过去。我不知道我为什么以为自己有充裕的时间，但我把炒蛋配一些吐司吃完才动身，而到了养护中心的停车场，我坐在车里，打开收音机，里面正在播放当季正红的那首蓝调旅者乐队的歌。没有哪首歌曾让我如此快乐。养护中心周围高大的白橡树随风摇曳，愈见灰白。我觉得自己快乐得要飞起来了。

而他还是没有死去。暴风雨在那天晚上席卷养护中心，扑倒一切，只剩急诊室的照明，母亲和我只得坐在黑暗中。我不喜欢回想当时我有多不耐烦地等待父亲停止呼吸，心里有多希望摆脱他。我不喜欢想象他躺在那里的时候有什么感觉，他的挣扎在他脑中形成了什么样的朦胧抑或鲜明的知觉或情感形式。但我也不愿相信，那里什么事也没发生。

快十点时，灯才刚复亮，我和母亲正在他房间门口跟一个护士商谈，这时我注意到他有意把手伸向他的喉咙。我说："我觉得有事发生。"那是临终喘息：在心脏停止跳动后，他的下巴抬起来，以便把空气吸进肺里。他似乎缓缓、深深地点头以示肯定。然后一切归于平静。

在我们吻别了他、签了脑部尸检的同意书、开车穿过水淹的街道之后，家母在我们的厨房坐下，不寻常地接过我拿给她的纯杰克丹尼威士忌。"现在我明白了，"她说，"当你死了，你就是真的死了。"这是真的。然而，以阿尔兹海默症的慢动作模式，家父此刻并没有比两小时、两星期甚或两个月前死得更彻底。我们只是失去了最后一个部件，我们得以构造完整生命的部件之一。关于他，不再会有新的记忆。现在我们只能诉说，那些我们已经说过的故事。

二〇〇一年

帝国卧室

隐私啊隐私，美国人迷恋的新玩意儿：被奉为最根本的权利，营销成最值得向往的商品，一星期就被宣判死亡两次。

早在琳达·特里普[①]按下录音机的录音键之前，评论员们就在警告我们“隐私遭到挟持”“隐私危矣”“我们现在所知的隐私，到二〇〇〇年恐不复存在”。他们说，“老大哥”和他的平民弟弟正通过计算机网络盯着我。他们告诉我，不比蜘蛛大的安全摄像机正从每一个阴暗的角落注视着，严厉的女权主义者正在监看卧房行为和茶余饭后的对话，基因侦探可从一小滴唾液分析我整个人，偷窥狂会在普通摄像机上加装滤镜，以便透视人们的衣物。然后是从独立检察官办公室涌出的八卦丑闻，汩汩

①前美国总统克林顿绯闻案的告密者，她用录音机录下好友莱温斯基在电话中透露的与克林顿偷情之事，后将录音带交给独立检察官斯塔尔进行调查。

地渗过官方和商业管道，浸透国家意识。套用哲学家托马斯·内格尔的说法，莱温斯基丑闻案象征隐私“受灾难性侵蚀的高潮”；用作家温迪·卡米纳的话说，它代表“极权政体中的隐私和个人自主遭到彻底漠视”。化身为斯塔尔检察官的“公共领域”终于压倒了——拧碎、顶破、践踏、侵犯、蹂躏了——“私人领域”。

上述对隐私的惊惧具有传统美式恐慌的一切指责与偏执，唯独欠缺一个要素：真正受惊的大众。美国人主要是在抽象层面在乎隐私。有时，消息灵通的社群会团结起来自我防卫，就像网民用反对“加密芯片”的电子邮件轰炸白宫那样；有时，特别骇人听闻的新闻报道会引发全国强烈抗议，例如莲花软件公司试图销售载有美国近半人口财务资料的只读光盘时，就掀起了滔天巨浪。但总的来说，即便面对像反毒战争这种大规模的侵害，美国人仍被动得很。我也不例外。我阅读社论，试着让自己激动起来，但办不到。多数时候，我反而发现自己感受到的，与隐私专家要我感受的恰恰相反。这情形光上个月就发生了两次。

《纽约时报》刊出《斯塔尔报告》全文的那个星期六早上，当我独坐公寓试着咽下我的早餐时，我感受到的是自己的隐私——而非克林顿或莱温斯基的隐私——遭到侵犯。我喜欢与公共生活保持距离，远观比较壮观。壮观的场面和距离感，我两个都爱。如今总统面临弹劾，身为好公民的我有责任继续了解证据，但报上的证据却包含两个人的抚摸、吸吮和相互欺骗。当它们降落在我的吐司和咖啡旁边，我感受到的不是那种为遮掩某种对丑闻的私密兴趣而佯装的憎恶；我没有被性事本身所冒犯；我不担心自己未来的权益有受侵害的可能；总统的痛苦并未如他声称的那般令我感同身受；公务人员的恶行内幕并未引起我的反感；虽然是注册的民主党员，我对这则新闻的厌恶，与看到巨人队在第四节惨遭逆转所感到的深恶痛绝，却属于不同层次。我感受到的应是我个人的感受。我被侵扰了，被硬塞东西了。

两天后，我接到一家信用卡公司来电，请我确认最近两笔在加油站和一笔在五金商店的消费。诸如此类的询问在今天很常见，但这是我的第一次，而那一刹那，我觉得自己暴露无遗。与此同时，我也深有被奉承的感觉：某个素不相识的人对我感兴趣，特地打电话来。并非那位年轻的男客服本人在乎我。听起来他像是正看着一本薄薄的手册念台词。他显然不喜欢这份工作，却仍要勤奋不懈，这种压力似乎让他口齿不清了。他赶着把话说出口，愈说愈急，仿佛那些话了无意义得令他难堪或恼火，但它们不断在他的齿间挤作一团，他只好停下来，使劲用嘴唇一一抽取。是计算机，他说，计算机定期，呃，检查，你知道的，消费模式……今晚还有什么他帮得上忙的吗？我决定，如果这个年轻人想滚动屏幕查看我的消费，细细思索我那两次油箱加满和我那一桶乳胶漆的重要性，我可以接受。

所以问题来了。在《斯塔尔报告》面世的那个星期六早上，以传统自由主义的角度来看，我的隐私丝毫未遭侵犯。我独自在家，没被邻居观察和打扰，没被新闻提到，而且有绝对的自由选择忽视那篇报告，去做要快活地动点脑筋的周六填字游戏；但仅仅是那篇报道的存在就已大大侵犯了我的隐私感，使我几乎鼓不起勇气去碰触它。而两天后，我在家被一阵电话铃声打扰，被要求提供家母的娘家姓，从而意识到，我日常生活种种数字化的细枝末节正被陌生人详加检阅；而不到五分钟，我已将整件事抛诸脑后。我在看似安全无虞时觉得被侵犯，又在看似被侵犯时觉得安全。我不明白为什么。

一八九〇年，路易斯·布兰代斯和塞缪尔·华伦将隐私权定义为“独处的权利”。乍看下，它似乎是美国生活的基本原则。行动派人士为此大声疾呼，要求生殖权，反对跟踪，要求死亡权，反对全国医疗数据库，要求更强大的数据加密标准，反狗仔队，要求雇主电邮不被侵犯，反员工药检。但，如果看得更仔细些，隐私原来是价值观的柴郡猫：没什么实质意义，但有非常迷人的笑。

法律上，隐私的概念一团混乱。侵犯隐私是许多罪行在情感方面的核心，从跟踪、强奸到偷拍和非法入侵，但没有一条刑事法规在理论上明令禁止侵犯隐私。民法因州而异，但大多遵循法学家威廉·普洛瑟四十年前的分析，将侵犯隐私归纳为四种侵权行为：侵扰我的生活安宁、发表我与公众无关的私人事务、歪曲我形象的宣传，以及未经我的许可冒用我的姓名和照片。这是个脆弱的集合。侵扰看来十分像刑事上的非法入侵罪，歪曲像诽谤罪，冒用像盗窃罪，而在外来侵害消除后依然存在的伤害，则被优美地描述成“施加情绪困扰”，致使侵犯隐私这条变得多余。真正在底下支持隐私的，是传统自由主义的“人身自由”或“自主权”概念。近几十年来，许多法官与学者选择以“隐私范畴”代替“自由领域”，但这只是新瓶装旧酒：并未创造新的理论，而是把旧东西重新包装，重新出售。

不管你打算卖什么，豪宅也好，世界语课程也好，贴上“隐私”这个微笑标章都有帮助。去年冬天，由于持有第一银行白金 Visa 卡，我有机会加入一项名为“隐私守卫®”的计划，依其文宣，它能“让你知悉你的雇主、保险公司、信用卡公司和政府机构掌握了哪些个人记录”。前三个月免费，所以我注册参加了。接下来在邮箱中出现的是书面作业：信用记录调查和其他调查的申请表及信封，以及一本看着令人丧气、让我记录调查结果的不怎么精美的本子。我顿时意识到我没那么在乎我的驾驶记录之类的东西，在乎到为此等一个月；而在我打电话给“隐私守卫®”要求取消我的会员身份，而对方央求我不要取消时，我才明白，这项“服务”的重点在于利用我的时间和精力，来帮助第一银行减少诈骗方面的损失。

就连法律上涉及隐私的议题，也很少因为不必要的曝光或侵入就真正伤及情感。例如全国性的《基因隐私法》提案就以“关于我的性格和未来的健康状况，我的 DNA 所透露的要多于其他医疗信息”的概念为前提。事实上，到目前为止，DNA 能透露的秘密不过是心杂音、家族糖尿病史，或过分喜爱水牛城辣鸡翅罢了。一如任何医疗记录，雇主和保险公司滥用遗传信息的可能性固然令人胆寒，但这与隐私问题几乎无关；最主要的伤害是职场歧视和提高保费之类的事情。

与此类似，网络安全问题主要在于具体细节。美国行动派人士口中的“电子隐私”，被欧洲同类人士称为“信息防护”。我们的术语听着比较刺激，但他们的才够精确。如果有人要设法窃取你的美国运通卡卡号和有效期，或者你邪恶的前男友在找你的新住址，你需要的是加密软件试图保证的那种牢不可破的保密。但，如果你是在和朋友讲电话，你只需要一种隐私的感觉。

信息防护的社会剧通常这样发展：黑客或保险公司或电话营销人员得以进入敏感的数据库，公众利益的看门狗大声吠叫，新的防火墙于焉建立。正如多数人都在一定程度上害怕病菌，却把病毒研究留给疾病管制中心，多数美国人皆对隐私议题有一定的兴趣，却把严肃的监管工作交给专家。目前我们的问题是这些监护人已经开始发表恐慌言论，并且不把隐私当成众多相竞争的价值之一来看待——而是当成唯一凌驾于一切的价值。

小说家理查德·鲍尔斯最近在《纽约时报》专栏版宣称隐私是一种“正在消失的幻觉”，因此，数字通讯加密作业努力奋斗的结果和冷战一样出色。鲍尔斯将“隐私”定义成“生命不被登记的部分”，而在我们只要购买东西就会留下的数字足迹中，他看到“每个人活着的每一天都成为被详尽完整地记录、熟练地敲几下键盘便能重现的布鲁姆日[①]的时刻”正在逼近。想到我们个体的神秘也许会被简化成有限数据串，当然是很恐怖的事。然而，鲍尔斯如此严肃地将信用卡诈骗和截听手机通话比作热核焚化，主要说明了隐私恐慌的传染性。毕竟，鲍尔斯或其他任何人想的、看的、说的、期待的、计划的、梦想的、为之羞愧的东西，“登记”在哪里呢？数字版《尤利西斯》除了主人翁的购买列表和其他交易记录，什么也没有，篇幅顶多四页：难道布鲁姆的一天真的没有其他东西吗？

何况，当美国人真心诚意地牺牲隐私，是为了获取健康、安全或效率上的实质利益。多数的合法侵犯——艾滋病报告、机场 X 光、《梅根法案》、酒驾拦检呼气检测、学生运动员的药检、保护胎儿的法令、保护植物人的法令、远程监控汽车排气、县立监狱的搜身，甚至包括肯·斯塔尔揭露总统的堕落——基本上都是公共卫生措施。我怨恨华盛顿广场的安全摄像机，但

①布鲁姆是詹姆斯·乔伊斯著作《尤利西斯》中的主人翁，整部作品描述的是 1904 年 6 月 16 日当天发生在他身上的一切。

对地铁月台上的满怀感激。对我来说，我的 E-ZPass[①] 通行费记录被滥用的风险，比起我获得的便利微不足道。八卦小道会让我成为《第一修正案》受害者的风险亦是如此；全国人口有两亿七千万，任何个人信息变得举国皆知的概率趋近于零。

法学家劳伦斯·雷西格形容美国人像“牛”一般愚钝，原因是我们喜欢做这样的计算，进而默许他所谓的个人生活“苏维埃化”。但隐私的玄妙之处在于：只要指望，我们通常就能获得。对街公寓有个邻居每天都花很多时间对着镜子检查她的毛孔，我看得到她做这件事，她无疑有时也看得到我。但只要我们两个都不觉得被看，各自的隐私就完好无损。当我通过美国邮政寄明信片时，我也从理论上知道，邮件处理员可能会读，或许大声地读，甚至取笑，但我安全无虞，不会受到任何伤害，除非我倒霉到极点，我在美国真正认识的那一位处理员刚好看到那张明信片，并拍了拍额头，说：“哦，天哪，我认识这家伙。”

我们的隐私恐慌不光是被夸大而已。它建立于谬论之上。艾伦·艾德曼和凯洛琳·肯尼迪在《隐私权》中总结了隐私拥护者的普遍之见，例如：“现在拥有的隐私比从前少。”许多书、社论和脱口秀不时明言或暗示这种论调，使得美国人，无论其本身言行举止有多被动，现在都恭顺地告诉民调人员，他们非

①应用于美国东北部收费公路、桥梁和隧道的电子收费系统。

常非常担心隐私问题。但，几乎从任何史观来看，这种声明都显得怪诞。

一八九〇年，一个住在小镇的典型的美国人，受到近乎面面俱到的监视。不仅他的每一笔交易都要“登记”，而且是登记在认识他本人、父母和妻小的店员的眼睛和脑海里。连走路去邮局，行踪都会被邻居掌握和分析。他也很可能是跟兄弟姐妹甚至跟父母睡同一张床长大。除非家庭富裕，他的交通工具——火车、马、自己的两条腿——要么是公共的，要么就让他暴露于众人眼前。

反观今日，在典型美国人居住的市郊和远郊，人丁单薄的核心家庭占据偌大的房屋，每个人都有自己的卧室，甚至浴室。即便与我生长的六七十年代的郊区相比，当代的公寓大楼或门禁小区也还是更利于隐姓埋名。认识邻居不再是铁律。小区越来越虚拟化，成员不是不露面，就是稳稳掌控要呈现的面貌。交通出行多半靠私人载具：最新款的 SUV 空间如客厅一样宽敞，还配备车用电话、CD 播放器和电视屏幕；在深色玻璃，即“我看得见你但你看不见我”的汽车隐私守卫®装置之一的背后，你可以穿睡衣或比基尼，管他有没有人知道，有没有人在意。或许政府侵入家庭的比例略高于一百年前（社工照顾老残穷、卫生官员要求预防接种、警察询问家暴事件），但这些闯入之举，尚不至于超出它们所取代的小镇式窥探。

“独处的权利”呢？非但没有消失，反倒急遽增加。它正是现代美式建筑、造景、交通、通讯和主流政治哲学的本质。美国人对隐私无动于衷的真正原因大得几乎看不见：我们正全速沉没于隐私的汪洋。

因此，受到威胁的不是私人领域，而是公共领域。已经有很多人表示，斯塔尔的调查可能会让未来有意任公职者感到泄气（只有狂热分子和废物会想干），但他们只说了一半。华盛顿的公共世界，既为“公共”，就属于每一个人。我们全被邀请以我们的选票、我们的爱国情操、我们的运动和我们的观点去参与其中。人口集结起来的力量让我们坚信，公共世界比私人领域任一凌乱的个体来得更宏大、更持久、更庄严。但，正如一名藏身于教堂塔楼里的狙击手可让整个城镇的街道空无一人，一件真正令人作呕的丑闻，也会损害上述信念。

如果隐私取决于对“不可见”的期望，那么定义公共空间的，就是对可见的期望。我的“隐私感”不但会把“公”隔绝于“私”之外，也会阻止“私”进入“公”的大门。一旦觉得两者的界线遭到破坏，我心里那只边境牧羊犬就会苦恼地吠叫。这就是为什么公共空间遭到侵犯，与隐私遭到侵犯的感受如此相似。我走在人行道上，旁边有个男人随地小便（货车司机尤其可能拿“憋不住了，憋不住了”的膀胱管理哲学辩白），虽然表面上那个拉链开着的男人的隐私因撒尿而受损，但我才是那个觉得受侵犯的人。暴露狂、性骚扰者、码头上的吸屌客和在长途客运上自说自话的人，全都借由暴露自己来侵害我们的“公共”意识。

既然许多人认为真正严重的公开曝光与在电视上播出同义，我们似乎可以说，电视空间是最主要的公共空间。但，人们在电视上说的许多事情，绝不见容于真正的公共空间——例如陪审席，甚至城市的人行道上。电视可说是十亿间客厅和卧室庞大的交错延伸。你很少听到有人在地铁上高谈阔论大小便失禁之类的事，但在电视上，这种事在好多年里一直在发生。电视缺乏羞耻感，而没有了羞耻感，公私便无分际。去年冬天，一位女主播看着我的眼睛，以亲密女性亲属的语气，把爱荷华州的一窝婴儿称为“美国的七个小宝贝”。二十五年前，在健力多和拜阿司匹林的广告之间看到丹·拉瑟的水门事件报道已经够奇怪的了，仿佛尼克松总统即将递出的辞呈就在我的药箱里。现在，插在承诺牌人造黄油和名人游轮广告之间的新闻，本身就是一件被玷污的酒会礼服——电视成了卧室地板，如此而已。

与此同时，沉默成了一种过时的美德。人们现在很愿意讲明他们的疾病、租金和抗抑郁药物。性史在第一次约会时便被泄露，勃肯鞋和热裤在便服星期五渗入办公室，远程办公把会议室搬进卧室，“较柔和”的现代办公室设计把卧室搬进会议室，销售员单方面直呼顾客的名字，我得先和服务生建立人际关系他们才肯拿食物来，语音机器把“我很抱歉，我无法辨识您拨出的号码”的重音放在“我”上，而网迷们更用词不当地将蚀刻硅芯片称作“公共论坛”，没刮胡子的“与会者”可以盘腿坐在凌乱的床单上与人交流。网络世界是对隐私的一种威胁吗？它是隐私耀武扬威的丑恶奇景。

真正的公共空间是欢迎每一位公民出席、排除或限制纯隐私的地方。近年来美术馆参观人数迅速增加的原因之一，就是展览馆仍有公共空间之感。在离开凌乱的床单之后，徜徉于强制的端庄和寂静中，暂别胆大妄为的消费主义，多美妙啊。悠闲漫步，享受看与被看，多惬意啊。每个人都偶尔需要可以散步的公共场所——当你想向世界（不是亲朋好友的小世界，而是广大的世界，真正的世界）宣布你买了一套新西装、你恋爱了，或者忽然发现不耸肩可让你高出足足一英寸的时候，去那里就对了。

遗憾的是，百分之百公共的场所濒临绝种。我们仍有法庭和陪审席、通勤火车和公车站、随处可见的小镇主街（是真正的主街而非带状购物中心）、若干咖啡馆，以及若干城市人行道，否则对美国成人来说，唯一的半拉子公共空间就是工作的世界了。在工作世界，特别是商业上流阶层，服装规定及行为准则仍强制执行，个人泄密会被处分，遵守礼节仍是规范。但这些礼仪只适用于公司员工，而就算是员工，在他们老了、残了、退化了或工作可以委外之后，也可能被赶走，进而被放逐到凌乱的床单上去。

美国公共生活最后一个面积广大、四面峭壁高耸的堡垒是华盛顿特区。因此当斯塔尔报告猛然闯入，我不禁觉得被侵犯。

这是对隐私的侵犯，没错：私生活粗暴地进犯最公共的公共空间。我不想在来自华盛顿的新闻里看到性。性，放眼别处比比皆是：情景喜剧里、网络上、书皮上、汽车广告里、时代广场的广告牌上。全国性的景观就不能有一样东西与卧室无关吗？我们都知道权力的休息室里有性，隆重的排场背后有性，法官的长袍底下有性；但我们难道不能成熟一点儿，假装假装吗？不是假装“没有人在看”，而是装作“大家都在看”？

近二十年来，企业领导人和横跨大部分政治光谱的政治人物，包括金里奇的共和党人和克林顿的民主党人，都在颂扬公营机构私有化的好处。但有哪个词比“私有化”更适合描述莱温斯基事件和后续闯入的大揭秘（海伦·切诺维斯、丹·波顿和亨利·海德[①]的婚外情）？如果你想知道私有化的总统职位可能是何种面貌，拜斯塔尔先生所赐，现在你看到了。

在丹尼斯·约翰逊的短篇小说《比佛利之家》里，年轻的叙事者白天在护理之家工作，照顾无望的残障人士，那里有一个特别不幸的病患一直无人探视：

> 不断的痉挛迫使他把轮椅推到旁边歇息，他的目光沿着鼻梁，紧盯着骨节突起的手指。病是突然袭击他的。他没

①三人皆为共和党籍国会议员。

有人探视。他的妻子正要跟他离婚。他才三十三岁，我相信他说的，但很难猜测他所透露的关于自己的事，因为他其实不能说话了，只能反复用双唇夹住伸出的舌头，发出呻吟。

他不必再假装了！他的狼狈不堪显而易见。与此同时，我们其他人继续试图互相欺骗。

在从东岸到西岸、铺着粗毛地毯的帝国卧室里，我们全都可以狼狈不堪，从而省下装模作样的麻烦。但谁想住在一个睡衣派对的世界里呢？如果没有可与之相对立的事物，隐私便失去价值。“与此同时，我们其他人继续试图互相欺骗。”——这也是好事。我们有摆出公众面孔的必要，也需要隐私来卸下公众面孔，这是两个同等基本的需要。我们既需要不像公共空间的家，也需要不像家的公共空间。

一个星期六晚上在第三大道散步时，我感到失落。在我周遭，迷人的年轻人正弓着背玩他们的掌中宝和诺基亚玩得出神，仿佛在探查疼痛的牙齿，或调整助听器，或挤压拉伤的肌肉；个人科技开始形如个人残障。我上人行道真正希望的是人们看到我，且让我看到，但连这种卑微的心愿，都被手机使用者和他们讨人厌的隐私阻挠了。他们在说“那个要搭配北非小米吃吗？”和“我正要去百视达”之类的事情。他们广播这些早餐桌上的对话并未违反任何法律。我没有“公共场所守卫”可以买，没有高档的公共生活保护区可以逃入。独处，无论在广场区的套房，或卡茨基尔山的小木屋，都相对容易获得。隐私既是商品又是权利，享有双重保障；公共广场则什么保障都没有。就像原始森林，公共广场数量稀少且无法取代，应由众人共同管理。私人领域要求越高、越扰人心神、越教人灰心，维系公共广场的工作就越发困难。谁有那种时间和精力去支持公共领域呢？什么样的辞令能有潜力与美国人对“隐私”的爱相竞争？

天黑回到公寓，我不会马上把灯打开。这些年来，这已成为我的一种自我要求的预防措施，免得一下子让客厅灯火通明，吓坏了暴露在外的邻居，虽然我唯一看得到他们在做的活动，似乎从来都是看电视。

今晚我那位极为注重皮肤的邻居跟她丈夫在家，他们似乎正着装准备出席什么宴会。女人——从百叶窗和窗框间的缝隙看得到她修长的身影——正在穿浴袍，戴发夹，坐在镜子前。头发油亮、穿着西装裤和白 T 恤的男人，则站在另一个房间的沙发旁看电视，姿势看起来不怎么投入。最后女人消失于卧室。男人穿上白衬衫、系上领带，坐在沙发的扶手上，仍看着电视，现在比较专注了。女人穿着无肩带的黄色洋装回来，看上去完全变了一个人。多美妙的转变啊！私与公之间的距离，多美妙啊！我看到珠宝、夹克和手提包等的快速往返动作，然后这对盛装打扮的夫妇，便进世界冒险去了。

一九九八年

何必苦恼？

（原载于《哈泼氏》杂志）

我对美国小说的绝望始于一九九一年冬。当时我逃到雅多——位于纽约上州的艺术家聚居区——写我第二本书的最后两章。我刚和妻子分居，在纽约市过着自我强迫式的孤独生活，白天长时间在白色的小房间里工作，整理十年来的共有财产，晚上到俄语、印地语、韩语和西班牙语平均分布的大街散步。然而，即使置身皇后区最深处，新闻仍能通过电视和我订的《纽约时报》传到我这里。这个国家正心醉神迷地备战，到处都回荡着乔治·布什的华丽辞令："至关重要的原则问题面临危机。"布什的支持率高达百分之八十九，且几乎听不到民众对战争的质疑：在我看来，美国正无可救药地脱离现实——梦想屠杀伊拉克无名百姓的光荣，梦想永不匮乏可供一小时通勤的石油，梦想摆脱历史定律。而我，也在梦想着逃脱。我想躲开美国。但当我来到雅多,发现它并非避风港的时候——《纽约时报》每天送来,聚居区的同伴们也一直在聊爱国者导弹和黄丝带——我开始觉得,我真正需要的是座修道院。

然后一天下午,在雅多的小图书馆,我拿起宝拉·福克斯的短篇小说《绝望的人们》来读。“她将随心所欲地做一切事情!”这个愿望紧紧抓住了小说主人公苏菲·本特伍德。家住布鲁克林、没有子女的她,丈夫是一名保守的律师,婚姻不幸福。苏菲以往会翻译法文小说,但现在她意志消沉到连读都没办法读。她不听丈夫奥托的劝告,拿牛奶给一只无家可归的猫喝,而猫咬了她的手来报答她的好意。苏菲顿时觉得“受了重伤”——她“无端”被咬,就跟约瑟夫·K在《审判》中“无端”被捕一样[①]——但当伤口消肿,她开始为不必打狂犬疫苗的希望而感到飘飘然了。

苏菲想要随心所欲做的“一切”不只是随性对待那只猫。她想要随心所欲地读龚古尔奖小说、吃香草煎蛋卷[②]——在一条到处都有游民摊开四肢躺在自己的呕吐物上的街道,在一个正在越南打一场肮脏战争的国家。她想要逃脱直面未来——没有了奥托的生活——的痛苦。她想要继续做梦。但小说的逻辑发展不会让她如愿。她反倒被迫接受个人与社会的这个

①《审判》是卡夫卡所著长篇小说。主角约瑟夫·K在一天早上被叫醒,莫名其妙被捕,历经漫长的审判过程,最终在一天夜里被秘密处死。

②原文为法语。

方程式：

> “天啊，如果我得了狂犬病，不就跟外面那些东西一样了。”她大声说，觉得如释重负，仿佛终于找到方法求得平衡：一面继续在这屋里安静、空虚地度日，一面窥探在她自己的存在边缘照亮黑暗的那些先兆。

一九七〇年首次出版的《绝望的人们》，以一个预言性的暴力行为收场。承受不了婚姻破碎的压力，精神崩溃的奥托从苏菲的写字桌上抓起一只墨水瓶，朝卧室墙壁砸去。曾印出奥托的法律书籍和苏菲译作的墨水，此刻形成一抹无法辨读的污渍。墙上的黑线既是毁灭的记号，又是解脱的预兆，曾经躁动的孤独结束了。

《绝望的人们》将破碎的婚姻与破碎的社会秩序画上等号，正好与我在那年一月经历的那种混沌同声相应。我的婚姻支离破碎究竟是件好事还是件可怕的事？我感到痛苦，是因为我的灵魂病了，还是社会生了病施加于我？在我之外有人深受同样的混沌之苦，且在远方看到光亮——福克斯的书出版了，被收藏了；随便从架上抽本书，就可以从中找到同伴、慰藉和希望——这感觉，有如宗教的恩典。

然而，就在我以读者身份获救于《绝望的人们》的同时，我也以小说家的身份对连接个人与社会的可能性深感绝望。这个今天偶然发现《绝望的人们》的读者，将同时被本特伍德的世界的陌生和熟悉吸引。经过四分之一世纪，福克斯在书里披露的文化危机感只是变得更广阔、更严重了。但当前的危机所在——电视的平庸统治、公共演说的电子碎片——并未在那本小说中出现。本特伍德夫妇的交流方式无非是书、电话和信件。先兆不会经由有线电视变频器或调制解调器源源不绝地流入：它们只会在存在的边缘被隐约瞥见。现在似乎已成稀世古玩的墨水瓶，在一九七〇年仍是一种可以考虑的象征。

那年冬天，家家户户萦绕着远从巴格达和沙特阿拉伯传回的彼得·阿内特和汤姆·布罗考[1]鬼魅般的画面——家家户户的居民不太像个体，反倒像一种集合算法，将媒体沙文主义转化成百分之八十九的支持率。在这样的冬天，我不由得想：如果是活在当代的奥托·本特伍德崩溃了，他八成会踢卧室里的电视屏幕吧。但这种想法可能搞错了重点。奥托·本特伍德如果生活在九十年代，理应不会崩溃，因为这个世界不再会对他施加压力。在电子民主时代，身为不知羞耻的精英主义论者、印刷世界的化身和真正孤单的男人，他属于濒临灭绝的物种，几乎是完全不合宜的存在。数百年来，印刷小说的墨水在意义深远的叙事里确立了分离、主观的个体。苏菲和奥托在卧室墙上那

①二人皆为采访美伊战争的美国新闻记者。

团预言性的黑渍中窥见的，正是“文学人物”概念的崩解。怪不得他们会绝望。那时仍是六十年代，他们浑然不知，自己被什么袭击。

围困持续着——已持续甚久，但那些被围困的人不到最后一刻是不会把这当回事的。

——《绝望的人们》

我在一九八一年大学毕业时，还没听闻“社会小说已死”的消息。我不知道菲利普·罗斯早就验过尸，把“美国的现实”描述成“令人惊愕……作呕……恼怒……最终连我们自己贫乏的想象都觉得难堪”的东西。“现实不断超出我们的才智所及。”我爱上了文学，爱上了一个女人，受她吸引，部分因为她是个优秀的读者。对于我想写的那种绝不妥协的小说，我有很多种模式，甚至有种模式已经找到大批读者：《第二十二条军规》。约瑟夫·海勒想出一个超越现实的办法，以现代战争的不合逻辑来隐喻美国正在彻底改变的现实。他的著作已完全渗入全民的想象力，因此我的《韦氏大学辞典》（第九版）对于这个书名至少给出了五种相关联的含义。在《第二十二条军规》后，没有哪部发人深省的小说对文化产生过如此深刻的影响，一如在越战之后，没有哪个议题激发起这么多不合群的美国青年的兴趣，但这个事实很容易被忽略。大学时我满脑袋马克思主义，我相信“垄断式资本主义”（我们这么称呼）充满了小说家可以诱骗美国人去面对的“负面时刻”（我们这么称呼），只要他能用足够撩人的叙事包装破坏力十足的炸弹。

二十二岁的我开始写第一本书时，怀抱着改变世界的梦想。书在六年后完成，那时我唯一仍牢牢抓着的小小希望，关乎历史、世界的希望，是上 KMOX 电台的广播节目《圣路易斯之声》，我是在母亲的厨房里听着它冗长而详尽的作者访问长大的。我的小说《第二十七座城市》讲述的是一个中西部城市的天真：是在一个冷漠而注意力涣散的年代，圣路易斯市政雄心的沉痛与辛酸；而我期待能与 KMOX 午后脱口秀的一位主持人共度四十五分钟，想象他从我这里套出我埋伏在书里的主题。对气急败坏打电话进来想知道我为什么憎恨圣路易斯的听众，我会以已经失去童真的人那种无畏的声音解释说，在他们看来的恨，其实是爱之深，责之切。听众里会有我的家人：认为写小说是一种不尽社会责任的职业的家母，以及希望有朝一日翻开《时代》杂志，能看到我在里面被人评论的父亲。

直到《第二十七座城市》在一九八八年出版，我才明白原来我仍有多天真。媒体一直把焦点对准我的年轻，这完全出乎意料。还有钱。拜出版商乐观地大力宣传所赐——他们料想这本本质暗黑、不按常理出牌的闲书或许能卖几兆册，我会赚到足够的钱来支持自己写下一本书。但最大的意外——确切证明我有多不留意自己在《第二十七座城市》里提出的警告——是我这本被文化占据的小说，却没能与文化交手。我意在挑衅，得到的却是六十篇脱离现实的书评。

我在KMOX电台的经历也具指示意义。主持人是一个皮肤晒成威士忌色、梳着令人心碎的遮秃发型的雇工，显然连第二章都没看完。他在砰砰作响的麦克风底下轻拂书页，仿佛希望情节能经手指皮肤吸收。他问我人人问我的问题：广获好评的感觉怎么样？（感觉很棒，我说。）这本小说是自传吗？（不是，我说。）身为在圣路易斯长大的孩子，借由这趟很炫的新书巡回宣传回到故乡，有什么感想？莫名的失望。但我没说出口。我已经明了金钱、炒作、乘坐豪华礼车到《VOGUE》杂志拍摄不仅仅是附加福利。它们是主要奖赏，是对你已与文化无关这一事实的安慰。

现今小说对于美国主流文化的影响力究竟比《第二十二条军规》出版的年代薄弱多少，不可能判断出来。但我这个雄心勃勃的年轻小说家忍不住指出：在《今日美国》近来针对“美国文化生活的二十四小时”所做的调查中，有二十一小时与电视有关、八小时与电影有关、七小时流行音乐、四小时广播、一小时小说（《麦迪逊之桥》）。还有，像《星期六评论》那种在约瑟夫·海勒如日中天时期仍对大量小说进行细致检视的杂志已完全绝迹。以及，目前的《纽约时报书评》每星期仅刊登两篇完整的小说评论（五十年前，小说与非小说的比例是一比一）。

我唯一熟悉的主流美国家庭就是我成长于其中的家庭，而我可以跟各位报告，家父虽不爱阅读，也多少认识詹姆斯·鲍德温和约翰·契弗，因为《时代》杂志让他们上封面，而对我父亲来说，《时代》杂志是最高文化权威。过去十年，这本曾两度用红框围住詹姆斯·乔伊斯的面孔的杂志，已将封面奉献给斯科特·杜罗和史蒂芬·金。这些当然是可敬的作家，但没有人怀疑，为他们赢得封面的是他们的合约数量。美金已成为衡量文化权威的标准，而像《时代》这类不久前仍有志塑造全民品位的新闻杂志，现在反以反映全民品位为己任。

出版《第二十七座城市》之后，我在文学美国里找到自我，它和我曾成长于其中的圣路易斯有着奇妙的雷同：一座曾经美好的城市，被白色飞机和超级高速公路穿肠破肚，逐渐枯竭。若把严肃小说比作城市，围住它萧条的中心地区的，正是大众娱乐建构的繁荣新郊区。内城残余的生命力大多集中在黑人、西班牙人、亚洲人、同性恋和女性社区，他们接手了白人异性恋男性逃离后空出的建筑。“艺术硕士计划”给未充分就业者提供住房和工作福利；一些怪里怪气、热爱城市的艺术家继续藏身旧仓库，而游访的读者仍可以在周末参观某些治安良好的文化遗迹：托妮·莫里森的圣殿、约翰·厄普代克的管弦乐团、福克纳之家、沃顿博物馆，以及马克·吐温公园。

九十年代初期，我就跟小说的内城一样衰靡不振。我的第二本小说《强震》是一个又长又复杂的故事，讲述在道德动荡世界里的一个中西部家庭，而这一次，我不再像写《第二十七座城市》时那样，用反讽和轻描淡写来掩盖我的炸弹，而是直接靠修辞扔出瓶装汽油弹。但结果如出一辙：又是一张全是 A 和 B 的成绩单，只不过给分的是书评人而非老师——年纪还小时，我既渴望老师的认同，又不满足于此；不错的收入；不恰当的沉默。与此同时，妻子和我在费城重修旧好。我们花了两年绕了三个时区，试着找寻一个舒适宜人、花费不多、我们不会感觉像陌生人的地方。最后，经过深思熟虑，我们还是在另一座萧条的城市租了一个太贵的住所。而我们持续凄惨的境况似乎毫无疑问地证明，这世上没有地方适合小说作者居住。

在费城，我开始做无谓的计算，用我前一年读过的书的数量乘以我合理预期会活的年数，并觉得那三位数的乘积没那么像必死命运的暗示（不过那个方面的消息也确实不令人振奋），反倒凸显了阅读的慢工细活与现代生活运动机能亢进之间的不和谐。忽然间，仿佛我那些曾经爱阅读的朋友都不再阅读，甚至对此毫无歉疚。我问一个曾主修英文的年轻朋友最近在读什么书，她回答："你是说线性阅读吗？比如从头到尾读一本书？"

文学与商业市场之间，从来没有流失过这么多的爱。消费经济喜爱能以高价卖出、损耗迅速或易于经常改良且每一次改良都能增添些许实用性的商品。对这样的经济而言，永保新鲜的不仅是质量较差的商品，更是"处于对立面"的商品。文学经典作品廉价、可无限次重复使用，最糟的是，无法改良。

在苏联解体后，美国政治经济已着手巩固战果、扩大市场、保卫获利，以及瓦解仅存少数批评家的士气。一九九三年，巩固的迹象随处可见。我看到发福的小货车和大屁股的卡车取代小汽车成为郊区首选的交通工具——那些 Ranger、Land Cruiser 和 Voyager 是那场为确保美国石油比泥土还便宜而发动的战争真正的战利品，那场战争看起来就像为时一千小时的高科技专题广告片，是一场通过商业电视散播的消费战争。我看到吹叶机取代耙子；看到 CNN 在机场休息室挟持旅客，在超市收银区扣押购物者。我看到 486 芯片取代了 386，接着又被奔腾取代，以至于，虽然产生了新的规模经济，入门级笔记本电脑的价格从未跌到一千美元以下。我看到宾州大学赢得百视达杯。

但是，当我试着把文学阅读神圣化的时候，我却变得愈来愈消沉，晚饭后除了瘫在电视前，什么也做不成。我们没装有线电视，但我永远找得到好看的：费城人队对战教士队、老鹰队对战孟加拉虎队、《M*A*S*H》、《欢乐酒店》、《重案组》。自然，我看越多电视，感觉就越糟。如果你是小说家，而连你都不喜欢阅读，又怎能期待别人读你的书？我相信我应该阅读，一如我相信我应该写第三本小说。而且不是随随便便的第三本小说。我一直有个偏见：把小说人物放进动态的社会环境能够丰富你要说的故事；这类小说的骄傲就在于它横跨私人体验和公共背景之间的广阔区域。而还有哪个背景比电视的浮光掠影更具活力呢？

但我的第三本书全面停摆。我在折磨那个故事，将它拉伸，以便容纳更多现实世界里发生的冲击小说写作事业的事情。我想写出的那种透明、优美、迂回之作，被灌进愈来愈多的议题。我已经研究了当代药理学、电视、种族、监狱生活和其他十多种语汇；我该怎么一面讽刺网络宣传和道琼斯指数，同时留空间给复杂的人物和场景呢？随着构思时间愈拉愈长，文化变迁得愈来愈快，我愈来愈恐慌：要怎么设计一艘可以一边浮于历史，一边创造历史的船呢？小说家有愈来愈多的话要跟读者说，读者阅读的时间却愈来愈少：要与一种陷入危机的文化交战，偏偏这个危机就在于不可能与这一文化交战，这时该上哪里找寻干劲呢？那些日子过得真不快乐。我开始觉得，整个“文化参与”类型的小说模式一定有哪里不对劲。

十九世纪，当狄更斯、达尔文和迪斯雷利拜读彼此作品之时，小说是社会教化的卓越媒介。民众期待萨克雷或威廉·迪恩·豪威尔斯新书之殷切，不亚于今天圣诞档电影激发的热情。

社会小说衰微的一大显著原因，是现代科技远比它更擅长做社会教化工作。电视、广播和照片都是生动而实时的媒体。在《冷血》[①]之后，报章杂志也觉醒了，成了饶富创意的小说替代品。由于掌握大批观众，电视和杂志得以迅速搜集大量信息。

①美国作家杜鲁门·卡波特于 1966 年出版的报道文学小说。

严肃小说的作者很少有人付得起迅速往返的新加坡之旅，或像《急诊室的春天》和《纽约重案组》等电视连续剧那样，请大批专业顾问为其真实性作饰。资质平凡又想反映非法移民困境之类问题的作家，若选择小说作为媒介就很蠢。想攻击感性泛滥的作家也是如此。连家母都因为太常听到而反感的《波特诺伊的怨诉》[①]，或许是最后一部作为堕落的梦魇有可能在鲍伯·多尔[②]的雷达上出现的美国小说。今日的波德莱尔们都是嘻哈艺术家。

小说的本质是孤独的：无论是写还是读。我会对苏菲·本特伍德有亲切感、像提到好友一样随意提到她，是因为我将自己的恐惧感和疏离感投射到了我建构的她身上。如果我只能通过《绝望的人们》的影片认识她（雪莉·麦克雷恩在一九七一年拍了这部旨在表达她自己的电影），苏菲就会是“其他人”，被我观看的屏幕、电影的肤浅以及麦克雷恩的明星风采隔开。最多，我可能会感觉更了解麦克雷恩了。

但是，更了解麦克雷恩就是这个国家想要的。我们生活在一种实实在在的暴政中。O. J. 辛普森[③]、提摩西·麦克维[④]和比尔·克林顿被逐日揭露的事迹像密集的符号般存在，将我们本身无

---

①菲利普·罗斯于 1969 年出版的畅销小说。

②鲍伯·多尔（1923－ ），美国共和党议员，1996 年参选总统失利。曾于 1995 年公开斥责好莱坞片商制造“堕落的梦魇”。

③ O. J. 辛普森（1947－ ），前美国橄榄球明星，1995 年被控杀害妻子及好友，引起轰动。

④提摩西·麦克维（1968－2001），于 1995 年 4 月 19 日策划俄克拉荷马市爆炸案，造成 168 人丧生。

电视转播的生活降级为附属的影子世界。为了名正言顺地要求我们注意，大众文化与信息机构不得不每天，甚至每小时提供“新”的东西。虽然出色的小说家不会刻意去找出趋势，但很多人觉得有责任关注当代议题，而他们现在面对的文化，是所有议题几乎同时燃烧殆尽。如果哪个作家想讲述一个从一九九六年到一九九七年皆成立的社会故事，她可能发现自己根本找不到稳固的文化指涉对象。在她筹划小说期间能反映现实之事，到小说写完、改写、出版、发行和被阅读时，肯定几乎都已经过时。

以上种种都无法阻止文化评论者——特别是汤姆·沃尔夫——指责小说家不再进行社会描写。在沃尔夫于一九八九年发表的“新社会小说”宣言中，最引人注目的一点——甚至超过他离奇地对一九六〇年到一九八九年间出版的许多精彩的社会小说一无所知带来的震惊，是他没能解释为什么他心目中理想的新社会小说家不该为好莱坞写剧本。所以值得再说一次：就像照相机把木桩钉入严肃肖像画的心脏，电视也杀死了社会报道式的小说。真正忠贞的社会小说家或许仍找得到巨石的裂缝以插入他们的岩钉。但他们也了解，他们无法再像豪威尔斯、辛克莱和斯托夫人那样仰赖他们的素材，而只能依靠自己的敏锐度，并期望不会有人把小说当新闻来读。

至少，菲利普·罗斯在一九六一年看到了大部分的事实。

他指出，“如果一个小说作者感觉没有真正住在自己的国家——无论就生活，或就他踏出家门所经历的事情来看——那一定是个严重的职业障碍”，他有点哀怨地问：“他要写什么主题？他的风景在哪里？”然而，从一九六一年到现在，螺钉旋得更紧了。如今，电视固然篡夺了新闻提供者的角色，用刻板取代了想象，但我们废退得比电视影响得还要严重。在罗斯发表评论前后写作的弗兰纳里·奥康纳[①] 坚持认为，“小说的职责”是“通过举止体现神秘”。一如爱伦·坡从自己的《乌鸦》一诗汲取诗学，奥康纳的构想尤其是在恭维自己的作品，但几乎毫无疑问，“神秘”（人类如何逃避或正视存在的意义）和“举止”（人类行为的具体细节）一直是小说作者的首要关注点。而令今天的小说家害怕的是，支配世界的科技消费主义正大力消灭这两点的意义。

对于罗斯明确提出的问题，对于小说家与全国性媒体环境格格不入的感觉，奥康纳的回应是再次强调，最好的美国小说一直以来都是地区性的。这话听来有几分尴尬，因为她的偶像亨利·詹姆斯是个世界主义者。但她真正的意思是，独特性是小说的根本，而特定地域的举止，永远能为其耕作者提供格外肥沃的土壤。

至少在表面上，美国的地域性仍欣欣向荣。事实上，现今大学校园里有个时髦的说法：美利坚已不复存在，只有美国各

①弗兰纳里·奥康纳（1925－1964），美国小说家、评论家，著有长篇小说《智血》、短篇小说集《好人难寻》等。

地；一名纽约黑人女同性恋和一名南方佐治亚浸信会教徒的共同点只有英语和联邦所得税。但很有可能，这个纽约人和这个佐治亚人每晚都观看《大卫牙擦骚》，都在竭力找健康保险，都有饱受产业出走威胁的工作,都上折扣超市给他们的孩子买《风中奇缘》的周边商品，都被商业广告搞到愤世嫉俗，都玩彩票，都梦想一夜走红，都服用血清素再摄取抑制剂，也都带着罪恶感迷恋乌玛·瑟曼。在当今世界，地方风俗丰富的横向戏剧，已被单一的纵向戏剧所取代，充满地方特色的戏剧正屈服于商业一般性。前两代东欧作家不得不与政治极权主义搏斗，今天的美国作家则面临类似的文化极权主义。忽视它会招致怀旧。但正视它，又会有小说主旨一再重复的危险：科技消费主义是诡雷……科技消费主义是诡雷……

同样令人沮丧的是具有更普遍含义的“举止”一语的命运。粗鲁、推卸责任、欺瞒和愚蠢是真实人类互动的写照：是聊天的素材，失眠的原因。但在广告和购买的世界，邪恶皆与道德无关。这个世界的邪恶包含高价、不便、缺乏选择、缺乏隐私、烧心、掉发、路面湿滑。这不意外，因为所有值得用广告宣传解决的问题，都是花钱可以处理的问题。但金钱无法解决举止恶劣的问题——在漆黑的电影院喋喋不休的人、盛气凌人的小姑、自私的性伴侣——除非提供原子化的隐私作为庇护所。而这样的隐私正是这个“美国人的世纪”心之所向。首先是大规模的郊区化，接着是家庭娱乐臻于完美，最后是虚拟社区之创造，它最惊人的特色在于，社群内的互动完全是选择性的——使用者只要对社群体验不再感到满意，便可立即终止。

已经有很多人指出以上种种趋势会使幼儿期无尽延伸。少有人着墨的是，这些趋势如何改变了我们对娱乐的期待（书一定要带给我们什么，而非我们给书带去什么），以及娱乐本身的内容。小说家面临的问题不只是普通男女彼此面对面的时间少得可怜；毕竟，书信体小说的丰富传统，以及鲁滨孙的境况，都与当今市郊单身汉的孤独相当接近。真正的问题在于，充斥着形形色色举止的小说，是依赖各式各样的冲突茁壮成长起来的，而普通男女的整体生活结构日益改变，可以避开那种冲突了。

这里，我们确实面临看似严肃艺术整体的废退问题。假设人类的存在由某种“痛苦”界定：为我们每一个人皆非宇宙中心而痛苦；为我们的欲望在数量上永远超过达成方式而痛苦。如果我们将宗教和艺术视为人类有史以来较受喜爱的抚慰痛苦的方式，那么当我们的科技和经济体系，甚至连我们商业化的宗教，都高度发展到足以让我们每一个人成为自我选择与满足的宇宙中心，艺术会发生什么事呢？例如，对于有如针刺的不良举止，小说的回应是让它们滑稽可笑。读者和作者一起笑，不再因刺痛而感到那么孤单。这是一种棘手的交易，需要下一些功夫。但如果一个体系从一开始就为你省去针刺之苦——过滤你的电话；靠调制解调器联系；有钱专门处理私有化的世界

(劳工必须毕恭毕敬，否则饭碗不保)——这种交易要如何完成呢?

长远来看，社群主义的崩溃可能产生各种严重的后果。但短期内，在这个出奇繁荣、健康的世纪，社群主义的崩溃正让处置“痛苦”的古老方法失去用武之地。至于社会原子化可能产生的孤独、茫然和失落感——或许可归并为奥康纳所说的“神秘”——则已经壮大到被列为疾病了。疾病有病因：脑部化学作用异常、童年时遭受性虐待、福利皇后①、父权制、社会功能障碍。也有疗法：左洛复②、恢复记忆疗法、“美国契约”③、多元文化、万维网。局部治疗，或更好的持续性局部治疗，如果行不通，单是知道自己有病也是一种安慰——无论什么都比神秘来得好。科学从很久以前就开始攻击宗教。但直到应用科学以科技之姿崛起，同时改变了对小说的需求和小说创作的社会背景，我们这些小说作者才充分感受到科学的影响。

即便现在，当我小心翼翼探测已成过去时的绝望时，也很难承认我曾有过以上种种怀疑。在出版界，“坦承怀疑”之举常被称为“发牢骚”——不畅销的作家抱怨文化是可悲而自私

①前美国总统里根曾于1976年总统初选时提到芝加哥有位“福利皇后”，指她有本事向政府申请十五万美元的福利援助，甚至拥有一辆豪华的凯迪拉克轿车，借此讽刺民主党政府乱给福利养懒人。

②一种抗抑郁药物。

③ 1994年中期选举时，共和党提出的包括当时众议员纽特·金里奇起草的财政责任在内的政纲，主张预算平衡、给予总统择项否决权和福利改革等。

的，畅销作家抱怨文化则是忘恩负义。对于像作家这样竭力维护隐私、竞争激烈的人群而言，默默承受似乎是最安全的方针。不管你有多厌恶你所察觉到的预感，最好还是散发信心，并希望信心会传染。当一个作家公开指称小说气数已尽，他的新书肯定卖不好；对他的声誉而言，这就像在鲨鱼成群的水域流血一样。

更难以承认的是我有多抑郁。随着抑郁在社交上的污名愈来愈轻，其在美学上的污名却愈来愈重。不光是抑郁已蔚为流行到庸俗的地步。更重要的是大众普遍认为，我们生活在一种日益缩减的二元文化中：你不是健康就是生病，不是机能健全就是机能失常。如果说充满种种可能性的地带被摧毁是你抑郁的原因，你便不想自称抑郁而火上浇油。你会觉得是这个世界病了，拒绝在这样的世界运作才是健康的。你会接受临床医师所称的“抑郁现实主义”观点。《俄狄浦斯王》中的合唱队唱道：凡人的子孙啊，我把你们的生命当作一场空！谁的幸福不是表面现象，一会儿就消失了？[①] 你，毕竟只是原生质，总有一天会死。诱使你抛开抑郁，无论是通过药物或疗法或强化意志力，看来就像诱使你不顾所有黑暗思想，转身面对美丽新“麦当劳世界”的腐败、幼稚与自欺。而这些见解是社会小说家的唯一遗赠，他们渴望的不光是呈现世界的细节，还要呈现它的本质，把光

①罗念生译本。

照在虚拟旋风中那只无视道德之眼上；他们相信，人类的未来不该只有价格诱人的电子商品，尽管现在许多人正共同谋划这样的未来。你不想说“我好抑郁”，你想说的是“我是对的！”。

但是可获得的所有实证皆显示：你已经变成一个无法共处、聊起天来毫无乐趣可言的人。而身为小说家的你，愈觉得自己是抑郁现实主义硕果仅存的宝库，是抑郁现实主义代表的治疗性社会所剩无几的激进批评者，那么你的艺术所要背负的提供新闻的担子，将变得不堪承受。你问自己，我何必费心写这些书？我没办法假装主流大众会听我提供的新闻。我没办法假装自己可以推翻什么，因为任何有能力破解出我的那些破坏性信息的读者，都不需要听这些（何况当代艺术景象不断提醒我们，当艺术家开始对唱诗班布道时一切变得多么愚蠢）。我受不了严肃小说对我们有益之类的说法，因为我不相信这世界的任何毛病有法可医，就算我有办法，感觉自己就是病人的我，又怎么提供呢？无论如何，很难把文学想成药，因为阅读文学只会加深你与主流的疏离感，加深你的忧郁；迟早，心里想着治疗的读者，会把阅读本身指认为疾病。例如，苏菲·本特伍德浑身写满了“百忧解候选人”。无论她的痛苦有多华丽或滑稽，无论她在那些痛苦的光亮下展现多么深刻的人性，喜爱她的读者都会忍不住好奇，找心理医师治疗会不会是最好的做法。

最终，我抗拒“文学是更崇高的天职”这种观念，因为精英主义并不十分适合我美国人的天性，也因为，就算我对“神秘”

的信仰尚不至于让我怀疑优越感，我对“举止”的信仰也会让我难以向身为迈克尔·克莱顿[1]迷的胞兄解释，我正在写的作品就是比克莱顿的好。就连法国的后结构主义者也帮不上忙，尽管他们对“文本的愉悦”[2]的颂扬在哲学上无懈可击，因为我知道，无论《绝望的人们》的隐喻有多丰富，语言有多老练，我第一次读它的感受，不是无尽水平联想带来的感官欢愉，而是脉络分明和要命贴切的感觉。我知道我喜爱阅读和写作是有理由的。但每一句辩解、每一次防卫，似乎都会溶解在当代文化的糖水里，不久，连早上起床都变得困难。

以两句话快速概括小说家：我们不喜欢太过深入地探究有关读者的问题；我们不喜欢社会科学。那么，这就尴尬了：对我来说，黑暗中的明灯——无意中尽了最多心力让我重回作家一途的那个人——正是一位研究美国严肃小说读者的社会科学家。

获得麦克阿瑟天才奖的雪莉·布莱丝·希斯是一位语言人类学家，也是斯坦福大学的英文及语言学教授；她时髦、纤瘦，一头白发，看似不能忍受闲聊。整个八十年代，希斯常出没于她所说的“强制过渡区”——人们被“监禁”、无法求助于电

---

①迈克尔·克莱顿（1942－2008），美国畅销作家、导演、编剧，以科幻、惊悚小说著称，著有《侏罗纪公园》《桃色机密》《时间线》等。

②法国社会及文学评论家罗兰·巴特（1915－1980）1975年出版著作《文本的愉悦》，他在书中指出读者在处理一个文本时，可自由地抛弃符号的指示，借其偏好的认知参与，在感官或身体的反应中产生多义或多元诠释。

视或其他消遣的地方。她搭过二十七个城市的公共交通工具。她潜伏于机场（至少在CNN到来之前）。她带她的笔记本进书店和滨海度假村。每当看到人阅读或购买“内容充实的小说作品”（主要指大众平装本），她就会上前耽误他们几分钟。她拜访夏天的作家讨论会和创意写作课程来考问青年。她采访小说家。三年前她采访过我，去年夏天我又和她在加州帕罗奥多共进午餐。

真到了小说家要考虑读者的时候，我们喜欢想象有“普通读者”——一大群各式各样的、受过不错教育的人，可以被权威性的书评或积极的营销引诱，从而用一本严肃的好书款待自己。我们竭尽所能不去注意这个事实：在教育程度相近、生活同等复杂的成人之中，有人读很多小说，其他人则读得很少，甚至不读。

但这种情况难逃希斯的法眼，虽然她向我强调她并未对美国所有的人进行调查，她的研究仍强有力地破除了“普通读者”的迷思。她告诉我，一个人要维系对文学的兴致，有两个条件不可或缺。首先，阅读有意义的作品的习惯，必须在他或她非常年轻时“深刻地塑造”。换句话说，父母至少要有一人坚持阅读严肃书籍，并鼓励孩子效法。在东岸，希斯发现这种情况存在强烈的阶级因素。特权阶级的父母鼓励阅读，系出于路易斯·奥金克洛斯[①]所谓的“应得权利”观念：正如高雅的人应懂

①路易斯·奥金克洛斯（1917－2010），美国小说家，作品主要探讨纽约上层社会的行为举止和道德问题。

得品赏鱼子酱和优质勃艮地，她也应该懂得欣赏亨利·詹姆斯。阶级在美国其他地区影响较轻微，特别是信奉新教的中西部地区，在那里，文学被视为一种淬炼心智的方式。如希斯所说："要成为好人，淬炼的方式之一便是不要轻佻地使用你的空闲时间。你必须有能力通过职业道德和明智利用余暇来为自己负责。"在南北战争后的一个世纪里，中西部是数千小镇文学社团的大本营，而希斯发现，在那些社团中，警卫的妻子可能和医生的妻子一样活跃。

然而，光有爱读书的父母尚不足以造就终其一生热衷读书的读者。据希斯的观点，年轻读者还需要找一个趣味相投的人。"养成阅读习惯的孩子会开始拿手电筒在被窝里读书，"她说，"如果父母够聪明，他们会禁止孩子这么做，借此鼓励她。除此之外她会找到同样爱看书的同辈，两人会把这当成秘密来保守。以书会友的情况可能迟至大学才发生。尤其高中时，爱看书的人得牺牲不少社交活动。很多原本是孤单读者的孩子上了大学突然发现："天哪，这里还有其他人爱看书啊。"

当希斯向我吐露她的发现时，我不禁回想起在初中遇到两个可以一起讨论托尔金[①]的朋友时那种兴奋之情。我也在想，今天，对我来说，没有什么比读者更性感迷人。但这时我猛然想起，我连希斯所说的第一个先决条件都不符合。我告诉她我不记得

① J. R. R. 托尔金（1892－1973），英国作家、诗人、语言学家，以创作《霍比特人》《魔戒》等奇幻作品闻名于世。

小时候爸妈读过哪一本书，除了大声念故事给我听。

希斯毫不惊讶地回答：“没错，还有第二种读者，也就是社交孤立型——从小就觉得与身边每一个人截然不同的孩子。这在采访中非常非常难以发现。人们不喜欢承认他们小时候很孤僻。情况是，你把与众不同这种感觉带进想象世界，但那是一个你无法与身边的人分享的世界——因为那是想象出来的。因此你生命中的重要对话，是和那些你读的书的作者进行的。他们虽然人不在场，却成为你的社群。”

听到这里，骄傲迫使我在年轻的小说读者与年轻的书呆子之间划出界线。只对事实、科技或数字感到安心的典型书呆子，特征不是不善交际，而是反社交性。阅读在某方面确实比较像书呆子的消遣：这种习惯既依赖孤立感维系，又使之变本加厉。但小时候“孤僻”不代表你长大以后必定嘴巴臭、人缘差。事实上，那可能让你变得极其热衷于社交。只是某些时候你会开始感到一股折磨人的、近乎痛悔的需求：好想独处，好想读点书——好想与那个社群重新建立联系。

据希斯的说法，社交孤立型读者（她也叫他们“抗拒型”读者）远比习惯塑造型更可能成为作家。如果书写是儿时社群内的交流媒介，作家长大后自然仍会发觉写作对其联结感至关重要。而“作品内容充实”的作家身上被视为不合群的特质，无论是詹姆斯·乔伊斯的放逐或 J. D. 塞林格的隐居，则主要源自社交孤立，那是流连于想象世界的必备条件。希斯看着我的眼睛说:“你是社交孤立型，极其渴望和内容充实的想象世界交流。”

我知道她说的“你”并非特指我。但我觉得她仿佛看到我灵魂深处。她对我纯属偶然的描述令我雀跃——尽管不具诗意，而我的雀跃证实了描述的真切。就只是为了让人了解真实的自己，就只是为了不被误解：忽然间，我明白了这些就是写作的理由。

直至一九九四年春天我始终是个十分孤僻的人，一心只想赚点钱。在妻子和我最后一次分手后，我找了份工作，在一所小型文理学院教大学生写小说，虽然花了太多时间在那上面，我却很喜欢那份工作。这些在《罗温 & 马丁喜剧秀》首映时都还没出生的学生，其技巧和抱负都令我振奋。但我也沮丧地得知，我心目中写得最好的学生中有好几个曾发誓绝不再上文学课。一天晚上，一个学生跟我说，他的当代小说课曾花了整整一个小时辩论小说家莱丝莉·马蒙·西尔科有没有恐同症(恐惧同性恋)。另一晚，当我走进教室时，三个女学生正笑着数落一本她们被迫为“女性与小说荣誉研讨会”而读的女性主义乌托邦小说。

现正肆虐英国文学界的医疗乐观主义坚称，小说应被分成两大箱：病症(从黑暗时代到一九五〇年以前的权威作品)与能让世界更健康快乐的药(女性作品和来自非白人或非异性恋文化的作品）。但当代小说作家本身几乎不应受到谴责，虽然他们的作品在大学正发挥着这样的乐观效用。如今仍具文化权威性的美国小说——对大学以外有吸引力、存在于家庭对话之中——多半是女性作品。见多识广的书商估计，有百分之七十的小说是女性购买的，因此，近年来那么多跨界小说、那么多找到读者的好书是由女性撰写的，实不足为奇：简·斯迈利和罗瑟兰·布朗的作品里，虚构的母亲冷静、清醒地看待她们的子女；虚构的女儿聆听华裔母亲（谭恩美）或齐佩瓦族祖母（露易丝·厄德里克）的声音；虚构的自由女性与她亲手杀害以拯救其脱离奴役的亡女的灵魂交谈（托妮·莫里森）。这些小说的黑暗不是凭当代批评理论之启蒙便可消除的政治黑暗，而是不易治疗的悲痛的黑暗。

女性及文化上属于少数族群的小说在现今如此欣欣向荣，证明以传统社会小说的命运来判断美国文学的生命力，是一种沙文主义。的确，我们可以认为，与主流文化渐行渐远反倒让美国的文学文化更加健康；众所周知的“美国”文化不过是一群白人男性异性恋精英维系地位不坠的手段，它的式微是一个已枯竭的传统应得的惩罚。（例如约瑟夫·海勒在《第二十二条军规》中对女性的描写就实在令人难堪，我都不愿给我的学生推荐这本书。）美国经验可能已经盘根错节、枝繁叶茂到没有哪一本“社会小说”——像狄更斯或司汤达那种风格——能够充分反映；现在或许需要十本从十种不同文化观点切入的小说才够。

不幸的是，亦有充分证据显示，今天的年轻作家觉得深为他们的种族或性别认同限制——当今文化，电视已使我们只惯于接受“自我”刻板的证词，因此不敢或不愿越界说话。而随着小说作者进大学创意写作课堂避难，这个问题更趋恶化。由艺术硕士生编辑的典型小规模文学杂志——他们知道供稿的艺术硕士生需要发表作品才能获得或保住教职——设定的议题不外乎下列三种短篇故事的变形：“我的儿时记趣”“我在某大学城的生活记趣”和“我的海外留学记趣”。窝在大学里的小说作者确实发挥了教授文学的重要功能，有些也一边教书一边创作优秀作品，但身为读者的我，十分怀念更多小说家在大都市居住、工作的日子。我哀悼小说家退回自我、哀悼大题材小说衰微，与哀悼郊区崛起的原因相同：我喜欢将最大限度的多元性和对比挤入单个激动人心的经历。就算社会报道不再是小说的关键功能，反倒更像偶然的副产品——雪莉·希斯的观察证实，严肃的读者并不是为了受教而阅读——我仍喜欢像城市一样生机勃勃、多彩多姿的小说。

希斯研究的价值，也是我这般大量引述她的话的原因，在于她特地以实证方法研究了没有人研究的主题，并赋予阅读问题一套中性色彩、可存活于我们价值中立文化环境的词汇。读者并没有比非读者“好”“健康”或“病态”。我们只是刚好属于一个有点儿奇怪的社群。

对希斯来说，“内容充实的小说作品”的一个界定特征是“不可预测性”。她给出这一定义，是因为发现她访问过的数百位严肃读者，大都不得不以某种方式应对个人的不可预测性。为受困扰的民众提供咨询的治疗师和牧师，倾向阅读较难啃的书。人生未依预期路线行进的人也一样，包括出身商贾世家但没有经商的韩国人、上大学的贫民区子弟、来自保守家庭的出柜男同性恋者，以及人生境遇和母亲迥异的女性。最后一个群组尤其大。今天，有数百万美国女性的人生，完全不像她们从母亲身上预测的人生，而所有这些女性，在希斯的模块中，都极有可能被内容充实的小说打动。

希斯在采访时发现，严肃读者几乎“一致同意”文学“‘让我变成更好的人’”。她连忙向我保证，“阅读严肃文学并非以自助的方式帮他们理清头绪，而是撞击嵌入人们生命的境遇，使他们非加以处理不可。而在处理的同时，他们会更深刻地了解自己，也更能承受无法完全预期人生的无力感”。读者们一再告诉希斯同一件事：“阅读让我得以维持某种充实感——道德的完整性，智识的完整性。‘充实’不只指‘这本书很重要’，而是读那本书带给我充实感。”希斯补充说，这种充实感最常通过言辞传达，且具有永久性。她说：“这就是为什么计算机无法带给读者充实感。”

希斯说，她的受访者近乎异口同声地将充实的小说作品描述成“公民、大众唯一能寄望处理人生的道德、哲学和社会政治面向的场域”。“其他地方都把这些过分简单化了。例如，自阿伽门农以后，我们一直必须处理忠于家庭与忠于国家之间的冲突。而强有力的小说作品拒绝给予简单的答案，拒绝把东西漆成黑与白、把人二分为好与坏。它们与流行心理学截然不同。”

“而宗教本身也是充实的小说作品。”我说。

她点点头。“读者们正是这样说的：读好的小说就像读一部宗教文本中一个内容特别丰富的章节。宗教和优质小说的共通点是答案不在那里，那里没有结局。你每读一次，文学作品的语言都会给你不同的感受。但不可预测性并不是指完全的相对论。它反倒凸显了作家不断回到根本问题的坚持。你的家庭对你的国家，你的妻子对你的女友。”

“活下去对非死不可。”我说。

“一点也没错，”希斯说，“当然，对于文学的不可预测性是存在某种程度的可预测性的。这是所有内容充实的作品所共有的。而那种可预测性正是读者们告诉我的他们紧抓不放的东西——一种在这项伟大的人类事业中拥有同伴的感觉。”

“有个朋友一直对我说，阅读和写作最终都源于孤独。我开始认同这种想法了。”

“没错，那是为了不独处，”希斯说，“但也是为了不去听什么没有出口——存在没有意义——之类的话。意义就在于连续，在严重冲突的永久持续之中。”

从帕罗奥多飞回的途中，在由环球航空持股空勤组员执勤的强制过渡区里，我婉拒了收听《脱线家族》和《E!》一小时特别节目的耳机，但我发觉自己无论如何还是看了。没有声音，《E!》成了不诚恳笑容流体力学的示范。它带给我不真实之显现，让我渴望文学中非强迫性的情感：一种不企图向我推销任何东西的文学。我已经打开腿上放的珍妮特·弗雷姆描写精神病院的小说《水中的脸》，但在过了两个半小时、眼前无声的屏幕终于变空白之后，我的目光才真正盯住那些不得欢心却出奇贴切的句子。

> 可怜的诺琳还在等郝威尔医生跟她求婚，虽然他对她说过的话始终不出“你好吗？”“你知道你在哪里吗？”“你知道你为什么来这里吗？”——这类通常难以被诠释成情感明证的句子。但当你生病时，你会发现自己置身于全新的认知范畴，会做大量的诠释，这些诠释会为你提供每日的面包，是你唯一的食物。所以当郝威尔医生最后娶了职业治疗师，诺琳就被送往精神病病房了。

期待一本小说承受我们整个精神失常的社会之重——帮助解决我们这个时代的问题——在我看来是一种独特的美式妄想。写出这种你可以从中寻得慰藉的真话：这还不够吗？不多吗？

也就四十年前，当海明威的《老人与海》轰动全国的时候，电影和广播仍被视为“低俗”的娱乐。而在五十及六十年代，当电影成了“影片”，需要被严肃看待，电视便成了新的低级娱乐。最后，到了七十年代，随着水门案听证会和《全家福》上演，电视也使自己成为文化素养不可或缺的一部分。一九四五年，受过高等教育的纽约单身男女一年要读二十五本严肃小说，如今大概只有读五本的时间。随着“习惯塑造型”的小说读者日渐凋零，剩下的主要是“抗拒型”读者的中坚分子：因为必须阅读而阅读。

对人数众多的小说家来说，那群中坚分子是非常小的竞争目标。为维持生计，作家还必须在大部分“习惯塑造型”读者的书单上名列前五。每一年，像期待中乐透一样，少数优秀的小说家拿到六位数甚至七位数的预付款（因而为欢庆“美国文学蓬勃发展！”的热情人士补充了弹药），其中一些作家也确实打进了排行榜。过去两年安妮·普鲁的《船讯》卖出近一百万本；一九九四年的精装文学畅销书，科马克·麦卡锡的《穿越》，排名《出版人周刊》年度畅销榜第五十一名。（第五十名是《星舰迷航记》。）

安东尼·兰恩在近期于《纽约客》发表的两篇评论中指出，尽管跻身当今畅销排行榜的小说大多乏味、墨守成规、写得不好，五十年前的畅销书同样乏味、墨守成规、写得不好。兰恩的论述有效地摧毁了“前电视机黄金时代”，即美国大众埋首于文学杰作时期的见解；他说得很明白：半个世纪以来，美国的大众品位丝毫没有变坏。真正改变的是图书出版的经济学。一九五五年第一畅销书《马乔里晨星》在书店卖了十九万本。一九九四年，美国人口增加不到一倍，约翰·格里森姆的《毒气室》卖出三百多万本。如今出版成了好莱坞的副业，大卖的小说是大规模营销的商品，是电视机的可携式替代品。

市场对文学小说的反应始终如一，正是对作家的一种有效训练，提醒我们负起娱乐大众的责任。但若说大学对有抱负的小说家而言是礁石，那么现代美国市场就是峭壁——它将艺术家分为超级明星、明星和无名小卒；它极具洞察力地看出，没有什么比名人更能使产品动起来。如果你有适合的性格，是有可能通过取笑营销来不无讽刺地进行成功的自我营销的。青年作家马克·雷纳的小说的主题就是马克·雷纳的自我推销；他上过三次《大卫牙擦骚》。但要多数小说家以公众人物之姿参加巡回宣传、上电台脱口秀、被印在邦诺书店的提袋和咖啡杯上，推广原本私密的阅读经验，他们会感到某种程度的不自在。把印刷文字看得至高无上的作家，本身就不适合上电视，我们不妨回想，过去有多少广获好评的小说家，在这个普遍对宣传机会趋之若鹜的国家，选择捍卫隐私。塞林格、罗斯、麦卡锡、唐·德里罗、威廉·加迪斯、安妮·泰勒、托马斯·品钦、辛西娅·奥兹克和丹尼斯·詹森，这些人都几乎不接受采访，不授课也不巡回，某些情形下甚至谢绝拍照。希斯所说的各种社交孤立戏剧无疑在他们身上上演。但，对其中几位来说，缄默是其艺术信念不可或缺的要素。

在加迪斯的第一部小说《承认》(1954)中，作者的替身大喊："他们想从那男人身上得到哪些他们没有从作品中得到的东西？他们在指望什么？他都已经完成作品了，还剩下什么呢？艺术家不就是他作品的渣滓、跟着作品转的空壳？"诸如加迪斯和品钦等战后小说家及罗伯特·法兰克[①]等战后艺术家，回答上述问题的角度同诺曼·梅勒[②]与安迪·沃霍尔[③]截然不同。一九五四年，在电视尚未取代广播成为流行媒介之前，加迪斯即发现，无论自我推销之举短期看来多么具颠覆力和吸引力，如果一个艺术家由衷抗拒那种由不诚恳的大众营销来塑造形象的文化，他自己就一定会拒绝成为形象，即使要以默默无闻为代价。

有很长一段时间，为效法加迪斯，我采取强硬态度，坚持让作品自己发声。并不是说我真的遭到了邀约轰炸，但我不肯讲授，不给《纽约时报》写评论，不写关于写作的东西，不参加宴会。在崇尚名人的年代谈论超出小说范畴的事物，在我看来是种背叛——这暗示对小说的沟通和自我表达功能缺乏信

---

①罗伯特·法兰克（1924－2019），美国艺术摄影师，代表作为《美国人》，擅长以敏锐的眼光看穿事物表象，直指现代都市生活的本质。

②诺曼·梅勒（1923－2007），美国小说家，作品以剖析美国社会政治病态问题为主，尤以描写暴力和情欲著称。代表作《裸者与死者》。

③安迪·沃霍尔（1928－1987），美国艺术家、摄影师，是视觉艺术运动波普艺术的开创者之一。

心，因而促使大众加速从想象世界逃往字面意义。我深信英雄就该沉默，叛徒才会聚众喧哗。

但唯有某人在某地期望你大声说话时，沉默才是有用的声明。九十年代的沉默似乎只能保证我将是孤独的。后来我才恍然大悟，我对小说感到的绝望不是我的过气所致，而是孤立使然。抑郁看起来就像是一种写实主义，关乎整个世界的腐朽，尤其是你的生命的腐朽。但这种写实主义只是掩盖抑郁真实本质的面具，面具后面是势不可挡的与人群的疏离感。你越相信你的腐朽之路独一无二，就越害怕与世界交涉；你和世界来往得越少，就越觉得其他继续与世界来往的人，笑脸是如此虚假。

作家和读者向来容易产生这种疏离感。毕竟，要与虚拟的印刷物社群交流，非独处不可。但，当那个虚拟社群不再人口密集、往来频繁；当文学本身的连贯性优势频频遭到电子与学术攻击；当你的隔阂感变得普遍而非特有；当商业版似乎在报道世界不仅要把你还要把所有你的同类都赶出历史潮流的阴谋；当沉默的代价似乎不再是默默无闻，而是彻底被遗忘，这种疏离感就会变得愈发深刻、迫切且危险。

我认识到一个为全国性杂志写自白书式文章的人如果宣称“对于在斯普特尼克 1 号[①]之后出生的作家而言，真正的隐遁无论在心理或财务上根本就不成为选项”，其可信度或许不是

①指苏联于 1957 年 10 月 4 日发射的地球第一颗人造卫星。

太高。或许我已经变成一个聚众喧哗的叛徒。但后来，当我终于跟着我的书走出家门、为报刊写东西，甚至在几场宴会上博得喜爱的时候，我觉得不太像让世界认识自己，反倒像让自己认识世界。我一踏出绝望的泡泡，便发现几乎我遇到的每一个人都与我有许多相同的恐惧，而作家们分担我的所有恐惧。

以往，在文学生活与文化同义之时，独处在城市里是可能的，因为无论白天或夜晚，你都可以在门外找到人群的安慰。而在郊区时代，当电子文化上涨的水位使每个读者、每位作家都变成孤岛，我们或许需要更积极地让自己确信仍有社群存在。过去我不信任大学的创意写作系，在我看来那里的安全不真实，就如同我不信任读书俱乐部，因为那里对待文学像对待十字花科的蔬菜，非得加一匙社会化才能勉强吞咽。随着不断探索自己的社群意识，现在我没那么不信任它们了。我将小说在十九世纪及二十世纪初期的强大影响力视为历史的偶然——没有竞争对手。现在，作者与读者之间的距离缩短了。没有奥林匹亚山众神对山下民众讲话，却有足以比拟犹太人的大流散。读者和作者对独处的需求是一致的，也都要在愈益短促的时间里追求充实感：通过印刷物，于内心为孤独寻找一个出口。

网络空想家们有一个备受珍视的见解：文学文化是反民主的——阅读好书主要是有钱有闲的白人男性的消遣——因此，我们的共和国如果沉溺于计算机，反而比较健康。如雪莉·希斯的研究显示（或者你随机去一趟书店就会发现），网络空想家们在撒谎。阅读其实是种族多元、对社会抱持怀疑的活动。现今，那些拥有强大的笔记本电脑的富裕白人男性，才是构成本国最突出的精英阶层的分子。“精英”一词就像他们手中的棍棒，痛击那些不能用购买科技来构筑生活的人。

对我们现在所称“文学”的不信任或恨之入骨，向来是社会空想家们的一大标志，不论是柏拉图、斯大林或今天的自由市场技术专家，这点让我们不由得这么想：除了娱乐，文学还具有某种反社会的功能。毕竟，小说有时确实能引爆政治辩论，或卷入其中。而既然任何作家都会向社会索求“表达意见的自由”这个小恩惠，在宗教或政治狂热时期，一国的诗人和小说家往往有义务充当良知的代言人。文学的反抗性在美国尤其强烈，艺术的低等地位会促使“抗拒型”的小读者长大后成为遗世独立的作家。更重要的是，既然赚钱向来是美国文化的绝对重心，而赚大钱的人很少非常有趣，因此，美国小说里最令人怀念的人物通常处在社会边缘：哈克·费恩[①]和詹妮·克劳福德[②]、哈佐·摩兹[③]和泰伦·斯洛索普[④]。最后，到了仅仅在晚餐后拿起

①美国作家马克·吐温（1835－1910）所著小说《哈克贝利·费恩历险记》中的主人公。

②美国作家佐拉·尼尔·赫斯顿（1891－1960）所著小说《他们眼望上苍》中的主人公，本书是黑人文学中第一部充分展现黑人内心女性意识觉醒的作品。

③弗兰纳里·奥康纳所著小说《智血》中的主人公，书中讲述退伍士兵哈佐一生信仰、反叛又皈依宗教的内心挣扎。

④托马斯·品钦所著小说《万有引力之虹》中的主人公，本书探讨种族主义、殖民主义、偏执狂等多个主题，被视为美国后现代主义的经典之作。

一本小说就象征某种“拒绝！”[1]文化的年代，这种对抗的感觉更加强烈。

因此，我们太容易忘却各时代的优秀艺术家多么频繁地坚决主张，如诗人奥登所言，“艺术无法让任何事情发生”。太容易从“小说可能产生影响”的见解滑向“小说必须产生影响”的信念。纳博科夫相当出色地总结了每个小说家都会支持的政纲：不要审查制度，要好的全民教育，不要比邮票大的国家元首肖像。除此之外，我们的工作日程便开始彻底岔开。让我们团结一致的信念不是小说什么都可以改变，而是它可以保存什么。要保存什么取决于作者；可能像“我的儿时记趣”那么私密。但随着国家越来越为大众文化分心、被其吸引，连首要抱负在于从事教职的作家，赌注都越来越高。无论是否想过，小说家们都在保存一种精确、生动地运用语言的传统，一种穿过表面深入内涵的习惯，或许还有对私密体验和公众背景各自独立又互相渗透的理解力，或许还有“神秘”，以及“举止”。最重要的是，他们在保存读者和作者的社群，而这个社群的成员辨识彼此的方式是，这世间的一切对他们而言都并不简单。

雪莉·希斯用“不可预测性”这个温和的词语来形容这种对于复杂的信念；弗兰纳里·奥康纳称之为“神秘”。福克斯则在《绝望的人们》中这样描述：“在日常生活的甲壳与笼统契约

①原文为法语。

里滴答作响的，是混乱失序。”对我来说，最贴切地形容小说家的世界观的词是“悲剧性”。关于人们为什么喜欢悲伤的叙事，尼采《悲剧的诞生》至今仍是难以撼动的理论：书中，一种看透人生的黑暗及不可预测的“狄俄尼索斯式”无法无天的眼光，与“阿波罗式”明晰、优美的形式结合，创造出一种带有宗教意涵的强烈体验。甚至对于那些不相信无法亲眼看见的事物的人来说，以形式上的美学来描绘人类困境之举，都可能是种救赎。（虽然我担心我们小说家由于过度使用“救赎”一词已理所当然地惹来了嘲笑。）

在《俄狄浦斯王》中也能找到不少寓意，比如“留心神谕”，或“预期不可预期”或“结婚太急，后悔莫及”；而这些寓意无非向我们证实，宇宙是有潜在秩序的。但赋予俄狄浦斯人性的是，他当然不留心神谕。两千五百年后，苏菲·本特伍德虽“不该”试图把自己隔绝于周遭患狂犬病一般的社会之外，她当然还是这么试了。但随后，如福克斯所写：“成人生活的外壳，它的重要性，一眨眼就被真实、专横、荒谬的事物戳得粉碎。”

我想澄清的一点是，我所谓的“悲剧性”只是指任何一本提出的问题比回答多的小说：内在冲突无法化解的任何事物。（事实上，小说作品中悲剧视角最可靠的指示标是喜剧。）指称严肃小说为悲剧，是为凸显它与渗透美国文化甚深之“乐观辞令”的距离。每个上台的政权都得撒一个谎：该政权已让世界变得更好，当今美国政权鼓舞人心的科技–社团主义也不例外。

悲剧写实主义保留以下认知：进步一定有其代价；没有事物能永续不朽；如果说在这世上好胜过坏，那么差距也是微乎其微的。我怀疑，艺术一直尤其难以抓住美国人的想象力是因为我们的国家没有真正发生过什么可怕的事。唯一降临在我们身上的真实悲剧是奴隶制，因此南方文学传统如此丰饶多彩、人才辈出，应非偶然。（可与西岸阳光、富饶、平静的文学相较。）至少表面上，对绝大多数白人来说，美国史除了成功还是成功，而悲剧写实主义则保存了以下路径：通往“上帝的选民”美梦背后的那坨烂泥，通往科技安逸底下的人类困境，通往流行文化的麻醉背后的悲痛：通往所有那些于我们存在边缘闪烁的凶兆。

> 不怀希望的人不仅不写小说，更甚的是，他们不读小说。他们不久视任何事物，因为缺乏那股勇气。迈向绝望之路便是拒不接受任何种类的体验，而小说，当然是一种会产生体验的方式。
>
> ——弗兰纳里·奥康纳

抑郁，在指临床上的抑郁症时，就不是隐喻了。它在家族中流传，会因药物治疗和心理咨询而有所改善。无论你多么由衷地相信世上有一种疾病永远不可能治愈，你如果得了抑郁症，迟早会弃械投降，说：我不想再这么难受了。因此，要从抑郁写实主义转变到悲剧写实主义——从被黑暗压得不能动弹，到被黑暗所支撑——似乎必须先相信治疗的可能性。但这个"治疗"绝非易事。

九十年代初期，我深陷于一种"双重独特情结"：不仅觉得自己和身边每一个人都不一样，并且觉得自己所处的年代迥异于先前任何年代。因此对我来说，要重获悲剧视角，需要双重的与外接触：既要与读者和作者的社群重新连接，又要重拾历史观念。

就算没有足够的对细节的阿波罗式把握来体会其慰藉，对历史的黑暗面有笼统的感知、怀有"比赛没到结束不算结束"这个神秘的狄俄尼索斯式信念也是可能的。例如就在一年前，我还绝不会断言这个国家"一直"为商业支配。* 我只看到当今商业的丑陋，原本认定早些年的美国较真实些、不那么贪腐、对于小说事业没那么不友善，后来意识到真相并非如此，我自然火冒三丈。但，与赫尔曼·梅尔维尔的人生相较，二十世纪晚期作家的自怜显得多么可笑。梅尔维尔的生平多么常见：凭借第一本小说成名，然后痛苦地发现自己的眼光是多么不合大众胃口，愈来愈感到在一个多愁善感的共和国里无容身之地，财务状况糟糕透顶，被出版商遗弃，最出色、最有雄心的作品乏人问津，据说得了精神病（他的感伤，他的抑郁），最后退隐，纯粹为自己的满足感而写作。

在读梅尔维尔的传记时，我多么希望他能从他之前的世纪

---

* 我明白这是一句无力的告解，而我没上过一节美国史或美国文学课就混到大学毕业根本不能成为理由。——作者注

里找到与自己相近的例子，好让被诅咒的感觉不那么强烈。我也希望当他艰难地扶养妻子莉兹和他们的子女时，他能对自己说：嘿，如果情况继续恶化，至少我可以教写作。终其一生，梅尔维尔大约靠写书赚了一万零五百美元。甚至到了今天，他也不得安宁。美国文库的梅尔维尔选集第二册在初版时，扉页上以二十四号的装饰字体印了这个名字：HERMAN MEVILLE[①]。

去年夏天，当我开始了解美国历史、同读者和作家交谈、反复思索希斯所说的“社交孤立”，我心底愈来愈明白，我的情况不是病，而是一种本性。我怎么可能不感到疏离呢？我可是个读者呀。我的本性一直守候着我，而现在它热情欢迎我归来。我突然意识到自己多么渴望建造并居住于一个想象的世界。这种渴望感觉起来就像要命的孤寂。我怎么能以为自己需要为适应“真实”世界而做治疗？我不需要治疗，这个世界也不需要；唯一真正需要治疗的是我的理解：我在其中的位置。没有那份理解——没有对真实世界的归属感——就不可能在想象的世界茁壮成长。

我对小说的绝望，核心处曾存在着一种矛盾：我既觉得我应该处理当今文化，为主流提供新意，又渴望写与我最亲近的事物，忘情于我爱的人物和场所。写作，以及阅读，已成为严

①此处赫尔曼的姓拼写错误，应为 MELVILLE。

峻的责任，考虑到微薄的报酬，如果做起来毫无乐趣，就没有必要做。而一旦我放下我所感知的对幻想中的“主流”的义务，第三本书就又动了起来。现在，我很讶异，我竟然在如此长的时间内如此地不相信自己，我竟然感受到一股澎湃汹涌的责任，要明确地打击所有侵犯阅读和写作乐趣的势力：仿佛，在我自己那个小小的平行世界里安顿好的同时，只要我想，我就可以忽略更大的社会图景。

就在我逐渐想通之际，我收到了唐·德里罗的信。我曾在愁苦之际写信给他。以下是他回信的部分内容：

> 小说是小说家于某既定时间从事的任何类型的写作。如果我们今后十五年不写大型社会小说，那很可能意味着我们的感受发生了变化，从而削弱了那一类作品对我们的吸引力——我们不会因为市场枯竭就停笔。作家领路，而非跟从。动力活在作家的内心，而非读者的数量之中。而如果社会小说还活着，但仅勉强残存于文化的裂缝与凹痕中，或许它会被更严肃地看待，就像濒临绝迹的景观。背景缩小了，但强度反而提升。
>
> 写作是个人自由的一种形式。它让我们摆脱在我们四周持续建立的大众身份。最后，作家写作不是为了成为某种次文化的亡命英雄，而主要是为了拯救自己，以独立个体的身份存活下去。

德里罗还加了附言："如果严肃阅读凋零到趋近于零，那很可能表示我们用'身份'一词讨论的事物已经终结。"

这句附言妙就妙在我读着读着，竟燃起熊熊希望。悲剧写实主义竟产生了副作用，将它的追随者变成了合格的乐观主义者。"恐怕，"奥康纳曾写道，"对小说作家来说，我们将永远与穷人同在这一事实是满足的一种来源，因为那在本质上意味着，他永远找得到和他自己一样的人。他关注的贫穷是人类基本的贫穷。"就算硅谷设法给每户美国家庭都安装了虚拟现实的头盔，就算严肃阅读凋零到趋近于零，在我们的疆界之外仍有饥肠辘辘的世界，有电视政治无法有效解决的国债，以及战争、疾病和环境恶化等古老的末世骑士。如果实际工资继续下滑，"我的儿时记趣"所依存的郊区将提供不了多少保护。而如果多元文化成功让我们成为部族各自为政的国度，那么每一个部族都将丧失受害心理的安慰，被迫面对人类之局限：人生的桎梏。历史犹如狂犬病患，我们都跟苏菲·本特伍德一样急欲躲开。但没有泡泡可以永远不破。至于这是好事还是坏事，悲剧写实主义者没有提出任何见解。他们只是在描述。一代人以前，通过密切关注，宝拉·福克斯在一只碎裂的墨水瓶里同时看到了毁灭与救赎。那时世界正走向终结，现在仍在终结中，而我很高兴回到它的怀抱。

一九九六年

迷失在邮件中

芝加哥邮政早在民众能看到先兆之前就开始衰败了：早在那些不死的信件纷纷从城市每一个角落冒出来、迫使高层频频致歉之前——北区，上百袋数月以前的邮件囤积在一辆邮车的后车厢；南区，两百磅重的新邮件在某座高架桥底下焚烧；西区，一千五百多封邮件在某座门廊下挖得不深的坟墓里腐烂；还有一卡车的信件和包裹，藏在芝加哥某邮递员郊区公寓的壁橱中。衰败的乐章始于一九九四年元月二十日，星期四下午两点左右，一个名叫黛波拉·杜伊尔的女人打电话给当地邮务站的经理，告知她家从上星期四开始就没收到邮件了。

这么多年下来，杜伊尔早已习惯了上城邮务站欠佳的服务质量。两三天的延误不足为奇。但整整一星期没有邮件，即便是因为元月酷寒，似乎也太过了。电话里，站经理托马斯·尼可跟杜伊尔解释，他的邮递员们是因为车子没办法发动才没能送信。他说，杜伊尔要是想拿到她的邮件，只能去站里找他取。尼可或许认为杜伊尔不会真的在华氏零度以下的天气出门，但她一挂掉电话，便径直朝她的车子走去。

芝加哥上城邮务站服务的人口，就其多样化来说，堪称集当代美国城市居民之大成。专业和退休人士住在密歇根湖畔的高楼和豪宅里，短期旅客和药瘾者在劳伦斯和拜恩摩尔大道上来来去去，而在高架铁道两侧，亚裔和东欧移民，与像杜伊尔这样一辈子都当中产阶级的芝加哥人分享巷弄。多年以来，所有这些人唯一共有的是60640这个邮政编码——除此之外便是每当他们得亲赴上城邮务站时为他们备好的不愉快经历。大厅闻起来像地下铁的站台。除了在高峰时段休息喝咖啡，以及把标示“小心轻放”的包裹扔向远处的篮子，办事员似乎找不到其他的乐趣了。顾客去领取包裹起码要预留一个小时。

杜伊尔一到邮务站，就要求跟尼可说话。办事员告诉她他不在站里。她不相信，于是用大厅里的收费电话拨了邮务站的号码。尼可接了。接下来发生的一幕是典型的芝加哥场景：气愤的邮政顾客杠上借故推托、爱莫能助的邮务站经理。诸如此类的场面，最好的结局是经理保证未来会改进服务；最坏呢，是经理对顾客飙粗口。

然而，在这个特别的午后，正当杜伊尔和尼可在电话上吵得不可开交，一个身材高挑、神采奕奕的女人大步迈进上城邮务站的大厅，问有没有她帮得上忙的地方。她自我介绍说她叫盖尔·坎贝尔。杜伊尔解释了她的问题，坎贝尔便走进邮务站后头消失了。几分钟后她带着杜伊尔一星期的邮件回来了。她还给了杜伊尔她的传呼机和家里电话的号码，告诉杜伊尔如果再遇上邮递方面的困扰，尽管打电话给她。然后她又消失在邮务站后头。

美国邮政，美国最普及的实体邮件投递系统，在大城市遇上麻烦。去年冬天，也就是杜伊尔碰到坎贝尔时，全国有百分之八十八的家庭觉得他们的邮递服务“好”“非常好”或“出色”，但纽约、华盛顿之类城市的满意率只有百分之七十几，芝加哥更以百分之六十四名列末位。超过三分之一芝加哥人给他们的评价是“差”或“还可以”，而不满意度在该市北部拥挤、富裕的湖滨地区更高：十年来那里的服务每况愈下，消费者的挫折感已累积至极，在那些没有类似经历的人看来到了可笑的地步。

玛莉莲·凯兹的经历是典型的芝加哥恐怖故事，只是其延续的时间比较不寻常。一九八六年，担任媒体及政治顾问的凯兹和丈夫在木兰大道——上城区一个安定、不拥挤的地段——买了一栋九十年屋龄的房子。两人在那里住了三年之后，家里突然收不到邮件了。在两星期内，凯兹给上城邮务站打了四次电话，才得到站经理的解释。他的说法是，负责递送凯兹的邮件的邮递员称她家无人居住。

服务于是恢复，但仍断断续续。凯兹的邮件就算送到也是晚到，其中还常常夹杂着大量附近其他住户的邮件。这让她和5500号湖木街区的邻居往来分外密切。她的房屋保险被中止了，医疗保险也是。她从未收到过账单。一九九〇年八月，在离家去度十天的假期前，她收到通知，因为没有缴款，她家的电话服务将被停止。当她度假回来，她五月、六月、七月和八月的电话账单在家里等着她。几个月后，她发现她收不到《纽约客》了。她打电话给订阅部门，才知道上城邮务站寄去了她已搬走的通知。

一九九二年冬天，凯兹亲自在附近十六个街区挨家挨户递送一份针对邮政服务的问卷，结果得到一连串与她自己的经历类似的抱怨，外加最新的令人战栗的消息。“邮差喝酒、举止怪异、在送信期间和奇怪的朋友鬼混”；“女邮差带小孩一起送信，还叫小孩投递”；“邮差晚上骚扰我们，跟我们要钱”。

凯兹把她的调查结果寄给芝加哥邮政局长。过了六个月，仍未收到回复，于是她请市议员玛莉·安·史密斯协助。史密斯的服务处从一九八八年开始就一直在处理邮政申诉，她得到新任局长吉米·梅森的承诺，后者说会在十月二号前回应凯兹的民调，但直到仲冬，史密斯才得以安排凯兹和她的邻居们与梅森会面。梅森请她们协助监督邮递服务。凯兹说她不想监督，她只想拿到邮件。梅森说改善需要时间。在过渡时期，他答应重漆上城街角已被当地青少年画得乱七八糟的邮筒。他还将向小区提供邮局专属的蓝色油漆来保持邮筒清洁。在凯兹看来，这简直是赖皮到极点:“我们不仅可以帮他们送信和监督,还可以刷油漆呢。”

尽管玛莉·安·史密斯继续安排“市民会议”,逼各级邮政官员做出各种承诺,但上城的邮务始终没有改善。最后,去年冬天,经过六年不停歇的鼓动,史密斯得出结论:她能在当地召集的力量皆无法迫使美国邮政倾听民意。她呼吁市议会财政委员会就劣质邮政服务对经济的冲击举办听证会,然后她放弃了。“我们尽力了,”她说,“我真的不该把时间花在这上面。”

与此同时,凯兹已改将重要邮件交给联邦快递寄送,并申请了支票直接存款。她确保贵重文件被通通寄到她位于下城的办公室。如同开车上下班并送子女去读私立学校以避开其他公共服务一样,现在她也尽可能绕过邮政服务,使用电话、传真和计算机。她,也放弃了。“没有人对此负责,”她说,“显然邮局并不在乎。”

对玛莉莲·凯兹、玛莉·安·史密斯、黛波拉·杜伊尔和其他一些人——例如十年来一直在批评芝加哥邮政营运的伊利诺伊州第九区联邦众议员西德尼·耶茨——来说,和邮局打交道最令人泄气的一点是,没有任何相关人士可以解释,邮件为什么会送不到。凯兹偶尔会听到借口(例如上城区经理曾向她透露,邮政工会阻止他惩处失职邮差),但对于她的调查揭露的弊端,她从来没有得到解释,连一句场面话都没有。官员在市民会议上都很诚恳,但会后一概沉默。仿佛他们不只是不在乎,而是根本不知道邮局有问题。

当杜伊尔在上城站大厅遇见盖尔·坎贝尔时，她找到了一位明显在意的官员。同天晚上，在家和坎贝尔通电话时，她明白她也找到了一个知道邮局有问题的官员。坎贝尔侃侃而谈，掩不住怒气，而杜伊尔很快明白——快到隔天一大早就打电话给选区议员帕特里克·奥康纳——邮局内部的挫败感已经累积到跟邮局外部不相上下的程度了。一达成这样的"均衡"，信息便开始流通起来。

邮政服务，虽然永远有人中伤，却是联邦政府在全国民众日常生活中最固定也最受喜爱的面貌。我的"美国人意识"就有一小部分来自于我知道：我们仍有工业化国家当中最好的邮政服务、最低的邮资和最丑的邮票。（意大利的邮局就是意大利的样子，德国的邮局就是德国的风貌。）而且，作为官僚机构，邮政服务承担了相当困难的工作，值得称许。我怀疑，如果美国每户人家每星期都得跟劳工部或海军部打六次交道，那些邮政惊悚故事将变得微不足道。邮政总局局长马文·鲁尼恩虽然喜欢把他年营业额五百亿美元的部门叫作"美国第八大企业"，却苦于任何私营部门的CEO都无须应对的限制，包括对国会的委员会负责、维持雇用与升迁的多元性——要特别照顾退伍军人及残障者，以及最重要的，向大众提供固定费率的一流服务。邮政服务具体地体现了民主的梦想。任何公民，甚至包括刑事犯和儿童，都能以同样低廉的价格与他人通信。正是这种恒久不变的为全民服务的理想维系着这种机构的运作，毕竟，大多时候它都处于大政府、大企业和地方政治相交的危险的十字路口。若非为了这个理想，华盛顿早就把业务通通卖掉了。

芝加哥居民和邮局之间的紧张关系，某种程度上，是“全民服务”的必然结果。我注意到，每当和邮局员工讲话时，我都觉得自己透明得不自在，在知识上处于弱势。员工不必知道我个人与邮件有何特别的牵连，比如我在写私人信件时虔诚地垫复写纸，或者我过去五年换了十六次住址（光是去年我在费城就有四个住址），或小时候我曾搜集一九六二年的所有三种达格·哈玛舍尔德[①]的著名变体票，或者我认为邮资秤是真正必不可少的小器具。邮局员工对我的认识，一如对其他每一个人的认识：我是顾客。

就像天主教神职人员一样，邮政服务对我们比较熟悉，而我们对它比较陌生。奥普拉·温弗莱让这个问题成为心印[②]：邮局员工为什么要拿枪互射？虽然无所不在，邮局仍是美国工作环境中最令人费解的。它是国境内的异境。它有自己的一套互动卫星电视网，员工借此接收从华盛顿朗方广场传来的消息和告诫。

①达格·哈玛舍尔德（1905－1961），瑞典政治人物，曾于1953年任联合国秘书长，1961年丧生于一起离奇坠机事件，同年获追颁诺贝尔和平奖。

②禅宗语，以简短而不合逻辑的问题，让思想脱离理性的束缚。

很多员工会让邮局的生活与他们的私生活完全分开。住在芝加哥较混乱小区的办事员和邮递员告诉我，他们不会向邻居透露自己的职业，因为在邮局工作会让你被贴上“有钱人”的标签，成为强盗的目标。一名高级行政官员告诉我，他已经学会说自己为“政府”工作，不然人们就会问他为什么他们上星期三没有收到邮件。

当邮局员工一起外出闲逛时，他们会聊谁为了升迁跟谁上床，哪个负责人被发现在员工休息室的沙发上自然死亡。他们会推测马文·鲁尼恩接受电视台访问时眼睛眨也不眨的原因，猜想是不是治疗背痛的药物所致。他们沉迷于狗的知识。我获得的忠告是：如果不幸遭到一群流浪狗袭击，要朝最先叫的那只喷射梅斯毒气。他们告诉我一名郊区邮递员的故事，他为了躲避某个邮箱里的一只凶恶的德国牧羊犬，整个夏天都要往里面扔香蕉皮和牛奶盒。

一个炎热的六月早晨，我站在芝加哥西区克拉金邮务站破旧但舒适的工作区，一个名叫拉瑞·约翰逊的邮递员刚刚结束了把邮件投入“箱子”的工作：那是一张隔成许多小格子的工作台，他投递路线上的每两个地址共享一个狭缝。整理一天的邮件大概要花去邮递员一个半小时到四个小时；清晨五点半就要上班。“做这份工作不需要花太多脑筋，”约翰逊告诉我，“你只要识字就行。”他又笑着补充说，在邮局，你不能把识字视为理所当然。约翰逊体格魁梧，宽松的蓝色制服长裤低低地挂在臀上；他三十五岁，但疲态让他显得比实际年龄要老。他给我一罐梅斯喷雾剂（他自己的那罐一星期会派上两三次用场），然后我跟着他来到他的车子旁，一部伤痕累累的暗红色林肯轿车，他必须拿撬胎棒架起后备厢的盖子，然后才塞进一捆又一捆的邮件和一个鞋盒大小的包裹。在芝加哥，不是所有邮递员都配有邮车。

约翰逊上班时在站里的时间比在街上多，但街上才是他寻得工作意义之处。他一边装第一段路程的邮袋，一边跟我说他不跟同事们交往。“他们话太多了，”他说，“他们把私事挂在嘴边。”约翰逊和多数男邮递员一样有兼差：他在一座新教教堂当牧师。约翰逊的会众不知道他送信，他的邮递员同事也不知道他讲道。但在街上，那些认识他的老太太会等在门前和他互道“早上好”。她们给他信托他寄，给他钱托他买邮票，还向他透露邻里街坊的消息。他指着一栋房子跟我说，它的主人在上星期六过世了。

这天算是轻松的送信日，在一个工薪阶层街区，约翰逊除了一些医院账单和沃尔格林[1]的广告传单，几乎没什么要塞进投信口和信箱。他的工作就是跑腿和专注。如果他心不在焉——想着街尾那户人家今天早上记没记得把那只疯狗关起来——他就会忘记投递杂志或商品一览表（在分类架上与信件分开），而

①美国一家药店连锁销售机构。

不得不走回头路。当我们步行穿过早晨那些长长的阴影，穿过被早高峰掏空的空空荡荡的住宅区，他的衬衫颜色因汗湿而变深了。在家养病的孩子和在家工作的作家了解这种空荡。它带来一种与世隔绝的疏离感，对我来说，这种感觉总是随着邮递员靠近又远去的脚步声而加剧和变得根深蒂固。当邮递员就意味着一连好几个小时存在于这种空荡之中，得去打扰五百片被遗弃的草坪，一片接着一片。我请约翰逊给我讲讲在他九年的送信生涯中碰到过的最有趣的一件事。他想了一会儿说，他从来没碰到过什么有趣的事。

或许，关于邮政工作最重要的事实就是，从业人员认为这个行业赚钱且稳定——六年一聘的邮递员年薪超过三万美元，而且除非真的铸下大错，不会被开除。另一个重要的事实是，这种工作可能令人提心吊胆和不愉快。邮局既是摆脱住房困难户的跳板，又是走下坡路、孤单如“文书巴托比”[①] 者的庇护所(梅尔维尔将巴托比的情感受创归因于他受雇于“处理死信的邮政部门”)。经理担心办事员和邮递员不高兴，因为很多邮局员工都是身怀武器技艺的退伍军人，而几乎每一个人都担心摊上惩罚性的调动——被派到大夜班、高犯罪率的路线或北达科他州。邮局内部的组织极度仰赖由上而下的军事化纪律来强制保证生

①赫尔曼·梅尔维尔所著小说《文书巴托比》中的主人公。巴托比原在纽约一家律师事务所担任书记官，以公司为家，被老板遗弃后仍在原大楼徘徊，后遭新房东报警而被捕入狱，最后在牢里绝食身亡。

产力，而这种纪律的反面就是欺骗和怨恨。如果可以躲过惩处，有些邮递员会停在加油站看棒球转播，在装卸站台吸大麻、喝威士忌。再往官僚更高层，药物如家常便饭：经理们告诉我他们有烦宁、利福全、乐复得、百忧解、克忧果等处方。有天晚上我陪三名行政官员喝双份的玛格利特，他们都被不能胜任的同事弄得深感沮丧。他们告诉我，一旦进入邮局待遇佳、福利好的世界，便很难离开，就算你憎恶它。

“很多人说我们钱多事少。”其中一人说。

“我们在芝加哥是找不到工作的，”另一个年近五十的女人说，“我们这种在芝加哥邮局上班的人？还要找工作？我想我或许可以在某个地方当服务员。但他们会非常严密地监视我。”

“就跟艾滋病毒筛检呈阳性一样。”第三个人告诉我。

在芝加哥邮政衰败过程中扮演要角的盖尔·坎贝尔既被邮政世界，又被她自身的完美主义俘虏。她身材颀长、面容姣好，有双大眼睛和会说话的眉毛，浓密的赤褐色头发要么夹起来，要么梳成向内卷曲的齐肩发型。她智慧过人、手势丰富、情感强烈，能激发人们全心投入。她帮过的顾客都形容她是助人的天使。室内设计师罗伯特·波普告诉我：“在邮局我从没见过一个坦率正直的人，盖尔·坎贝尔例外。她是稀世珍宝，如阳光照耀。”坎贝尔的其他崇拜者，尽管同样热情，却也承认为她对邮政服务事业的极力奉献感到不安。她曾翻遍一间处理站寻找几张被寄错了的机票，曾把包裹带回她位于上城区的公寓，一早起床在公寓大厅交给顾客。她常常每星期工作七十个小时，但只拿四十个小时的薪水。她的工作与她的自我认同之间几乎没有分界。她自称“邮怪”。她的丈夫是名邮递员。

虽然坎贝尔的经历在细节方面是例外，它仍符合职业邮政员工的模式：仿若更大世界里的局外人，在服务中找到使命，在军事化权威里找到家。坎贝尔一九五〇年出生于加拿大，在埃德蒙顿和穆斯乔长大。文化上，她仍自视为加拿大人，而她又表示自己有非洲、爱尔兰和美洲原住民血统。一九六二年，她全家搬到芝加哥南边一个叫哈维的小镇。成绩优异的坎贝尔不到十六岁就完成高中学业，随后即入伍从军，在越南服役两年。休假在家时，她参加公职考试，拿到99.6分（满分100）。她一退伍就向哈维的邮政局长报到。“我是邮政服务业的童养媳，”她说，“我只知道邮局的事。”

坎贝尔当了十五年的邮递员。一九八七年她升任邮件处理员，此后步步高升。一九九一年她担任芝加哥自动化与机械化部门总监，下辖两百名员工与十三位主管。接下来一年半，她兼任处理系统中的调解员、培训师和稽查员。但一九九二年秋天，邮政官僚体系改组，撤销了邮件处理业务中的好几个中级职务——这似乎阻挡了她的晋升之途。她决定寻求稍微降职、转进投递业务的机会；她的计划是接受投递业务培训，担任一年中级职务，再尝试跳回邮件处理的高层。一九九三年元月，她成为芝加哥南区海德公园邮务站的投递主管。

同年冬天，美国邮政的企业客户，包括一个名为“芝加哥票据交换所”的当地金融集团，对他们的服务提出严正抗议。由于害怕把顾客吓跑，该集团始终没有公开申诉内容，但在种种事情中，令他们分外苦恼的是设于中央邮局的那些带锁信箱，他们的机构及企业投资人会把大额支票寄到那里。美国邮政官方曾公开保证，带锁信箱里的邮件有百分之九十会在规定时间内投递。（对于在芝加哥本地寄送的邮件，规定时间为一天，意即隔天送达。寄自西雅图的邮件，芝加哥的规定投递时间为三天。）至一九九三年冬天，带锁信箱准时投递的百分比只有六十出头。

面临多方围剿，美国邮政五大湖区经理奥穆尔·罗杰斯遂成立有八名成员的“服务改善团队”，负责鉴定处理及配送系统的问题，并积极加以修正。罗杰斯的有些任命是基于政治考虑，其他则依据职业成就。后者就包括盖尔·坎贝尔，她成了团队的实际领导人。

她揭露的问题无穷无尽。她发现邮递员把临时凑合的塑料桶绑在推车上沿街送信，因为没有人帮他们申请背包。她发现邮递员把未递送的信件塞进街角的邮筒，指望它们被重新收集和处理。她听到一名站长对邮政信箱锁遭到破坏的顾客咆哮：“给我滚！”她发现天冷时邮递员会在车里从中午坐到晚上七点半，然后带着所有信件回站，这样可以算加班四小时。她前往欧海尔机场的航空邮件中心，发现飞机没有照合约装载邮件就被允许起飞。她前往位于下城的国家广播公司大楼，发现一袋一袋送达的邮件被搁在人人都可开启的地方。她在市内各地随机把测试用的信件投入街角的邮筒，追踪它们何时被取出和盖邮戳。结果，好几封信沦落至明尼阿波利斯的死信部门。

诸如此类的发现，以及他们写成的报告，都让服务改善团队不受芝加哥各邮务站经理喜爱。一九九三年十月，邮政局长杰米·梅森跟团队碰面，要求他们把报告写得温和一点。他说，团队不该这样语多批判，而应致力于与站经理合作；身为局外人，团队成员根本不了解站经理被迫对抗的压力。

在坎贝尔听来，这跟平常在生意上的请托没啥两样。她的人生早已与邮局密不可分，简直视其为她自己的一种延伸。“肮脏”的邮局就如肮脏的厕所一样令她作呕。于是，她非但没有缓和语气，反而措辞更严厉。十一月十五日、十六日，在后续访问位于湖北部的格雷斯兰别墅区邮务站期间，她列出在邮递员出发送信后，“被吃掉”，即被忘带的邮件总长度。5706 号邮箱“被吃掉”七十七英尺。其他出问题的邮箱分别为八十五、一百和九十三英尺。在 5709 号邮箱底下，团队发现了两大袋已收集但未处理的邮件，邮戳日期是一个星期前。十一月七日，在湖景站，坎贝尔发现七月因假期而滞留的邮件仍在等待投递。在 1342 号邮箱，她发现了十月寄发的优先邮件和一封九月的国税局通知。在 1346 号邮箱，她翻出了六月的通用磨坊牌谷物试吃包。

一九九三年一整年，坎贝尔都在向恼怒的顾客保证，杰米·梅森会认真整顿芝加哥的邮务。她乐观如昔，仍相信她会因长时间工作和团队促成的进步而获得拔擢。但要么是她从一开始就误会了梅森，不然就是芝加哥改变了他。据坎贝尔的说法，十一月底，他在开会时向全市的站经理保证，服务改善团队会在年底离开，他们不必担心再受到骚扰。

但，就在同一个星期，一个名叫杰瑞·史蒂文斯的男子前往格雷斯兰站查问他的商业信件：一连四天没有出现了。他径直闯入工作区，看到堆积如山的“被吃掉”的邮件。在拨打邮政申诉专线九十分钟后，他接到格雷斯兰站经理的电话，后者先为服务不周致歉，然后出言威胁：如果他再闯进工作区，会逮捕他。史蒂文斯马上打电话给《芝加哥太阳报》，该报记者查尔斯·尼可德穆斯随后将一系列针对北区邮务的愤怒申诉记录汇编成轶事。

报道在十二月十三日一经刊出，五大湖区经理罗杰斯便令手下职员稽查湖北各邮务站，并请求邮政检查局进行平行调查。检查局是系着长皮带的忠实看门犬：从员工偷窃、药物使用到储蓄贷款诈骗和网络色情，它无所不查。坎贝尔曾和检查员合作过，觉得他们可以信赖，遂不动声色地把她的报告寄给他们。杰米·梅森还没来得及撵走服务改善团队，邮政检察长已请该团队协助稽查事宜。

在新报告于一九九四年二月初完成之际，梅森和团队每一个成员碰面讨论了他所谓的“上调”。坎贝尔告诉他，她认为自己会是个出色的上城站经理，因为那是服务她自己的邻里。梅森说她没有相关背景。他表示可以让她在当时的上城站经理托马斯·尼可——她频繁批判的对象之一——手下当一名主管。她说不用了，谢谢。一个星期后，梅森再次派她去海德公园站当投递主管。

早在一九六六年十月，芝加哥邮局就成为“面临危机的公共机构”的象征。当年它遇到了非常棘手的问题。上千万封积压的邮件淹没了庞大而老旧的中央邮局。火车车厢和邮车堵死了那座建筑的所有通道。将近三个星期，该市的投递业务完全瘫痪，数百万寄往他处的信件和包裹全部被延误。

两年后，“邮件组织总统委员会”，俗称卡普尔委员会，将停业归咎于设备过时和保养不善，以及林林总总的管理问题，包括芝加哥市邮政局长悬缺六个月、“数量多得超乎寻常的资深主管在一九六五年底退休”、员工士气低落、“病假率为全国平均值的两倍”，以及“创全国最低邮政效率纪录”。万变不离其宗：以上几项正是一九九四年芝加哥邮政危机的诊断结果。

位于西范布伦街433号的芝加哥中央邮局现年六十一岁，仍是全国最大的独栋邮政机构，也是重要信息不再赖之传送的一切方式的纪念碑。芝加哥河碧绿的河水轻拍它的地基。它的地下二层通向联合车站的月台，火车已经几乎不再来载运邮件；八车道的艾森豪威尔高速公路则直接穿过它的侧翼。在安静、洞穴状的大厅，黄铜浮雕大纪念章上刻画着一九三三年以前邮局的五种运输选择：帆船、轮船、飞机、驿站马车和铁路。独栋的集邮中心贩卖蜂鸟，自黏式松鼠和各形各色的 love、LOVE、*Love*——美国邮票像缅怀王室一般纪念活泼愉快的抽象概念。

再过不久，中央邮局的功能就要被另外两家工厂一分为二：一是正于对街兴建、造价两亿五千万美元的新工厂，二是位于芝加哥西北隅、规模较小、即将落成启用的工厂。不过现在，这座老工厂仍在处理“第二城”大部分的邮件。傍晚六点，男女员工在永远幽暗且弥漫柴油味的地下装载码头埋头苦干，把一塑料桶一塑料桶的邮件从集运邮车里取出来，送到楼上的“瀑布”——输送带加滑运道系统，进去的邮件必须像产卵的鲑鱼一般逆流而上。覆盖毯子的滚轴将不适合自动化处理的邮件（折弯的、太厚的、破损的）分入特别处理篮。自一九六六年起，自动化与机械化已大幅加快邮件处理的速度，但在此期间，邮件总数也增加了一倍以上。一摞一摞四英尺高的用收缩膜包装的《电视指南》——粗暴的商业方块——被懒散地搁置在货板上。主管们佩戴着“有问题找我”的徽章。这地方有一种与世隔绝般灰蒙蒙的感觉。被烟熏黑的窗户将傍晚的阳光洒在磨损的拼花地板和政府配发的灰色家具上。办事员不疾不徐地把托盘从出口点搬到入口点。以老旧程度而论，这座工厂“垂直”得骇人。当年，较高楼层的运货坡道是计划让载货马匹走的。

带我参观芝加哥邮政系统的官方向导是个性情开朗、个头娇小、说话圆滑的沟通专家，名叫黛波拉·郝金斯。中央邮局里，我们每进入一个地方，她都受到前同事热烈欢迎，对于“邮政大家庭”的话题，她更是口若悬河。她说到邮局的保龄球队、高尔夫球队和篮球队。“气氛非常亲密，”她说，“这里有服务五十年以上的员工。这里是他们真正的家。他们活着就是为了来邮局工作。”

如果这家人合作得那么愉快，芝加哥邮局的顾客满意度为什么老是那么低？郝金斯和其他家庭成员给了我很多种说法，几乎都把公众拖下水。(一) 顾客不了解并非每户人家都是邮差路线的第一站。(二) 顾客永远记得那一次糟糕的经历，而忘记了平常不错的经历。(三) 顾客时常搬家，而他们不是误用就是没填写住址变更卡。(四) 顾客不相信公寓的门牌号码，而且常在同一栋大楼内换公寓住而没有变更住址。(五) 顾客不肯把姓名写在信箱上。(六) 移民以外国方式写邮件地址。(七) 随着中产阶级移居改造，北区人口增长得比邮务站扩张得快。(八) 愈来愈多的人开始居家工作、创业，增加了邮政负担。(九) 顾客把邮件地址写得太潦草，使自动分拣器无法判读。(十) 新闻报道刻意突出负面消息。还有，不管怎么说 (十一) 其他许多大城市的邮政服务也一样烂。

一方面，这些解释反映出否认的态度，嘴上如此，心里也是如此，这使得芝加哥邮政无视民众连连抱怨，始终原地踏步。压力之下，一家人会更加相互依赖、一致对外。邮局有些员工非但不承认大家庭里有人表现很差，反倒认为（第十二号解释）“收到最多邮件的人”——换句话说，即美国邮政最重要的顾客——“抱怨最多”。

另一方面，有时该家庭对公众的不耐烦确实有他们的理由。我们使用联邦快递时，会接受其服务条款：必须用印刷体填写标准化的表格。收信人地址少写一个字母的电子邮件发不出去。电话号码调换两个数字，会让我听到慷慨激昂的葡萄牙语。电子媒体会在你出错时马上告诉你；换成邮局，你就有得等了。我们应该都测试过它的人性吧？我寄信给住在纽约“上臼齿”区的朋友（他们实际住在上尼亚克区），并期待某个陌生人会心一笑，仍将信在四十八小时内送达。而十之八九，这个陌生人办得到。肩负为全民服务的使命，邮政服务就像城市的急诊室得履行合约义务而收下每一个进入者一样，不管你是喉咙痛、怀孕，或是精神错乱的家长。你或许得在灯光昏暗的走廊等好几个小时，医护人员或许脾气不好、拖拖拉拉，但最终你会获得治疗。在中央邮局的无法投递部门（地址书写难以辨认或不正确），我看到七万多号的门牌，不匹配的邮政编码和街道，没有收件人、没有街道、没有城市的地址，描述建筑物的地址，用水溶性墨水书写、被雨水浸湿而模糊的地址。熟练的办事员一次研究一个孤儿。他们要么为它们找到了家，要么盖上最富表达力的邮递标记，那根朱砂红的手指把过错明确归于你，寄信人。

不过，对于芝加哥的不幸，邮政大家庭并未全部归咎于公众。很多人讲到一九九四年的凛冽寒冬（第十三号解释）。也有人谈到管理。黛波拉·郝金斯指出，过去七年，芝加哥就换了七个邮政局长，各有各的计划，而从美国较温暖、较郊区的地域调来的高级主管，通常缺乏解决芝加哥邮政弊病的热忱，宁可早早退休。芝加哥的房地产尤其令人头痛：该市邮件处理设施的现代化已经延宕数年了，当邮局属意某块地时，城市计划委员会却有其他想法。

最后，也是看起来最合理的，邮政大家庭责怪马文·鲁尼恩重整美国邮政之举。鲁尼恩长期在汽车公司担任高级主管，也曾执掌田纳西河谷管理局，在一九九二年七月入驻邮政总局，便立刻向邮政官僚主义发起攻击。他宣布要裁掉三万名“高层”人员，并提供额外六个月薪资奖励给到一九九二年十月三日为止退休且合乎资格的员工。这项优退方案是自艾森豪威尔彻底整顿五角大楼以来，联邦机构最激进的组织重整之一，结果广受欢迎。在申请截止时，共有四万八千名邮局员工提早退休。问题是，其中只有一万四千名占据“高层”职位。其余都是资深邮递员、办事员、邮件处理员和管理员。

这次优退重创了芝加哥。像芝加哥这么老旧的系统，极仰赖专业运作，而在一九九二年年底，它失去了一千五百名最资深的员工，占总人力近百分之十。一些原属邮件处理和行政部门的人手被调往邮务站，却没有熟练的老员工来训练他们。整个一九九三年，邮务站显然人手不足。管理阶层由于再经不起中止任何人的职务，创立了“纸上停职”方案，而即使员工因行为不端而被停职三次之多，其间一天薪水也不会少领。

以上种种对于风纪的影响可想而知。比较难察觉的是对士气的伤害。由于缺乏有效监督，卖力工作、中午过后即递送完毕的邮递员（应该强调：这样的邮递员在多数邮务站都占多数）唯一的奖励，是获得懒惰同事未完成的工作。但，喝酒混过下午、日暮才完成递送任务的不良邮递员却可获赐加班费。管理不善造就了鼓励偷懒、惩罚努力的制度，即华盛顿高层口中的“这种文化”。受“这种文化”影响的邮政人员能逃避多少工作就少做多少工作，唯独每隔一个周四例外。每个月有两个星期四，邮递员送完信就能领薪水，所以芝加哥全市都会在下午两三点以前拿到邮件。

一辈子都住芝加哥、目前在伊凡斯顿工作的艾瑞奇·华尔奇，是众多觉得“服务即为报酬”的邮递员之一。他认为美国邮政管理阶层未能体察有献身精神的邮递员的智慧和辛劳。他说这就是为什么他们会有那么强烈的挫败感。“很多人已经忍不住说出这种话：‘我已经做完我能做的，所以我要开始少做点了。我只要带一类和二类邮件出去。或许再多带一两封散装信。然后我要慢慢走。永远都有明天。'”

邮务站经理一方则抱怨累赘的劳资协议和蓄意阻挠的工会妨碍他们贯彻风纪。工会职员，包括华尔奇在内（他是名助理干事），皆对此观点提出质疑，他们认为是经理自己太懒惰、被蒙蔽或被文书工作淹没，才没办法遵照规定。事实上，管理者与工会之间理应对立的关系，却成为一种方便的借口。工会为经理管理不善提供了挡箭牌，而这反过来提升了工会在邮务站的势力；于是，生产力就从裂缝间溜走。

“这种文化”也渗透进了官僚体系。芝加哥行政官员的士气低得惊人，仍在悲叹一九九二年体系改组时上台的那些经理有多无能。大部分美国邮政员工都相信，事业升迁已被徇私污染；虽然任人唯亲之举很少明目张胆，但芝加哥邮局是名副其实的“家庭”：由姨母、姑母、叔叔、姐夫、妹夫和女友组成的大家庭。一个高级行政官员告诉我：“那些官升得比我们高的人，上面还要我们去培训他们。”

这位对她愚蠢的上司感到绝望的官员，最近在罗杰斯公园的海地小区从小贩那里买了个伏都教稻草娃娃。她还多付了十美元，让娃娃以她上司的名字被施以咒术。娃娃附了三根珍珠大头针，她分别插进它的头、心脏和肚子。隔天早上，办公室同事为她上司要调离芝加哥的消息沸腾不已。调职后不久，他便患上不明重病病倒了。

一九九四年二月四日一大早，在欧文公园路湖景邮务站的停车场，邮政大家庭的机能障碍结了颗壮观的果实。一个发不动自己车子的邮递员打开了同事——1345号邮递员——的车门，准备发动。他在后车厢看到一百袋未投递的邮件——里面共有四万零一百封信，分属于四百八十四个不同的地址。日期最早的一批盖的邮戳是前一年十二月。

邮政检查局请服务改善团队清点这一百个袋子的内容（他们用光字符阅读器处理），于是盖尔·坎贝尔得知了这件事。她对1345号邮递员的渎职毫不意外。她在十一月的报告中就曾提到他是缺乏效率、有“吃信”习惯的员工；而从十一月到二月，相关部门显然毫无改善其绩效的作为。现在她决定把信息传递给一个或许真的会用到它的人。

她选的这个人是查尔斯·尼可德穆斯。自从十二月《芝加哥太阳报》的那篇报道刊出后，芝加哥人就一直拿邮政的奇闻趣事轰炸各家报社，但报社没有足够的硬新闻做后续报道。然后，元月二十一日，尼可德穆斯接到市议员帕特里克·奥康纳的电话。奥康纳说他的一位选民（就是黛波拉·杜伊尔）一直提到有位邮局员工愿意讲述事实并指名道姓。于是尼可德穆斯急切地抓住了采访盖尔·坎贝尔的机会。

当尼可德穆斯试着确认1345号邮递员的故事时，邮局一再对他撒谎。甚至，《芝加哥太阳报》都刊出针对该事件的三篇连载报道中的第一篇了，将近整整一天，邮局发言人仍矢口否认，称那些邮袋并非意外被发现。这些谎言，以及芝加哥邮政顾客满意率跌至史上新低的百分之六十四的新闻，促使《芝加哥太阳报》在二月二十日刊出一篇社论，要求撤换杰米·梅森。

就在社论刊出之际，坎贝尔已回到海德公园。但甚至在开始与尼可德穆斯配合时，她仍希望五大湖区经理奥穆尔·罗杰斯会跟她一样，为关于他员工的报告大吃一惊。她的幻想最终在芝加哥西南区的阿什伯姆邮务站破灭，她于二月底来这里参加全市的投递管理会议。邮务站的一楼是一片淹到下巴的邮件海。“我打开门，脱口而出：‘天哪，这不是邮局，是仓库吧。’”她说。去往二楼的路上，奥穆尔·罗杰斯和五十名站经理以及两百多名主管跋涉过邮件海，一句话也没说，仿佛它不存在似的。“那时我才恍然大悟，我一直在为错的人工作，”坎贝尔说，“我才恍然大悟，他们并不是真的要改进什么。”绝望如斯，她把罗杰斯在十二月委托她做的最后一份稽查报告给了尼可德穆斯。报告在三月二日跃上《芝加哥太阳报》头版（“邮政调查翻出一个烂摊子”），并带来一连串丰富的后续报道：林肯公园站有八百英尺的邮件原地不动；主管容忍员工在上班时间喝酒嗑药；服务改善团队被消音、解散了。

坎贝尔也将团队的最后报告传真至参议员保罗·西蒙的华盛顿办公室。已从帕特里克·奥康纳那里听说过坎贝尔的西蒙，遂与同为伊利诺伊州参议员的卡萝·莫斯利－布朗寄了一封联名信给邮政总局局长马文·鲁尼恩，敦促他亲自巡访芝加哥。

鲁尼恩不敢直捣蜂窝，拒绝了此项提议。然后西蒙打电话到鲁尼恩位于纳什维尔的家中（鲁尼恩搭喷气式飞机往返于住宅与华盛顿之间），劝他考虑。最后鲁尼恩派出他的左右手营运长约瑟夫·R. 卡拉维欧和另两位国家级副总裁，为他的亲自造访铺路。

鲁尼恩到访前的那个星期五，又发生了一起助长多疑的阴谋论的“意外事件”：两万封日期从一九七九年至一九九二年的邮件出现在芝加哥西南区一栋房子后面的垃圾桶里；房主是名已经退休的邮递员，他坦承，当初因为无法准时完成投递，他习惯性地把工作带回家。同一个星期五，警方在一条高架铁路下的通道中发现重约两百磅的新邮件正在焚烧。犯下过失的邮递员达妮西雅·布洛克后来解释，由于卡拉维欧在全市随机抽检，邮递员面临不可把信留在站里的巨大压力。在她看来，那条步行通道正是合理的贮藏处。至于火，布洛克推测是游民放的。

当鲁尼恩翩然抵达时，芝加哥已怒气冲天。他的造访在上城区百老汇兵工厂的“市民大会”上达到高潮。据官方说法，这场会议是市议会财政委员会就劣质邮政服务对经济的冲击举行的听证会。鲁尼恩、梅森和芝加哥邮件处理总理事塞莱丝汀·格林坐在桌前，活像战争罪法庭上的被告，面对汪洋般的原告和稀稀落落的辩护者。当进步劳工党的成员在会场里发送要求六小时工作拿八小时工资的传单，鲁尼恩向芝加哥全体市民道歉，保证会派专门小组整肃一切。拿到扩音器的证人开刻薄的玩笑，唱嘲讽的歌。玛莉莲·凯兹明确表达了她的挫败感，黛波拉·杜伊尔则以播新闻快报一般的口吻讲述了她失落的燃气账单的故事——这一段后来在电视上一连重播了好几个月。

在鲁尼恩离开芝加哥后，一支由全国各地老练的经理组成的二十七人小组抵达芝加哥，继续做服务改善团队不被领情、乏人推广的工作。他们仿佛首次征战一般做出大家耳熟能详的承诺，媒体的关注暂歇。但杰米·梅森在局长宝座上的日子屈指可数了。

四月二十五日，《商业邮政评论》的出版商范·H. 西格瑞夫揭露，塞莱丝汀·格林花了二十万美元的维修经费整修她的办公室套房：硬木橱柜、大理石浴室、七扇窗户各装一部空调。传言这次整修之所以消息走漏，是因为漩涡浴缸的水流渗入了两层楼下限时专送部的天花板。让事情更糟的是一九九五年年底，整座中央邮局人去楼空。格林的错误判断恶名昭著，使华盛顿的邮政管理层不得不将她调离。无三不成礼——五月三日他们也把奥穆尔·罗杰斯和杰米·梅森调走了。这就是邮政服务：什么都做得轻手轻脚。尽管罗杰斯遭到降级，但这三名高级主管的薪资和福利皆分文未少。罗杰斯被派往堪萨斯市，梅森调到南卡罗莱纳，格林则去了芝加哥南部郊区，她丈夫在那里管理邮件处理站。

随着鲁尼恩的特别小组在芝加哥展开作战、高级主管调走，辐射性尘埃的云雾开始向东飘往华盛顿。在六月初举行的国会听证会上，邮政董事会成员——总统任命负责监督邮政服务的人员——表达了痛悔与愤怒。然而，马文·鲁尼恩宣布了另一项体系改组计划，让投递与处理这两个他在一九九二年拆散的部门破镜重圆。这次改组除了惹来联邦众议员威廉·L. 克莱的猛烈炮火（他痛批十位新上任的分区副总裁仅有一个是黑人），显然也耗尽了邮政董事罗伯特·塞特拉基安的耐心，他私下号召其他董事联手，在美国邮政整个分崩离析之前免除鲁尼恩的职务。危机感在七月加剧，《华盛顿邮报》报道，邮政检查员在马里兰市郊一间处理站的四部拖车里发现数百万封邮件，可见该站不是不能就是不愿处理其日常工作。

芝加哥邮政的衰败在上述每一起事件中回响。在黛波拉·杜伊尔遇上盖尔·坎贝尔时，两个世界的边界就被冲破了。杜伊尔把坎贝尔介绍给尼可德穆斯，尼可德穆斯进而让芝加哥民众认识邮政世界；而随着马文·鲁尼恩从华盛顿驾到，《宗毓华目击》自纽约来访，头头们不滚也难。

衰败乐章的终曲在五月七日上演：星期六，消防队获报，芝加哥西北郊区帕拉汀镇的一栋公寓发生电线走火，他们赶到现场后，竟发现去往阁楼的通道硬生生被主卧壁橱里一墙的信件和包裹挡住。一捆迷途的信掉落到一位消防员脚边，上面写着芝加哥北区的地址。这一大批包含三千三百九十六封一类邮件（包括一张从信封里掉出来，但未签名亦未使用的信用卡）、一千一百三十八封二类邮件、三百六十四磅重大宗商业邮件，以及一千一百三十六张光盘。屋主是芝加哥欧文公园邮务站工龄七年的资深邮递员罗伯特·K.比弗利，他因为担心未跑完路线遭到惩处，遂开始用他的二手捷豹把邮件载回家。而这起事件最令人迷惑的一点是，他的路线上没有住户抱怨过邮件遗失。他被逮捕完全出乎欧文公园站意料。

邮政大家庭告诉我，该事件纯属特例。他们说比弗利是烂苹果、神经病，他的行为不代表什么，只能反映他本人内心黑暗。大家庭说今春芝加哥的烂苹果比较多纯属偶然。一起事件被大肆宣传，同类事件就会接二连三地发生。很多被曝光的劣行都不是新鲜事。其他城市的情况并无二致。

当我把这些借口背给盖尔·坎贝尔听时，她严肃地摇摇头，态度依然强硬。她说，她一九九三年在服务改善团队的一篇报告就指出比弗利的路线“有问题”，旧邮件到处乱丢。她相信芝加哥一定还有其他没被揪出来的罗伯特·比弗利。在跟比弗利的领班（“我见过的最无精打采、满不在乎的绅士”）和欧文公园站经理面谈之后，她可以解释没人抱怨的神秘现象了。“有人抱怨，”她说，“但我知道他们没做记录。我请他们出示记录时，他们什么也拿不出来。我提出了那个问题。他们把脚搭在桌上，一直在聊球赛。外头有二十个人等待服务，窗口却只有两个办事员。”

这种系统失灵问题可以在全美最大城市和金融中心之一的

主要通讯网持续十年，而且必须在特立独行的行政官员、媒体关注和国会代表的共同影响之下，才能迫使系统处理失灵问题，不禁令人忧心美国邮政和美国城市能否久存。

在芝加哥一九六六年邮政危机后五年，原来的美国邮政部改组为美国邮政服务，成为一家联邦所有的“公司”，总统和国会有监督权但无直接管理权。卡普尔委员会决议，唯有成为独立自营的企业，邮局才能有足够的灵活性在现代世界生存。国会和总统都失去了邮局的政治任命权，但也卸除了经营和应对赤字的责任。当民众抱怨费率或服务时，他们不必再当箭靶，大可加入批评阵营。

一九九四年的芝加哥邮政危机便呈现出这个政策的结果。现今，大城市的主要居民换成了“二等公民”。看到西德尼·叶慈——他曾在华盛顿跟杜鲁门共事——等老国会议员频频摇头、怀念有任命权的时光，教人好不辛酸。邮政总局局长向来是授予总统所属政党党主席的美差，在一九七一年之前，所有大城市邮政局长的任命都是政治性的。如果你获得的邮政服务不佳，你可以打电话给选区政客，一定会得到关注。到九十年代初期，诚如叶慈所发现的那样，你打电话给邮政总局局长本人也没用。坐拥一万五千名员工的芝加哥邮局仍是强大的政治基地，分发职缺的方式就像昔日选区委员会会长分发几磅几磅的培根一样；但它除了自己，不必再伺候哪个主人了。当年的组织重整旨在保护邮政局长不被政治侵扰，允许有真才实学的员工向往高级职务，如今，却有效地将一市的邮局隔离于选民之外。

在芝加哥，机器政治已失势，种族政治崛起。逃得过公开评论但逃不过暗中观察的是：北区邮局的白人顾客在芝加哥获派首位黑人局长后不久即惴惴不安，而此后黑人局长便要应付愈来愈刺耳的抱怨。二十世纪初，邮务工作是少数向受过教育的黑人开放的受人尊重的职业之一（在理查德·莱特的《外人》一书中，主人公克罗斯·戴蒙就跟西范布伦街433号的三名同事进行过萨特存在主义式的对话），至今它仍是贫民区黑人的一条主要出路。七十年代末，即白人中产阶级大量涌向郊区之际，黑人就在芝加哥邮局占多数了。现在黑人的比例已将近九成。

邮局员工大多住在黑人聚居的南区，上班路途之遥更使上城等邮务站发生的许多问题——缺勤率失控、员工流动率高、士气低落——变本加厉。取得终身职位的员工会马上申请调回较方便的街区，主管和经理也是如此，而他们向来把上城看作西伯利亚。结果便是北区的人员永远经验不足。

种族问题也以更加根本的方式塑成危机。湖北各站被视为“问题重重”是因为申诉率奇高。事实上，芝加哥其他邮务站同样管理不善，但贫困地区的住户不是整天工作，就是很少收到福利金或社会保险支票之外的邮件。反观北区，住户多为个体经营者和休闲人士，会发现邮件延误或一星期没收到《华尔街日报》。北区人也怀有期待。在“戴利机器”运作的数十年间[①]，他们已学会如何组织、如何抱怨。但现在规则变了。邮局，虽然看起来仍像城市服务机构，也曾经像服务机构那样运作，但现在不用负责任了。

五月，在梅森、罗杰斯和格林——都是非裔美国人——被调职之后，美国有色人种协进会芝加哥分会谴责此次调动为种族主义，因为三名接替人选中有两个白人，且格林的白人上司托马斯·兰夫特安然无恙。这种指控似是而非，因其暗示芝加哥数千名埋头苦干的黑人邮局员工能得到工作是拜其肤色而非能力所赐。但它也揭示了，在邮局长期不肯承认其缺点的背后，是黑人担心失去掌控权。盖尔·坎贝尔指出，让她成为“叛徒”的不是她公开背叛邮政大家庭，而是，套用一名经理的话，她“把白人带了进来”。她带进来的白人不只是取代罗杰斯和格林的威廉·古德和大卫·菲尔兹，以及西蒙、史密斯、叶慈等政治人物，还有白人媒体集团——许多美国黑人和几乎所有芝加哥邮局员工都相信，白人媒体对他们抱持偏见。

新任芝加哥邮政局长鲁福斯·波特在就任头几个月避开了“大家庭”这一辞令，而选择“积极进取”“加强沟通”和“企业家精神”等企业词汇。四十六岁的波特是加州人，曾任邮件处理人员，在夜校拿到了硕士学位。上中央邮局四楼拜访他，

①理查德·戴利担任芝加哥市长二十一年（1955－1976）之久，其子小理查德·戴利亦任该职二十二年（1989－2011）。

我顿时明白了为什么官阶和杰米·梅森相等的塞莱丝汀·格林觉得有必要整修。芝加哥邮政局长的办公室是一大片不规则延伸的长毛绒地毯，上面零星点缀着笨重的雕刻家具。身材矮壮的波特挺拔地坐在椅子沿上，双手交叉置于巨大的会议桌上。他以受训军校生那种简洁有力的节奏回答我的问题。“积极进取是教不来的，”他说，“但你能做的是营造一种气氛、一个环境，让人们感受到被赋予力量。那就是我们努力尝试的方向。我们在试着营造那种气氛。”

多数人认为波特成功了。他精准地调开了坎贝尔在报告中锁定的那些不能胜任的经理，重建停职惩戒，并展现出不惜一切代价来提升芝加哥服务质量的意愿。因上司无能备感挫败的邮政主管可能会在稻草娃娃上扎针，但绩效不彰的管理者被调走，或许更该感谢波特的改革决心而非伏都教的力量。就连态度最强硬的坎贝尔都皈依了。“他正是芝加哥翘首期盼的不二人选，”她说，“我们不会在全国敬陪末座太久了。”

不是最后一名就好：这种志向隐含的谦逊一定会冲淡波特尽心竭力唤起的乐观。我请教邮政总局发言人法兰克·布伦南，为什么像芝加哥这样的城市会被忽略这么久，他回答说，他的组织过去和“小镇美国”关系密切，社区的身份认同以及与共和国的联结，都被包覆在它的小邮局里。至于大城市，布伦南说，则是“进化美国”的一部分，赋予邮局使命感的日常人际联系远不如在小镇那样容易利用。以这种角度来看，芝加哥邮局遭到漠视，正反映出更大范畴的联邦对城市的沮丧。新任邮政总局营运长威廉·汉德森表示："美国大城市没有哪个议题是不难处理的，邮局也不例外。"汉德森相信，化为交通拥塞和高楼大厦等形式的高人口密度，不可避免地阻碍了平邮信件的流动。"这就是我们面对的事实。每个人都对城市又气又恼，我们也很气恼。"

都市的障碍不仅在物流方面。八十年代初，当长期受到压抑的都市少数族群取得邮局掌控权，可以理解的是，许多成员无意攻击他们承袭的深层结构问题，只想获取（比如塞莱丝汀·格林）旧统治集团长期享有的权力表征。芝加哥邮局困境的症结在于美国社会两个阶层之间的鸿沟，这在大城市里尤其明显，现今也几乎仅靠全民邮政服务这座桥连接。与富可敌国和尖端科技并肩共存的是第二代与第三代城市下层阶级，在他们眼中，受聘于邮局工作或许不太像责任，倒像是联邦津贴的延伸。坎贝尔固然气愤于邮政管理阶层背离民心，但她同样为芝加哥基层员工的背叛愤怒。"他们希望有人教，"她说，"希望有人带。但如果你找的人只会坐在办公室里喝咖啡，和隔壁邮务站的珍妮打电话聊天，是不可能获得成果的。"

无论大城市有多让邮政总局恼怒，它们仍制造出大量为"全民服务"付账的邮件。若如汉德森所言，大城市的结构注定会减缓服务速度，那么必然有什么要受到损害——不是城市就是邮政业务。显而易见，大城市已经在受害。不良的邮政服务降低了生活质量、增加了做生意的成本，从而助使公司和富裕的个体迁往郊区。这是一个令坚定的城市居民感到灰心的过程。比如玛莉莲·凯兹就说："对我而言，城市是文化的命脉，民主的血液，因为它们是不同族群真正融合的少数地方之一。随着社会更加阶层化，种种问题中的一个已然发生：在几乎每个公众事业领域，城市皆已变成二等公民。邮政服务在威尔麦特[①]运作良好，在芝加哥就失灵。"

邮政服务业本身并没有受到飞往威尔麦特班机的伤害。对它构成威胁的是"虚拟班机"：飞往可替代它的信息传递系统。商业通讯是受传真与电子邮件冲击最明显的领域，据美国邮政估算，过去五年已减少了三分之一业务。所幸到目前为止，这方面的损失已获得喷涌的一类与三类广告邮件弥补，而且诸如威廉·汉德森等美国邮政的推手，听起来仍信心满满：尽管副总统戈尔热情宣告全国信息上层结构正蓬勃发展，邮局的效用仍将屹立不倒。"邮件是当今美国最具互动性的产品，"汉德森说，"你可以把信放在口袋，随时随地阅读。这是互动的极致表现。"

问题在于，邮政服务并不需要失去太多生意就会陷入严峻困境。一九九二年，马文·鲁尼恩第一次上国会亮相时，描述

①芝加哥附近郊区。

了邮资费率调升如何已驱使第三类广告客户改用其他传递方式，如电视或挂在门把上的传单。“随着我们提高费率，”鲁尼恩说，“邮政服务将被外部来源私有化。不是被我们，而是被外部来源。”

因为忠于“全民服务”，邮政服务有庞大的固定基础建设成本。它不可能像多数一般企业那样收缩或成长。因此，因特网不必让邮局过时，就可以使它陷入危机。“信息超级高速公路”只需要作为一种吸引力与日俱增的替代品存在即可。如果有足够多的邮寄者开始使用它，无论个人或公司，费率遽增与服务、邮量骤减的经济风暴就将席卷而来。一旦发生这种情况，国会有两种选择：给予补助，或使之私有化。回到联邦补贴邮资的老路需要坦承一点：全民统一费率的服务是昂贵的理想，会花纳税人的钱。因此，邮政服务不无私有化的可能，像威尔麦特和芝加哥环线等有利可图的市场会卖给竞价最高者，而邮局仍是资金短缺的渣滓，最末位的选择，服务乡下和城市的穷人。

一个潮湿夏日的午后两点半，我从环线开车沿超级高速公路西行。待在市内期间，我赴约的路程都不会超过二十五分钟，无论是搭快运列车或步行。但在国家级运输基础设施上面，尽管冲劲十足，我仍得花将近一小时才开出市区。郊区的交通一样糟糕。汽车一辆紧接一辆，于正在拓宽，或进一步拓宽——即便我们正行驶其上——的路上缓缓向西移动。一直到我的目的地，卡罗溪地区一间新设的邮件处理中心，工业园区和公寓大楼才终于在穿越玉米地时中断了。

美国邮政生存的希望系于成长。要避免邮资不断上涨，个人通讯量的损失必须仰赖寄至家庭的商业邮件的收益来弥补。目前在美国，每五元的广告费已经有一元花在直接邮寄上，而威廉·汉德森相信，一旦企业了解到把广告装进信封并附上账单或伪装成账单寄送的潜在价值，这个数字还会攀升。他对近来信用卡的激增尤感兴奋。

为追上逐步增大的量，未来邮政服务也必须进一步自动化，而在卡罗溪，全面自动化已接近实现。工厂就像技术展示中心，输送带、送料斗和人行通道都漆成口香糖般鲜艳的颜色，控制室有友好的 CRT 屏幕，你只需用手指触碰有趣或遇上麻烦的节点，它就会跟你互动。有机器像洗牌一样整理信封，分排出邮递员投递的顺序。有机器在每一封手写地址邮件的背面喷上荧光条形码，拍摄地址，并将画面发送到田纳西诺克维尔，那里的工作人员读取并键入邮政编码，再传回卡罗溪，以黑色条形码的形式贴到信封正面。嘈杂声不断从理信销票机、光字符阅读器、信件分拣机、机动化骡车队、挂钩皮带和扁平邮件分拣机及投递条形码分拣机传来；但那是平稳的嘈杂声，支援的嘈杂声。这间工厂只生产一种产品，叫“秩序”。秩序控制下的流体主要是白色的，惬意地顺应有摩擦力的皮带和机器人一般的夹抱机。漂流着，呢喃着。它叫“邮件流”，而且，不同于芝加哥中央邮局的邮件，它没有醒目的个性。当我在一个标示“无法投递”的小包裹麻袋里仅发现一只孤零零的泡棉信封袋时，我竟莫名兴奋起来。这件有点破损的包裹，收件人地址是阿拉斯加普拉德霍湾的一个邮政号码，退回地址则是“德州，不明”。

离开卡罗溪，我开车经过数片大豆田和一座 Zima 酒装瓶工厂。在三千七百英尺长、一家店面宽的购物广场尽头，我碰巧来到 K 邮务中心，一间窗明几净的店面，不仅提供信箱、出售美国邮票，也提供公证服务、普通纸传真、桌面出版软件、钥匙复制服务，以及包装纸和幽默贺卡。经营者克里斯·凯特是尼日利亚移民，不但营业时间长，还提供各种只要你想得到的送货服务。凯特告诉我他买下邮务经营权是因为他提供的这些服务能相辅相成，也有成长机会。他说他对美国邮政没有怨言，虽然他的顾客中很少有人选择用它来寄送包裹。

在凯特开着空调的凉爽的店里，在以节能模式运作、静悄悄的米黄色设备中间，邮政服务朝着私有化——朝着物美价廉与无理哄抬并存的破碎共和国——前进在我看来势不可挡。以下这个想法也难以抗拒：美国人该去哪里直接参与到管理他们的系统之中？不是大厅悬挂星条旗的小镇邮局，而是玻璃橱窗里悬挂荧光条幅（“内售传呼器”）的远郊零售店。

但回到市区，再经历一次不愉快的超级高速公路之旅，我又屈服于怀旧了。我想到玛莉·安·史密斯曾愉快地描述那张圣诞贺卡：“金箔信封和烫金的寄件人地址”——那是一位前市议员从狱中寄给她的。想到我自己也愉快地发现，黛波拉·郝金斯在成为沟通专家之前是中央邮局的办事员，负责整理皮尔森地区的邮件，所以很可能亲手处理过我寄给家住皮尔森的哥哥的信。想到伊凡斯顿的邮递员艾瑞奇·华尔奇说，他新路线上的顾客都很讨厌之前那个邮递员，所以也讨厌他。“过了整整一年，有些人才开始把我当人看，不会在我向他们说早安时回我一声‘哼’，但我还是改变了他们的看法。”他说。我想到站在门廊上的波兰裔老太太们，笑着从兼职牧师的那位非裔邮递员手中接过信封。想到我费城家中的信件应该堆积如山了，不禁热切期盼。

穿邮局制服的人之所以受欢迎，不只是因为他们可能捎来情书或彩券中奖支票，更因为美国邮政为我们服务这一希望和信念。自从跟着驿站马车来到偏远的阿巴拉契亚拓居地，美国邮政一直为寂寞的民族提供全民按手祝福礼。它和任何抵达这个国度的事物一样神圣。在高架桥下焚烧邮件就像神父鸡奸案一样，痛击我们的纯真；一旦圣典被虚拟化，以电视传播福音的方式进行，便会将礼拜者贬低成消费者。跟我讨论过这个话题的所有芝加哥人当中，就连绝望至极的人也不建议：美国邮政该解散了。

八月一日，鲁福斯·波特同意了盖尔·坎贝尔长期以来的请求，把她从海德公园邮务站调走了。现在她是涉外一类邮件判定团队的协调专员。当坎贝尔把她的新职责——监督（但无法影响）一类邮件的收发、投递——告诉她的医生时，医生说：“他们在想办法杀死你。”她最近自掏腰包，花了两百七十八美元请一个叫凯莉的女孩帮她输入一天的判定数据，但即使这样也无法令她满意，于是她便深夜两点起床，自己把数据输入笔记本电脑。“如果我不做，”她说，“谁还会做？”

坎贝尔和我在“什么正杀死她”这点上意见不同。身为实际的受害者，她要寻找原因。她认为虚伪的经理和傲慢的工会是一丘之貉，将她为客户服务的理想弃之如敝屣。而我，则因个人与结构的双重视角深感苦恼。我看到一个视工作如生命的女性，也看到一种经济制度正在消灭坎贝尔居住的城市，而正是这座城市发明了现代商品市场。芝加哥邮局是旧日责任制度的遗迹，位于华盛顿的上级与它渐行渐远。为了在企业化的世界里生存，美国邮政现在企望成为另一种媒介：在收取消费者的美元和传送产品的效率上，要与兼具“非线性”和“多元性”的因特网——其拥护者是如此信誓旦旦——并驾齐驱。技术资本主义是部可憎的机器。它总能把我们搞到手。它如果不从外拆解美国邮政，就会从内窃取它的灵魂。美国人对邮局的依恋是纯粹的怀旧。这反映出这个民族的矛盾之处：我们的内心并不喜欢我们的欲望创造出来的东西。

当我终于回到费城家中，有厚达两英寸的邮件在等我。威廉·汉德森如果知道我收到四份不同的信用卡广告，而且每一封都是免费从我之前的地址迅速转寄来此，一定会很高兴。也有来自我个人并未投票推选的州议员的大量邮件、我已经在用的信用卡的账单、四期《洛杉矶时报书评》（上面的黄色转寄标签催促我“通知寄件人新地址”）、一只印着艾德·麦克马洪[①] 肖像的大信封、三包内容丰富的 Val-Pak[②] 邮件（我相信里面一定有打折地毯清洁剂和小恺撒优惠比萨的有趣广告），以及唯一一封一类信，是我一个在英国的朋友寄来的。虽然信一定是在好几个星期前就寄出了，我仍迫不及待撕开来看。他问我，为什么不写作了。

一九九四年

①艾德·麦克马洪（1923－2009），美国喜剧演员、电视主持人，尤以《今夜秀》最受欢迎。

②世界最大的商业直邮公司。

艾瑞卡舶来品

高中三年，我都在德国移民夫妻艾瑞卡和阿明·盖尔经营的小公司干包装活。公司叫艾瑞卡舶来品，就位于他们圣路易斯市郊阴暗的家里的地下室。一星期有几天下午，我得把自由和神志清醒的芬芳世界抛在脑后，爬楼梯登上盖尔家漆黑的前门廊，往客厅一瞧，艾瑞卡和阿明及他们那只喂食过多的雪纳瑞，通常都摊开四肢，在老旧的木脚德国椅子和沙发上打鼾。里面的空气弥漫着浓重的炸肉油脂味和燃烧的香烟味。餐厅桌上搁着德式午餐的遗骸：散落着奶油和西芹的盘子、一块部分毁坏了的生奶油蛋糕、一只空空的摩泽尔酒瓶。艾瑞卡——穿着有衬垫的家居服，前襟豁开，露出旧世界的胸罩或束身衣——继续打鼾，阿明则起身过来带我到地下室的工作台。

艾瑞卡舶来品和制作手工礼品的共产东德工厂签有独家合

约，礼品包括瓷釉复活节兔子和小圣诞老人像，着色巧妙的彩绘木头蛋，耶稣诞生场景的高级雕塑，硬木七巧板拼图，以及蜡烛驱动、各种尺寸、最高达三英尺的圣诞旋转木马等等，始终令美国中部各州礼品店趋之若鹜。因此艾瑞卡对她的客户姿态甚高。她会发出破损品，或由阿明重新黏合的商品，草率到侮辱人。她用美国人难以辨读的德式草写体开发票。她乱砍失宠客户的订单；她说："他们要二十份——拜托喔！我给他们三份就不错了。"

我在地下室的工作包括组装硬纸板箱，给里面塞满较小的盒子和细刨花，查核发票以确认完成订单，再拿用海绵沾湿的纸带封箱。既然我的待遇比最低薪资高，既然我喜欢解包装的拓扑学之谜，既然盖尔夫妇喜欢我、赞赏我的德语能力、给我很多蛋糕吃，你或许会大吃一惊：我怎么会如此讨厌这份工作——我甚至好生羡慕那些在海滋客快餐店操作油炸台，或在肯德基炸鸡店清理集油槽的朋友。

我讨厌它，部分是因为讨厌自主权遭到专横的侵犯：星期六下午会因艾瑞卡突如其来的吠叫彻底完蛋，"马上过来！"她在电话里吼道。我讨厌海绵泡在那锅满是浮渣的水里而滋生过度的霉菌。我讨厌那只雪纳瑞和一切跟它有关的事。讨厌阿明做手工活前非得先舔舔手指；讨厌他用一根手指敲奥利维蒂打字机，费力地敲出给优比速的纸条时呼哧呼哧的喘气声。还有艾瑞卡强烈的体臭和浓郁但无法掩盖体臭的香水。我讨厌她的生意俗气、量大的那一面，还有季节一到便涌入的泡沫塑料铃铛、多愁善感的雪人和廉价塑料玩具，它们都会让我太鲜明生动地想起，美国中西部医院礼品店的美学荒原。

但我羡慕那些在快餐店厨房打工的朋友，主因是他们的工作在我看来完全是“事务性”的。他们从来不必看主管青筋暴露的肚子从家居服里掉出来，或被打翻的廉价香槟渗进她脚边的地毯。汉堡碎片和西芹调味的土豆不会在工作地点的狗碗里腐烂。更重要的是，他们的母亲没有对他们的雇主怀抱歉意。

高中毕业后一连好几年，家母都要我从大学回家时到盖尔家“拜访”他们，或在教堂礼拜后跟他们打招呼，暂时缓和他们的社交孤立，后来我去了欧洲，她也要我寄明信片给他们。而家母本人，一秉基督徒的慈善与受虐精神，有时会邀请盖尔夫妇到家里来吃晚餐和打桥牌，每当打桥牌的时候，艾瑞卡总会因阿明叫牌的过失和出牌的罪状而破口辱骂，愈骂愈大声，愈骂德语的比例愈重，而阿明会满脸通红，开始粗声粗气地自卫。虽然家母由衷地信赖个人责任，但如果艾瑞卡打电话来时我在家，她仍会诉诸那种一目了然的花招。她会把电话拿给我（“乔纳森想跟你打招呼！”），然后，当我试着把电话还她时，她会要我跟艾瑞卡说她“下个礼拜”会回她电话。可怜的艾瑞卡和阿明，他们有血块，他们骨折了，他们突然住院了！他们向下走的每一步都由母亲忠实地记录在写给我的信中。现在他们都过世了，我不禁怀疑：人生真的逃不开人际关系吗？

二十五年了，我仍然找不到可以与家庭、忠诚、性、内疚，或与以上四者全都无关的工作环境。我开始觉得，我永远也找不到。

二〇〇一年

筛烟灰

香烟是这世界上我最不愿意去想的东西。我自认为不是烟民，跟四千六百万有此习惯的美国人不一样。我不喜欢烟味，不喜欢烟味象征的对鼻部隐私的侵犯。外观时髦的酒吧和餐厅（他们的顾客群部分是靠自卫般的毒雾来巩固排他性）已开始让我反感。我曾在前一晚住过烟民的旅馆房间，在男人拿难闻、体臭味的云斯顿当泻药的公共厕所遭到毒气攻击。（“云斯顿抽起来很逊，就像我刚抽的那根”是我小时候听过的在文法上无懈可击的谐语。）在纽约的一些日子，仿佛人行道上有三分之二的行人在汽车废气的涡流中拿着点燃的香烟；我不断调整位置，待在上风处。为堵住公寓楼下邻居的排气，我拿填缝枪密封地板和护壁板之间的缝隙。我去的第一座位于内华达州的赌场，呈现地狱般的场景：一排一排脸长一英尺的中年女性一口一口抽着一英尺长的肯特，不由自主地把银币塞进投币口。每当谁告诉我香烟很性感，我都会想到内华达。每当我在电影里看到男女演员吞云吐雾，我都会想象芘和酚蹂躏柔嫩的上皮细胞和他们支气管中卖力工作的纤毛，一氧化碳和氰化物黏住他们的血红素，他们被化学物质荼毒的心脏绞起、拉紧。现今，更普遍的妄想症正围攻我们的文化，香烟便是其中的精华，让我们明白，我们的身体在这个充满分子危害物的世界里有多脆弱。它们吓得我魂飞魄散。

因为我几乎恨尽香烟的每一种特性（连雪茄都别跟我聊），也因为我前一次抽烟应是五年前的事，而我不曾有过烟灰缸，我很容易便自视为身无尼古丁的人。但如果叫我这个名字的男人不抽烟，为什么他客厅的窗户上又出现排气用的箱型电扇呢？为什么在每个工作日的尾声，在桌上的浅碟子里，那台电扇前面，又集合了一小撮的烟屁股呢？

在我成长的文化保守家庭，香烟是最大的禁忌——甚至比性和毒品更令人担心。在我出生前一年，外祖父因肺癌过世。他是在第一次世界大战期间服役时开始抽烟的，一辈子都抽得很凶。每个认识我外祖父的人似乎都很喜欢他，而不管我对于这个国家痴迷健康的现象有多嗤之以鼻——人人想要拥有天神般健美的身材，想要活到可以证明被上帝眷顾的岁数——不变的事实仍然是：如果外祖父不抽烟，我或许就有机会了解他了。

至今母亲讲到香烟仍难掩嫌恶。我从大学时开始偷抽，或许部分就是因为她讨厌香烟，而经过这些年，一种担心被发现的恐惧感油然而生，我相信那与男同性恋怕向双亲坦白十分类似。毕竟，我的身体是家母用她的身体创造的。有哪个摒弃身世之举比故意毒害那个身体更极端呢？坦承吸烟就是宣布：这就是我，这是我的身份。不过，把“烟民”视为一种身份标签的怪异之处，在于它的反复无常。我可以决定从明天起不要当这种人。因此，今天假装不是这种人又有何不可？为掌控自己的人生，人们会跟自己讲述他们想成为的那个人的故事。但烟民有个特权：偶尔他们会觉得戒烟的决心强大到仿佛已经戒掉，手边却有难以辩驳的证据证明那些故事不见得真确：烟灰缸里有烟屁股，头发里有烟味。

于是，身为烟民，我不仅已经不信任我自己的故事，也不信任一切佯装有明确道德寓意的记叙。最近几个月美国人就受制于日报这样的叙述：秘密文件泄露大烟草公司的阴谋、产业科学家挺身控告前雇主、九个州和一个拥有六十家法律事务所的集团发动大规模的责任诉讼，以及食品药物管理局将香烟列为尼古丁供应品加以管制。坊间盛行的自由派观点“大烟草是邪恶祸害”，为《纽约时报》给理查德·克鲁格杰出的烟业新史《烟灭》一书的评论做了总结。借由责备克鲁格的“客观”和“公正”，克里斯多弗·雷曼－郝普特暗示烟业在道德上堪比奴隶制和纳粹大屠杀。克鲁格本人，无论公正与否，不断将“天使”一词与反烟害行动人士连在一起。在著作《烟灭》的导读里，他提出一对严峻的选择：烟商若非“本质与其他生意人无异的生意人”，就是“存心伤害无知者、不幸者、情感脆弱者和基因敏感者的道德麻风病患”。

我对这种二分法感到不舒服或许反映了这个事实：不同于雷曼－郝普特，我还没戒绝这个习惯。但在其他各种全国性辩论中，我还未曾感觉自己与主流如此不同步。尽管我不信任美国产业，尤其是一个积极买通国会议员的产业，我仍有一部分的灵魂坚持寻觅烟草。我畏畏缩缩地强迫自己看了最新一篇健康新闻：研究显示，吸烟女性更有可能生出弱智儿。我特意捕捉着隐喻与情节剧的选择冲突，例如《纽约时报》的这一篇：在这一连串重创曾所向披靡、市值四百五十亿美元的烟业的重拳中，口供书是最新的一记——该产业正面临滔滔江水般的诉讼。我对高吸烟比例族群——蓝领工人、非裔美国人、作家和艺术家、离群青少年、精神病患——的同情，已扩展至为他们供应香烟的公司。我想：现在我们全是斗败之犬。我告诉自己，战争时期是谎话连篇的时期，而香烟战争最大的谎言就是道德方程式可被简化为一和零。或者，我也被烟草腐蚀了？

我是在黑暗的八十年代于德国留学时开始抽烟的。当时里根总统刚发表了他的“邪恶帝国”演说，乔纳森·谢尔出版了《地球的命运》。柏林流传着这么一句话：如果你在星期六早上醒来时发现世界未毁灭，下个星期你就安全无虞；当时的假设是，北大西洋公约组织在星期五晚上最困倦，所以华沙条约组织会选那个时候大举越过富尔达谷地，然后北约会大发雷霆，予以击退。既然我评估我活过那十年的概率只有百分之五十，吸烟带来的附加风险就似乎无关紧要了。事实上，香烟蕴含着一种动人的末日情怀。香烟于我生命中激增的情形，与核武器激增的梦魇相对应：无名无姓、富死亡气息、飞弹状的圆柱体。香烟是现代战争的固定配件，是士兵最好的朋友，而当战争剧眼看就要在我自己的客厅上演时，吸烟便成了我无助地以公民身份参与冷战的象征。

在诸多焦虑中，最适合用香烟抑制的反而是对死亡的恐惧。为什么重度吸烟者想到肺癌时不会感受到排山倒海的恐慌，反倒立刻点烟来压抑恐慌？（这是冷战的逻辑：我们害怕核武器战争，所以让我们扩充核武器吧。）死亡会切断本我与世界的联系，而既然本我无法想象自己不存在，或许死亡真正骇人的前景不是个人意识的灭绝，而是世界的灭绝。因此，对全球遭受核武浩劫的恐惧，在功用上与我个人对死亡的恐惧一致。香烟的潜在致命性反成慰藉，因为它能让我更亲近末日，让我熟悉它惊骇的轮廓，让世界潜在的灭亡没那么诡谲，也没那么具威胁性。时间会在吸烟期间停止：吸烟时，你鲜明地呈现在自己面前；你不再浑浑噩噩、不由自主地匆忙。这就是为什么会给死刑犯最后一根烟，也是为什么当泰坦尼克号下沉时（故事这么说），穿晚礼服的绅士们要在船尾吞云吐雾：确定自己真的来过人世，离开便容易得多。诚如歌德在《浮士德》里所写：“存在是我们的责任，哪怕只是一瞬。”

香烟是近代的使者，是工业资本主义和高密度城市的至交。群伙、运动机能亢进、大规模生产、令人麻木生厌的劳务和社会动乱，全都与香烟有相关性。若以绝对单位数计，香烟的消费（支）无疑令其他任何由制造产生的消费品相形见绌。“短小精干、易于尝试、易于完成也易于在完成前丢弃，”理查德·克鲁格引述《纽约时报》一九二五年的一篇社论中的话，“香烟是机器时代的象征，而最基本的齿轮、机轮与杠杆则是人类的神经。”本身就是被称为邦萨克[①]机器的一种机械滚轴的产物，香烟是装配线员工的鸦片，将难挨、一成不变的漫漫长日分解成可管理的单位。对于女性，《大西洋月刊》在一九一六年指出，香烟是“解放的象征，选票的暂时替代品”。总而言之，我们无法想象没有香烟的二十世纪。在旧照片和新闻短片中，香烟像齐利格[②]那般无所不在，如此欠缺个性以致难以被察觉，但一旦被察觉，就显得十足怪异。

克鲁格的香烟商业史读来像美国整体商业史。这个在一八八〇年分裂成数百小型家庭企业的产业，到一九〇〇年又尽归一个男人掌控：詹姆斯·布坎南·杜克，借由率先使用邦萨克滚轴并将收益的一大部分再投资于广告，然后通过软硬兼

①詹姆斯·阿尔伯特·邦萨克（1859－1924），美国发明家，于1880年发明了首台卷烟机。

②指1983年伍迪·艾伦电影《变色龙》的主人翁齐利格。齐利格无论站在谁旁边，身形就会变得跟那个人一样，也能模仿别人的语言、腔调、行为，迅速融入不同社群。

施的办法，一面发动价格战争一面开出吸引人的收购条件，他建立了烟业的标准石油和卡内基钢铁：美国烟草公司。一如同期的垄断者，杜克最终与反托拉斯官员发生冲突，一九一一年最高法院勒令美国烟草解体。应运而生的寡头垄断立刻创造出新的品牌：骆驼、幸运星、切斯特菲德、万宝路，从此一同竞争市场占有率。对美国零售业者来说，香烟是堪称完美的商品，仅须小额投资上架空间和库存，就能产生高收益；克鲁格指出，香烟“重量轻、包装耐久、甚少损坏、难以偷窃，因为它们通常放在柜台后方贩卖，且价格很少变动，也几乎不需要花费心力销售”。

既然每种品牌的烟抽起来大同小异，烟草公司很早就明白要让自己置身广告的最前端。二十年代，美国烟草赠送五箱幸运星（“烘烤过的”）给任何愿意为该公司做宣传的医生，然后大打广告，宣称“两万零六百七十九位医生说，幸运星比较不具刺激性”；美国烟草也是第一个锁定在意体重的女性的公司（“抵挡不住过度放纵的诱惑时，来根幸运星吧”）。烟业也首创名人代言（网球明星比尔·蒂尔登：“我抽骆驼牌很多年了，从未厌倦它醇和、浓郁的滋味”）、赞助广播节目（阿瑟·戈弗雷：“我每天都抽两三包〔切斯特菲德〕——感觉超好”）、具侵犯性的户外广告（最有名的是时代广场广告牌上的“我愿意为一根骆驼走上一英里”），以及最后，对《隐藏的摄像机》和《我爱露西》等电视节目的赞助。菲利普·莫里斯公司出色的电视广告是我童年的重要娱乐：一群吸 B&H 的人手中十厘米长的烟被电梯门压碎了；摇晃的镜头中，旅馆女服务员和着“宝贝，现在你有自己的烟抽了！”的曲调偷偷抽烟。我还记得那句被反复吟唱的“席尔瓦细烟，席尔瓦细烟”，美国烟草公司一个短命产品的咒语，它以这句可怕的广告词争取女性消费者：“香烟就像女孩，苗条又富有才是最好的。”

当然，最成功的广告非万宝路莫属，那是菲利普·莫里斯在一九五四年重新上市、锁定女性的高档香烟，有迎合主流的过滤嘴。一如所有现代商品，新款万宝路经过精心设计：提升烟草混合浓度以抵御过滤嘴的削弱，“易开式”烟盒被推行为全国性词汇，红色被选为标示重口味香烟的颜色，图案经过无数次修改才定案，包括一个附了“我来过，我见过，我征服过”[①] 格言的伪纹章顶饰；公司甚至在四个城市进行市场调查来决定过滤嘴的颜色。但真正才华横溢的是里奥·伯内特公司为万宝路制作的广告。它的成功关键在于透明度。落日时分，孤单的牧场工人置身孤峰之前，而画面几乎囊括香烟能传达的每一种正面联想：粗犷的个人主义、性感男人味、逃离都市的现代性、浓郁的滋味、认真的生活。万宝路象征我们的商业文化已从承诺时代进入愉快、空泛的幻梦时代。

一家够聪明、懂得这般营销的公司，能在短短三十年内称

①原文为拉丁语，恺撒大帝名言，后被用于指代迅速、决定性的胜利。

霸业界，实不令人意外。克鲁格对于菲利普·莫里斯的胜利的描述是商学院为启发和激励学生而让他们阅读的那种文本：要成为成功的美国企业，经验或许就是，照菲利普·莫里斯所做的去做。聚焦于获利最高的商品。谨慎设计新产品，然后给予支持，用力推广。将多余的资金分散投资到结构类似的事业中去。实行精英领导。先发制人。避免可能产生严重后果的债务。耐心打造海外市场。看到机会时，尽管挖顾客的钱，绝不顾忌。让律师攻击批评你的人。要有格调——赞助《摩诃婆罗多》。不必理会传统道德观。千万别忘记最重要的效忠对象是你的股东。

当它的主要竞争对手 R. J. 雷诺兹成长迟缓、在温斯顿－塞勒姆坐困愁城——沦为低利润、卖折扣香烟的公司，多种经营惨遭失败，在被 KKR 集团融资并购后几乎为债务灭顶——菲利普·莫里斯俨然成为香烟产业的全球领导者，也是世界上获利最高的企业之一。九十年代初期，它在全美非折扣香烟市场的占有率是百分之八十。从一九六六年到一九八九年，菲利普·莫里斯的股价涨了一百九十二倍。哪个男人如果在一九六四年戒烟，把买烟的钱拿来投资菲利普·莫里斯的普通股，那他就是健康、富有又睿智了。

更令人啧啧称奇的是，该公司势如破竹的成就正好发生在反对香烟的科学研究如火如荼的数十年间。大概除了氢弹以外，没有哪种现代产物比香烟更能制造矛盾。因此一九五五年，当联邦贸易委员会企图借由禁止在宣传中提及焦油和尼古丁的含量水平来遏止具误导性的广告，却让该产业因祸得福，得以推广“安全无虞”的过滤嘴香烟——即便业者同时提高了毒素浓度来弥补过滤嘴的作用。于是，国会在一九六五年立法要求在烟品包装上加注警语，但此举却防止了可能更严格的州和地方规范的出台，且为业者提供了无价的防护罩，挡掉产品责任诉讼。于是，国会又在一九七一年禁止电台播出香烟广告，这不但替业界省下数百万美元，且借由封闭广播平台有效驱逐了新竞争对手，并依公平原则中止了毁灭性反烟广告在电台的放送。就连一九八二年提高联邦货物税之类的笨拙规定也造福了香烟业，它利用税来掩护接二连三的涨价，十年内每包价格翻了一倍，然后将这笔意外之财转投于多种经营。政府为管制香烟踏出的每一步——禁止电台播广告，禁止机上吸烟，频频颁发禁止在公共场所吸烟的地方法令——都让香烟进一步退出不吸烟选民的意识。结果，鉴于种植烟草各州的政治影响力，香烟被明确排除于一九六六年的《包装与标识法》、一九七〇年的《滥用物质管理法》、一九七二年的《消费品安全法》和一九七六年的《有毒物质管制法》之外。在该产业为产品责任诉讼辩护时，此矛盾更是被发挥到极致：由于原告皆无法主张自己不知道吸烟的危险——换言之，正是由于香烟是美国最恶名昭彰的致命商品——因此无法指控制造商出售香烟有何疏失。几乎不用怀疑，香烟制造商未曾为民事损害付过一分钱，直到利格特公司在今年春天掉队。

然而，事到如今，矛盾年代或许即将落幕。随着一一拆卸导弹，这个国家开始将矛头转向香烟。保卫烟业的秘密之墙，也跟柏林墙一样确定无疑地倒塌了。“第三次浪潮”[①]正冲着我们而来，扬言要灭掉所有典型现代产物。引领全球进入信息时代的美国，也处于反烟战争的最前线，似乎绝非偶然。不同于对吸烟问题采取较务实解决办法、每包烟的税费高达五美元的欧洲国家，美国的反烟势力赋予这场战争一种清教徒式的热忱。我们需要新的邪恶帝国，而大烟草王国正好填补了这个空缺。

把烟业与奴隶贩子和第三帝国等同起来的论点遵循类似这样的逻辑：因为每年有将近五十万过早死亡的美国人，死因与吸烟有直接关系，故香烟制造商犯了大规模谋杀罪。这个论点有个明显的漏洞：烟业从来没有真正强迫任何人吸烟。因此，要说“杀”人，你必须提出更狡诈的强制形式。这些可分为三类。首先，该产业公开否认相关科学家都明了的“吸烟者有性命危险”的事实，借此谋划规模庞大、谋财害命的欺诈。其次，该产业引诱易受影响的孩童养成非常难以戒除的恶习，借此在人们的抗拒力完全发展成熟之前，有效地将其产品“强加”于

①美国思想家、作家阿尔文·托夫勒（1928－2016）在1980年出版的《第三次浪潮》中提出的概念，他将人类社会划分为三个阶段：第一次浪潮为农业阶段；第二次浪潮为工业阶段；第三次浪潮则是信息化阶段。

人。最后，该产业一面让众所皆知易成瘾的产品变得唾手可得、具吸引力，一面在尼古丁浓度上动手脚，蓄意让公众暴露于一种有致命威力的力量（烟瘾）。

由布朗 & 威廉森烟草公司一名不满的员工发表、已集结为《香烟报告》一书出版的一系列“令人震惊”的“机密”产业文件，表明大烟草帝国数十年前就已经知道香烟会致命、成瘾，并无所不用其极地隐瞒、否认这个信息。《香烟报告》和其他近期被揭露的事实已促使司法部对业界数名高级主管提出伪证罪指控，它们还可能为当下正在控告香烟业的原告提供民事侵权欺诈的确凿证据。但这些事证一点也不令人震惊。发现不同品牌有不同（但稳定）的尼古丁浓度的消费者，怎么可能不明白该产业可以也确实在控制剂量？理智的人怎么可能相信该产业公开表示“怀疑”其产品的致命性，绝不是出于义务与礼仪的谎言？如果研究人员发现了可证明比尔 · 克林顿吸烟的秘密文件，我们会震惊吗？当产业发言人责难公共卫生局长的诚信，坚持否认无可否认的事实，他们倒没那么像欺诈犯，反倒像（借用克鲁格引述的一位高级主管的话）未开化的“穴居人”。

“事实很简单，”克鲁格写道，“随着对他们不利的科学发现愈堆愈高，香烟制造商变得愈来愈富有，而在任何人充分了解情况之前，选择似乎只有两种，一是难堪地招认并降服于健康倡议人士，二是坚定不移地否认和强词夺理。”在五十年代初期，当流行病学研究首次证明吸烟和肺癌的关联性，烟业高级主管确实可以选择清理资产、另谋高就。但许多高级主管出身于已从事烟草生意达数十年之久的家庭，他们本人大多也烟瘾极重——不同于典型的海洛因批发商，他们加诸顾客身上的风险，他们自己也愿意承受。而且，由于是公司主管，他们最重要的效忠对象是股东。如果在香烟公司任职就构成犯罪，那么在一九六四年后持有香烟公司股份的每一个人都是共犯，无论是直接持股或通过养老基金、共同基金或大学捐赠基金持有。每一家出售香烟的药店和超市，每一本刊登香烟广告的刊物或许也难逃法网；毕竟，公共卫生局长的警告，每个人都看得见。

一旦香烟公司做出继续经营的决定，由律师接管一切是迟早的事。《烟灭》透露的信息当中，最清楚的莫过于法律顾问对业界行动的扭曲影响。许多科学家和一些高级主管似乎是衷心希望制造出更安全的香烟,并坦承吸烟的已知风险。但业界“从良”之举和政府企图管制的措施一样弄巧成拙。当研发部门的高级主管提议从“对公众健康有潜在好处”的角度来营销过滤嘴香烟和焦油及尼古丁减量，公司律师反对说：形容一个品牌“安全”或“比较安全”，无非是在指认其他品牌有害健康，而这会使公司面临责任索偿。同样地，七十年代，在利格特花了数百万美元研发致癌物质含量大幅减少的“钯烟”之后，它却被公司律师当成传染病对待。从企业责任观点来看，营销这种产品是不好的，但研发而不营销更糟，因为公司可能会因未推出它而被以过失犯罪起诉。“史诗”——这是这款新香烟的名称——最终被法务报告闷熄。

据克鲁格描述，律师的偏执很快转移到这个产业每一个维持生命的器官。律师会在高级主管上国会委员会之前耳提面命，会监管业界赞助的以服务自己为目的的惨淡的“独立”研究，会确认所有与成瘾或癌症研究有关的文书工作经过外聘律师之手，以便受“当事人与律师间信息保密特权”的保护。结果便是诡异地重现了双重矛盾叙述，而我，作为一名吸烟者，常以此方式来阐释我的人生：淹没于功利小说之下的真实故事。克鲁格引述，一位菲利普·莫里斯资深高级主管做了这样的总结：

> 公司里科研部与法务部之间的冲突从未解决……所以我们继续跳这种仪式舞蹈——何者“已获证实”，何者没有，何者有因果关系，何者纯属联想——而律师的答案是：“小心为妙。”……如果放手让赫姆·威克汉（研发部长）做事，我想他会承认一些事情，但他被律师们团团围住……他们说“天啊，你千万不能承认那件事”，否则公司就有面临责任诉讼的风险。所以公司没有任何有凝聚力的计划，产业批评家说“共谋”实在是太抬举我们了。

在烟草业责任审判之道德反转的宇宙，高级主管每一句诚实而痛苦的声明，都会被拿来证明被告有罪，而每一次精心谋划的闪躲，则可支持他们的清白。这里面有非常不对劲的地方；

但欠缺美国人真的轻信业者谎言的证明，这事儿很难与谋杀画上等号。

更具毁灭性的是近来媒体报道烟业征募未成年吸烟者之事。有人目睹罗瑞拉德公司的业务代表在华盛顿发送免费的“新港”给孩童；菲立普·J.希尔特在著作《烟幕》中提出证据：R. J.雷诺兹蓄意将特制的宣传用展示品放在众所皆知为高中生巢窟的商店和报摊；而逗人喜爱、脸像阳具的“骆驼老乔”，必定名列美国文化景观历来出现的最恶心的妖灵之一。烟草公司声称他们只是在竞争重要的十八至二十四岁年龄层的市场占有率，但希尔特提供的产业内部资料显示，至少有一家加拿大公司实际研究过如何锁定小至十二岁的初级吸烟者。（据希尔特的说法，研究证实今天百分之八十九的成年吸烟者，是在十九岁之前养成这个习惯的。）反烟激进人士认为，香烟广告中迷人的成年吸烟者无忧无虑的画面会使年轻顾客上钩，却未暗示吸烟造成的浩劫。当年轻的吸烟者成熟到足以领略死亡的事实时，他们已经无可救药地上瘾了。

虽然以为制造商会愿意强调产品的负面效果是很荒谬的想法——不妨想象麦当劳播放肥胖或动脉栓塞的广告——我毫不怀疑，烟草业将广告对准了年轻人。但我确实怀疑的是，这些广告能否导致为数可观的孩童开始吸烟。没安全感或离群的孩子第一次点烟通常是回应同侪压力或仿效成年榜样——电影里的反派、摇滚明星、超级模特儿。烟品广告的功能顶多是作为一种保证：吸烟是可被社会接受的成人活动。单为这个理由，烟品广告或许就该被禁播或严加管制，就像香烟自动贩卖机不应合法一样。多数开始抽烟的人最后都悔不当初，所以任何能减少始吸者人数的政策都值得赞赏。

但是，香烟天生会吸引青少年的事实却不能算作制造商的错。这几个星期我注意到报上数则反烟广告，为达惊世骇俗之目的，呈现一名尚未进入青春期的女孩拿着香烟的画面。这些小模特儿本身显然不会吸烟，但虽然抽烟是假，她们却被手上那根烟染上“性”的色彩。对未成年人吸烟的恐惧遮掩了对青少年甚至儿童性行为的恐惧，而近来麦迪逊大道推广的最大的美好而空洞的梦想之一，便是孩子保持处子之身到十八岁生日。事实是，没有父母坚定的引导，青少年会在成熟到足以领会后果之前，做出各种无可挽回的决定：他们会辍学、会怀孕、会主修社会学。他们最想做的是品尝成年时代的欢愉，例如性或酒或香烟。将这么大的“掠夺力”归罪于香烟广告，就是承认现在的父母对子女道德教育的掌控力不如商业文化。这里，我再次怀疑烟草业成了代罪羔羊——首当其冲承担社会对于家庭遭企业取代的盛怒。

主张大烟草帝国于道德有罪的论据还有一个：成瘾是一种强制形式。摄取尼古丁这种毒素会使吸烟者的大脑改变其防卫的化学作用。一旦改变发生，吸烟者就必须经常摄取尼古丁来维持新的化学平衡。这点香烟公司一清二楚，而克鲁格举证说一名律师用一句话概括了强制的法理："你害我上瘾，你也知道那会让我上瘾，而现在你说那是我的错。"但，诚如克鲁格进一步指出的，这个论点有很多瑕疵。例如，比"吸烟会导致肺癌"的常识更悠久的是"吸烟是难以戒除的习惯"的知识。另外，人类对尼古丁的耐受力因人而异，而业者很早就开始提供一系列超低剂量的品牌。最后，没有什么瘾是不能克服的：每年都有数百万美国人戒掉烟瘾。倘若哪个吸烟者说他想戒但戒不了，他真正的意思是："我想戒烟，但我更想不去承受戒烟的痛苦。"反驳这点，便是将残存的个人责任观念抛弃殆尽。

如果尼古丁成瘾是纯粹的生理问题，戒烟便相对容易，因为戒断过程中产生的严重症状顶多只会持续几个星期。六年前我自己戒烟之前，一次可以好几个星期不碰尼古丁，就连工作时，也很少一天抽超过四五根超淡。但在我决定前一天所抽的烟是我最后一根烟的那天，我有如丧家之犬。一个月过去了，其间我焦躁得没法读书、大脑混沌得无法集中精神看报。又过了一个月，我才能凝聚起专注力写一封非正式的信给朋友。如果当时我有固定职业，或有家要照顾，或许就不会注意到这些心理上的戒断症状了。但一旦戒断症状出现，我的生命就停止不前了。"你抽烟吗？"《不可儿戏》[①]里，布拉克内尔夫人问杰克·沃辛，当他承认他抽，她回答说："很高兴听你这么说。

①英国作家奥斯卡·王尔德（1854 – 1900）喜剧代表作。

男人总要有某种消遣。”

人为什么会吸烟，没有简单、普适的理由，但有一点我是确定的：人们吸烟不是因为他们是尼古丁的奴隶。我自己会养成这个习惯，我猜是因为我属于人生结构不够扎实的那群人。精神病患和穷人也是我们的成员。我们欣然接受像尼古丁一般致命的毒，飘浮于碳氢化合物和亚硝胺制造的烟雾中，因为我们尚未找到其他娱乐或仪式来代替吸烟习惯所提供的既抚慰心灵又建立结构的需求与满足的节奏。这种建构或许可称为“自我药疗”，或称“应对”。但几乎没有三十岁以上的重度吸烟者对他们加诸己身的伤害感到内疚，或许完全没有。就连萝丝·西波隆——这位新泽西妇人的继承人在八十年代初期勉强认可了一项对烟业的责任判决——都必须靠积极分子号召说服才肯站出来。[①] 在我看来，代表所有吸烟者发动集体诉讼的那六十家律师事务所，其掠夺性并不亚于被告的企业。我从没遇见过哪个吸烟者怪别人害他养成这个习惯。

整个美利坚合众国就像一个有烟瘾的个体，企业本我进行着肮脏的交易，而相冲突的政治自我在烦恼、犹豫。显而易见的是，若非我们的立法机关那么容易收买，若非荣耀与个人责任的观念对诉讼和美金大举让步，若非国家普遍认同企业最终

① 1983 年，被诊断处于肺癌晚期的萝丝·西波隆（1926 – 1984）对利格特、菲利普·莫里斯和罗瑞拉德三家烟草公司提起责任诉讼，最终获得利格特公司四十万美元的赔偿。

责任不在社会而在盈亏的观点，烟草业就不会在公共卫生局长公布第一份报告三十年后还如此昌盛兴旺。有些烟草业的高级主管行为卑劣是不争的事实，而公共卫生倡议人士恨这些人，一如尼古丁上瘾者最后会恨手上的香烟，也是很自然的事。但要他们扮演道德恶魔、邪恶之源，只是另一种形式的黄金档娱乐罢了。

借由将灵魂卖给法律顾问，长久以来，大烟草帝国明确表示了其期望：美国的吸烟问题最终要在法院解决。或许烟草业很快会因责任诉讼败诉而遭受毁灭性的损失，以后唯有外国烟商才有能力在美国做生意。或许联邦法院会试图通过立法来解决这个政治手段显然力有未逮的问题，最高法院将针对吸烟议题发表高见，一如当年论断“布朗诉教育委员会”一案的种族隔离问题和“罗伊诉韦德”一案的堕胎问题。

尽管最近出现利格特这个例外，由五个州提出的联邦医疗保险诉讼似乎不可能改变烟草业的处事之道。克鲁格指出，这些诉讼可以说相当于“乔装的个人伤害索赔”，而最高法院已经判决，联邦香烟标签法案是能有效阻挡这些索赔的防护罩。换句话说，按照逻辑，那五个州应控告的是吸烟者而非烟商。而吸烟者或许该控告社会福利制度和个人养老基金，因为他们如果死得早，领到的钱就少。针对吸烟的经济“代价”所做的最严谨的全国性评估——早死省下的钱和消费税收入皆计算在内——得出的结果是负数。克鲁格引述一位经济学家的话打趣说，如果国家的健康用财政衡量，“应该给予吸烟者补助而非课税”。

最后，也有人相信美国与香烟长达一个世纪的恋情可理性、温和地中止，这种信念就像“戒尼古丁有无痛方式”的信念一般不切实际。我第一次戒烟后，将近整整三年没碰烟。我发现没有香烟的干扰和日积月累的不快，我可以工作得更有效率，我也很高兴终于成为家里一直希望我成为的不抽烟的人。然而，后来，在一个悲痛万分的季节，我开始后悔为别人而非自己戒烟。我和一些吸烟的人交往，于是重拾这个习惯。对我来说，吸烟或许看上去不再那么性感，但感觉起来仍很性感。中它的毒、降服于对它的急迫需求、在烟雾缭绕下放松的乐趣，是那么放荡不羁。如果长寿是我想象得到的最高利益，或许我可以立刻吓唬自己戒烟。偏偏我是重视现在胜于未来的宿命论者，良知的唠叨，无论来自社会还是家庭，反成为心理平衡的另一个因素，助我维持这个习惯。

“或许，”理查德·克兰在《吸烟赛神仙》一书中写道，“在戒烟的那一刻，人便爱上香烟了，为它的魅力神魂颠倒，对它的效用满怀感激，以至于开始理解，放弃它是多大的损失，找东西代替香烟巧妙结合的诱惑和力量有多么迫切。”我希望不久之后，我会喜欢和未受污染的肺及不疾驰的心脏一起生活，胜于喜欢吸烟的愉悦。对于我个人，我保持审慎的乐观态度；但对于美国政府——长年在强烈谴责与穴居人式的否认之间精神分裂，法律制度、立法机构、金融市场和外贸平衡已习惯了烟草帝国的金钱毒——我就没那么乐观了。

几个星期前，在纽约翠贝卡一个马格利特[1]风格的黄昏，我透过一栋阁楼公寓高层的一扇灯火通明的窗户看见一个女人。她站在椅子上，正把上窗框拉下。她甩动头发，用手做了某件复杂的事，我看出来了，是点烟。然后她将手肘和下巴倚在窗框上，把烟吐向窗外潮湿的空气。我一见倾心，看着她站在那里，站在半室内、半室外之处，吸入矛盾，吐出暧昧。

一九九六年

①指比利时超现实主义画家雷内·马格利特（1898－1967），他的画风带有明显的符号语言，以《戴黑帽的男人》为人熟知。

流亡的读者

几个月前，我把电视机送走了。那部笨重的旧索尼特丽珑是朋友送给我的，因为他女朋友受不了显像管发出的刺耳哨声。电视的木纹饰板让人忆起电视机试图佯作家具——不管效果有多拙劣——的年代，也就是设计师还能想象它们处在未开机状态的年代。我总是把它放在难以收看的地方，比如衣柜底层，唯有盘腿坐在电视机正前方，手扶天线，才看得到清楚的画面。看电视要像我这么不舒服实属不易。尽管如此，我还是觉得特丽珑非走不可，因为只要电视留在屋里，随时拉几条延长线就能看，我就没办法看书。

我出生在一九五九年，恰逢两代人的分水岭。说起来，我还真不知道在哪一边更惨些：是活在电子尚未入侵美国文化的时代呢，还是抛弃长期浸淫文学获得的自我定义，在格格不入的文化中努力求生呢。我对人生的理解来自于拉斯柯尔尼科夫[①]和昆丁·康普生[②]，而非大卫·莱特曼[③]或杰瑞·宋飞[④]。只是，我通过书理解的人生，感觉愈来愈孤独。这个人生和构成其他那么多人的存在的媒体景观，没有什么关系。

今天，一个阅读者过世，就有一个视听者出生。身处焦躁不安的九十年代中期，我们似乎正在目睹天平最后一次倾斜。对危言耸听的批评家来说，从以印刷文字为基础的文化变迁到以视觉影像为基础的文化——始于电视，此刻正由计算机完成的变迁——感觉就像末日浩劫。一如硅谷梦想以“杀手级应用程序”让个人计算机成为美国人人必不可少的配备，危言耸听之人也在寻求“杀手级论点”，让浩劫的迫近不证自明。

文学研究学者巴利·桑德斯新近出版的《电子时代的语文崩溃与暴力兴起》就试图提出这样的论证。他开门见山地指出两个令人心惊的趋势：青少年暴力行为增加，以及 SAT 语文成绩下滑。已有许多文献证明孩子们不再像过去那样阅读、书写，但原因何在？桑德斯没有重弹“恐龙巴尼谋杀了鹅妈妈”之类的旧调。在他的宇宙观里，电视仍扮演恶棍，但它的邪恶之处，与其说是取代了阅读，不如说是取代了与父母和同伴的言语互

---

①陀思妥耶夫斯基所著小说《罪与罚》中的男主人公。

②威廉·福克纳所著小说《喧哗与骚动》中的人物，为康普生家的长子。

③大卫·莱特曼（1947－ ），美国脱口秀主持人、喜剧演员、电视节目制作人，为《大卫牙擦骚》主持人。

④杰瑞·宋飞（1954－ ），美国喜剧演员、作家、制片人，情景喜剧《宋飞正传》为其代表作。

动。无论电视节目的水平有多高，过量的被动接收势必阻碍孩童的口语能力发展，也使孩子日后注定会因标准英文看似反复多变的规则而受挫。教室里的计算机和影音设备只会让孩子的口语能力越来越生疏。挫折转化成愤怒：孩子们辍学，然后，在最糟的情况下，加入桑德斯所谓的“后文盲”暴力帮派。依据桑德斯的理论，缺乏植根于口语能力的智识，就不会有我们所理解的自我，也就不会有自我意识。诠释过去，拥抱当下的选择，展望未来，体会内疚或懊悔——就桑德斯看来，这些行为全都是当今缺乏灵魂的帮派青少年，以及未来不再需要口语或书写能力的全面计算机化社会所缺乏的。

桑德斯论点的问题在于，身为“杀手”，他必须指控的罪人实在太多。对于语文能力的全国性危机，桑德斯认为作为祸因，父母与儿女相处的优质时间的减少不亚于填补空虚的影音输出。他指出，年轻的帮派分子不只沉迷影像，也多半出身贫困、不稳定的家庭。那么，我们面对的到底是科技浩劫，还是老掉牙的社会功能障碍？我认识的每一位母亲都限制儿女看电视的时间，并通过鼓励阅读来培养对电视的抵抗力。一如这篇文章的读者，我和我的朋友都是劳工部长罗伯特·莱奇深信将承继地球的受过良好教育的“符号分析师”①。桑德斯对于“当今年轻人”

①美国克林顿政府时期劳工部长罗伯特·莱奇提出的名词，指的是操控符号多于机器的人，亦即知识工作者，如建筑师、教师、银行家、律师、设计师、政策分析师等。

的种种概论，只适用于部分人口（虽然无可否认是颇大的一部分），指向那些没钱没闲，无法给孩子“预防接种”使他们免受电子媒体蹂躏的家庭。他所形容的“文明自焚”其实只是一种分隔。而这种分隔讽刺的地方在于，那些最容易汲取信息的人，也恰恰是最不会被传送信息的线路拴住的人。

欣赏这种反讽的人，想必会喜欢尼古拉斯·内格洛庞特[①]的《数字革命》。对于相信科技造成的种种问题都能以更精良的科技加以解决的人来说，这是一本未来世界的指南。内格洛庞特是麻省理工学院媒体实验室的主任，《数字革命》由他每个月在《联机》杂志刊登的专栏文章集结而成。《联机》堪称虚拟世界内容生动的探险“圣经”（我看见过有人这么说），一方面试图赞颂圈内人之加入，一方面敞开大门欢迎新来者，而其操纵这个策略的手段就是同时贩卖愿景与内幕。内格洛庞特的专长在愿景。他是该杂志内聘的传神谕者。

政府和企业领导人纷纷涌向内格洛庞特以征询高见，因此，《数字革命》大部分内容都是关于资源分配（不然还能怎么说？）的。虚拟现实设备的开发商应该把有限的计算机运算能力用于提高影像分辨率，还是用来缩短设备跟随使用者头部和颈部的

①尼古拉斯·内格洛庞特（1943－ ），美国麻省理工学院教授、“媒体实验室”创办人之一，曾发起百元计算机计划，为第三世界儿童筹募笔记本电脑，著有《数字革命》。

活动做出反应的时间？速度要紧，内格洛庞特说。华尔街应该投资高载量的电子管线呢，还是投资可以更有效地运用现有管线的电视技术？体积小的智能机器为佳，内格洛庞特说。

或许因为《数字革命》这个书名听起来像是要明确阐述某种人类存在方式的革命，所以我花了好大一会儿工夫才搞清楚，这本书谈的不是文化转型，而是钱。关于某项发展，比如虚拟现实，内格洛庞特问的第一个问题总是有没有市场。只要有市场，就一定会有人去开发，所以没必要问“我们需要吗？”或“这可能对我们造成什么伤害？”。“消费者”在内格洛庞特的书中令人振奋地无所不在，是最受拥护的裁决者。

《数字革命》字里行间流溢出一个有钱的国际主义世界——作者下榻的豪华酒店，与各国总理共进的午餐，横越太平洋的航班，勃艮地的酒庄，瑞士的寄宿学校，巴伐利亚的保姆。今天，工作、资金与数字信号可轻易跨越国界，恰与新信息精英，即幸运的符号分析师们的流动性相吻合。如同在他们之前的许多统治阶级，这些幸运儿发现在本国的凡夫俗子和他国天之骄子之间，自己与后者的共同点更多。仔细观之，你将看见《数字革命》是如何轻易地摆脱了民族主义，如何轻易地替换地点。内格洛庞特在书中不经意地抱怨，有人要他回归现实——“好像我活在非真实世界似的。”他说。他抱怨得有理。他的世界很真实，就像巴利·桑德斯唤起人们注意的帮派世界一样真实。只是，这两个世界在彼此眼中正变得愈来愈不真实。

云层之上，阳光永远灿烂。内格洛庞特描绘的明天有会讲话的烤面包机、智能冰箱和个性化的计算机（“你可以为你的电子报界面订制拉里·金[①]风格”），这种保留了今天郊区价值观的明天，宛如《杰森一家》[②]再现。要找到深层转型的线索，必须寻觅弦外之音。比方说，内格洛庞特有个习惯，喜欢把人体的功能简化成机械：人的眼睛是“影像的委托人”，耳朵是“频道”，脸则是“播放器材”，“忠实观众以超过每小时一万两千五百名的速度向迪士尼加注燃料”。未来，“光盘或许可以食用，并行处理器也可以像防晒霜那样涂在皮肤上。”数字化的新人类不只吃数据储存设备，而且自恋。“报纸只印一种版本……就叫《我的日报》。”与此同时，从用文本创作改成用多媒体创作的作者，将扮演“舞台设计者或主题乐园设计师”的角色。

巴利·桑德斯在年轻人脸上看见迷失与冷酷，内格洛庞特则看见“数学能力更强，视觉素养更高”的一代，快快乐乐地在“智识成就之追求不再那么向书虫倾斜”的虚拟空间里竞争。他信奉某种具有疗效的统合思想，辩称电游可以传授“策略”与“规划技巧”，还回忆他的儿子小时候学不好加减运算，后来当老师在数字前面加上美元符号后便豁然开朗。内格洛庞特最接近承认存在社会功能障碍的话是对机器人的描述，他说，

---

①拉里·金（1933–2021），美国著名主持人，他主持的《拉里·金现场》是 CNN 王牌节目。

② ABC 电视台于 1962 年播放的动画剧集，讲述生活在未来太空时代的杰森一家，被称为《摩登原始人》的未来版。

在不久的将来，机器人会帮我们端饮料，清理空书架上的灰尘，“而安全起见，管家机器人也必须能像恶犬那样狂吠”。

要给内格洛庞特坚定的非历史主义思想挑毛病很容易；但是，我们实在很难讨厌一个其作品第一句话就坦承“我有阅读障碍，我不喜欢看书”的作者。内格洛庞特是一个不折不扣靠推测未来获利的人，也愿意像成功的股票经纪人一样分享成功秘诀。只是，除了给出一些笼统的保证（“数字科技可以形成一股自然力，吸引人类进入更和谐的世界”）之外，他并未妄称他的革命可以解决什么严重的问题，顶多就是省去亲自到百视达租影片的麻烦罢了。

身处着眼点谬误、连约翰尼·柯克兰[①]都可以显得比鲍里斯·叶利钦高大的文化之中，实在很难判断因特网的崛起是不是大好消息。拉塞尔·贝克[②]就将吹捧网络与五十年代吹捧原子能相比：当年那些工业贩子保证，不用多久，我们每个月就只需要缴“几分钱”的水电燃气费。而今天，科技推广者无法再拿用电便宜这种可测量的好处来吸引消费大众，他们的卖点是无形的——只能借由健康与时髦的语汇来传达。

他们的论点是这样说的：数字科技是治愈病态社会的良

①约翰尼·柯克兰（1937－2005），美国黑人律师，为辛普森案梦幻律师团首席律师。
②拉塞尔·贝克（1925－2019），美国记者、新闻评论家、作家，著有自传体小说《成长》等，曾获普利策奖。

药。电视害我们被影像支配，互动科技则把权力还给人民。电视制造了数百万难以教化的儿童；计算机则可以教育他们。由上而下的节目让我们与世隔绝；由下而上的网络则让我们重新联合。更棒的是，数字化这帖药还挺可口的。我们应邀纵情享受流行文化的乐趣。事实上，目前一些出类拔萃的电视节目是由 IBM 赞助的：意大利修道院里的修女窃窃私语讨论网络；摩洛哥的商人一边啜饮薄荷茶一边谈论界面。这既是广告，也是赏心悦目的后现代艺术。当然，这类艺术的目的无他，就是要我们无可避免地掏钱给 IBM。不过，流行本身就是最好的理由。

假如我要针对数字革命提出自己的“杀手级论点”，我会从纽特·金里奇[①]和蒂莫西·利里[②]双双为之疯狂的言论谈起。在某个地方，某些事情就是兜不起来。道格拉斯·洛西科夫[③]在《媒体病毒！》中以整本书的篇幅探讨媒体反文化，他引述了某位多疑的新世纪思想家之言，提出数字革命的光明面：“尔后将不再有私人空间。读写文化的概念根本上是一种中产阶级思维——文人雅士在藏书丰富的书房里，不受打扰地沉思。这是非常精英主义的思维。”罗伯特·库弗[④]在《时报书评》发表的两篇文章，

①纽特·金里奇（1943－ ），美国共和党前众议员，曾于 1995 年至 1998 年担任众议院议长。

②蒂莫西·利里（1920－1996），美国心理学家，曾任教于哈佛大学，倡议迷幻药合法化，为二十世纪六十年代美国反文化运动的代表人物。

③道格拉斯·洛西科夫（1961－ ），纽约大学教授，是当前研究虚拟文化的重要人物，著有《媒体病毒！》。

④罗伯特·库弗（1932－ ），美国后现代主义实验派作家。

也以类似的脉络保证“超文本”将会取代传统小说“预先设定的单向途径”，让作品可以用各种不同的方式阅读，从而使读者不再“受控于作者”。与此同时，金里奇议长也紧抱新世纪作家的理念，大力宣扬“电子市镇会议”是解救欲振乏力的第二次自由主义浪潮的灵丹妙药。华尔街看见投资获利的机会；每一个政治派系的梦想家则看见公众充权的契机。

然而，宣扬这美好未来的新闻，却还是以印刷品的方式呈现在世人面前——套用《联机》杂志某位专栏作家的话，就是仍旧处在“埋葬和疏远人的纸张的压迫”之下，这或许只是汰旧换新必经的矛盾，就像你得骑马去车商那儿买你的第一辆车。但是，内格洛庞特解释为何决定出版一本实体书时，提出的理由颇出人意料：交互式多媒体的想象空间太小。“相形之下，”他说，“书面文字能激发意象，唤起隐喻，让读者借由自身的想象和经验汲取文字大部分的意义。当你阅读一本小说的时候，颜色、声音和动作大多来自于你自己。”

如果内格洛庞特真的把全体国民的健康当回事，就该好好解释这个论点背后的意涵，也就是在全面数字化的时代，我们的想象所能有的肌肉张力。不过你大可信任他，大可相信他所谓的中坚共同利益，不必多愁善感。事实很简单，即使不怎么美好。小说气数已尽，因为消费者不再想要了。

小说当然没有死——不信问问安妮·普鲁或科马克·麦卡

锡。但是，久踞文化权威宝座的小说，地位岌岌可危。斯文·伯克兹[①] 在《古登堡挽歌：阅读在电子时代的命运》一书中流露了诧异与惊慌：世人竟然没有普遍哀悼小说的式微。就连理应站在第一线捍卫小说的专业书评都没有发出警报，使本身也是评论家的伯克兹听起来像是被军团遗弃的忠贞士兵。他奏出的挽歌雄壮，却悲凉。

伯克兹以讲述自身经验开始为小说辩护：生长在移民家庭的他，通过阅读杰克·凯鲁亚克、J. D. 塞林格和黑塞来了解自己。这些作家，以及他们笔下远离故土、富于浪漫色彩的英雄，成为他仿效、对照的典范。后来，当六十年代理想主义浪潮使那么多人像泥沙一样沉积，他伫立在荒凉的情感的沙滩上，靠着阅读、在书店工作乃至写书评熬过了多年抑郁的岁月。“从根本上说，”他说，“是书拯救了我。”

书是自我实现的催化剂，书是庇护所：这两个概念是一体两面，因为伯克兹相信，“灵性，即自我较具反省能力的部分”，需要让人得以深思事物意义的“空间”。他认为，相较于看电影或按键操作超文本，沉浸于小说更接近冥想状态，而细细品味这种状态的微妙之处，可让他攀达巅峰。他这么描述初次被一部小说吸引的情形：“我感觉到一股强大的拉力。链条已牢牢套在齿轮上，有种紧密啮合的感觉，接着便向前滑行。”而对于矢

---

①斯文·伯克兹（1951－　），美国散文作家、文学评论家。

志解放读者的超文本，以下是他精炼的回应："至少到目前为止，'受控于作者'一直都是阅读和写作的关键。作者掌控语言资源，创造可以吸引读者、某种程度上让读者无法抗拒的意象；读者翻开一本书，就是为了臣服于另一个人的创作意图之下。"伯克兹之于小说阅读，就如同 M. F. K. 费雪[①] 之于美食，或诺曼·麦克林恩[②] 之于飞蝇钓鱼。他让你想要起而效仿。

然而，与他书房里的恬静形成强烈对比的，是他怒不可遏的警世之言。小说的式微，在伯克兹眼里不只是娱乐习惯的改变，更是人类本性的变质。当然，他的梦魇"不是穴居人发着咕噜声、挥舞棍棒，而是效率高、资源足的信息管理者已踏入人类意义的浅滩却浑然不觉"。他承认，科技让我们的视野更全球化、更具包容性，让信息存取更容易，自我定义不再构成重重限制。但是，他也再三强调，"我们横向获取的系统越是复杂精密，我们在深度上就牺牲得越多"。取代奥吉·玛琪[③] 的，是阿诺德·施瓦辛格。取代马纳萨斯战场[④] 的，是历史主题乐园。取代架构叙事的，是和世界本身一样复杂的世界地图。取代灵魂的，是群体中的会员资格。取代智慧的，是数据。

在《古登堡挽歌》的终章，伯克兹更是从《联机》杂志招

① M. F. K. 费雪（1908－1992），美国作家，以美食文学闻名，著有《如何煮狼》等。
②诺曼·麦克林恩（1902－1990），美国作家、学者，以小说《大河恋》闻名于世。
③美国诺贝尔文学奖得主索尔·贝娄（1915－2005）作品《奥吉·玛琪历险记》中的主人公。
④位于西弗吉尼亚州，为美国南北战争战场，现辟为史迹公园。

来恶魔现身：他是“光鲜亮丽、自信满满”的“二进制巫师”，提出以“生动、愉悦的美梦”取代世间的生存奋斗，而他想得到的全部报酬，就是人类的灵魂。伯克兹坦承他对恶魔的妒忌：“就像念高中时面对诸事顺利、体格健美的家伙，那些球队队长和班长，我怀疑，自己内心深处是不是很想拿所有这种怀疑与纳闷来交换，只为变成他。”然而，尽管深受恶魔科技的性感诱惑，他心中还是有个声音说：“拒绝吧！”

科技宛如恶魔化身，数字化形同地狱降临：但是想想，诸如托妮·莫里森等当代作家拥有的读者远比简·奥斯汀当年多，驱使伯克兹言大而夸者，似乎不是冷静审慎的分析。我想，线索就在他不经意让我们瞥见的，“人类意义的浅滩”底下他本人的生活中。他提到他抽烟，他嗜饮啤酒，他那些令人毛骨悚然的不祥预感，他失眠，他孤僻。他说他作品的首要读者群是他的朋友，而他们中有很多人拒不承认他所说的当前文化时刻的黑暗面，他们并不为电子发展感到担心，将其看作书面文字的改良。“我有时不禁纳闷，我这些体贴的朋友跟我是不是住在同一个世界……当然啦，我宁愿认为问题出在他们身上。”

这些话弥漫着忧郁的气息，以及忧郁培育出的，与人类渐行渐远的疏离感，而使这种疏离感变本加厉的莫过于对潮流的盲目崇拜，比如电视已经创造的和数字革命推销者们努力开发的那种盲目崇拜。因此，伯克兹会把推崇潮流的《联机》杂志视为末日之启示绝非偶然。他仍是高中时代那个独行侠，那个遭到群体排挤，因而另寻他途，从阅读中寻求更“踏实的”满足感的高中生。但是，我们不禁要问，当个效率高、资源足的信息管理者有什么不对？球队队长和班长就真的没有灵魂吗？

捍卫艺术的每一道严肃防线，精英主义都是其致命的弱点，会引来平民主义辞令的毒箭。不容否认的是，当代文学的精英主义确实独特——是异化的贵族，是怀疑与纳闷的兄弟会。尽管如此，在提出非读者把阅读看成“一种针对自身的价值判断，一种精英主义与排他性行为”的质疑之后，伯克兹又勇敢地证实他们最深的恐惧：“阅读是一种判断，彰显那些支配我们日常生活的理解与优先顺序是多么不充分、不恰当。”如果他就此打住，那么加上文学感染力具有选择性这个不争的事实，《古登堡挽歌》纵然未受重视，也会是一首无懈可击的颂歌。可是，正因为是书拯救了他的人生，使他无法想象没有书的世界，所以他着了魔似的，对艺术展开了另一场较通俗的捍卫。这是一场申请资助式的捍卫，回避精英主义论调的捍卫。粗略地说，他的意思就是科技只是缓和剂，艺术才有疗效。

我承认我也被这个论点打动，所以才会把特丽珑逐出家门，让自己重回书本。只不过我试着把这个想法藏在心底。不幸的家庭或许比幸福的家庭更具美感，因为幸福都是相似的，但“功能障碍”的家庭却不然。要捍卫描写不幸的小说并不难，每个人都了解不幸——那是人的境况的一部分。然而，探讨情感功能障碍的小说却被贬低为具有功利性的摩尼教[①]。它要么是邪恶的教唆者，借由歌颂病态来妨碍健康；不然就是负面教材，帮助读者了解进而克服自身的功能障碍。过分执着于社会健康，也会产生类似的庸俗想法：如果小说不是政治解决方案的一部分，就必定是问题的一部分。“揭发”约瑟夫·康拉德是殖民主义者的博士候选人，跟认定霍尔顿·考尔菲德[②]是不良典范而将其逐出校园的校委会没什么分别——很不幸地，也与伯克兹属于同类，因为他如此焦急地为阅读辩护，是基于书籍必须以某种方式为我们“服务”的假设。

我爱小说，就像伯克兹那么爱；而且，我也一直觉得是小说拯救了我。他的大声疾呼让我深深感动，他就像为文学事业奔走的说客，急于为主顾争取智力补助。可是，小说家希望自己的作品给人以享受，而不是被当成药物服用。像伯克兹那般怪罪万恶的科技和悖逆的文学评论害小说凋零，无助于弥补损伤。阅读能丰富人生的论调同样无济于事。说到底，小说家若希望自己的作品有人读，就必须一肩扛起让作品引人入胜、非读不可的责任。

然而，困境依旧存在，诚如伯克兹所言：“对小说家而言，

①发源于古代波斯萨珊王朝，为公元3世纪中叶波斯人摩尼所创立，是一种二元论宗教。

② J. D. 塞林格所著小说《麦田里的守望者》中的主人公。

普通美国人的日常生活变得像特氟龙[①]一样。”曾经，小说的角色存在于身份与地理的电场。而今，世界变得越来越二元对立。要么有，要么没有。你不是功能健全就是功能障碍，不是极度兴奋就是筋疲力竭。不幸的家庭甚至可能比幸福的家庭更经常地在CNN、《狮子王》或美国在线被拼凑得一模一样。这不只是“文化参考”的问题：这就是它们的生命特征。如果小说必须以格局更大的社会为背景，栩栩如生地刻画复杂的人物，那么试问，在前景与背景根本无从分辨的情况下，该怎么写作呢？

“小说要保有它的文化生命力，”伯克兹如是说，“就必须带给读者富于意义的信息，也就是活在当今世界的意义何在。”他心里想的是托尔斯泰、狄更斯、贝娄和斯坦贝克所写的那些格局恢宏、读者众多的小说，而这种创作形式无疑可以远溯至莎士比亚的悲剧与威尔第的歌剧。然而，这类作品的消逝，或许不像伯克兹力陈的那般意义深远。近几十年来，小说的读者或许已经崩解，但是在我们这个科技世纪，文化生命力本来就须甘于沉寂、机变与流放。卡夫卡告诉马克斯·勃罗德[②]他希望自己的小说通通被烧掉；亨利·格林[③]和克里斯蒂娜·斯台德[④]生前都

①一种人工合成的高分子材料，俗称“塑料王”，在工业领域应用十分广泛。

②马克斯·勃罗德（1884－1968），捷克作家，为卡夫卡挚友，后违背卡夫卡遗言，将其作品整理出版。

③亨利·格林（1905－1973），英国作家，作品《爱》被《时代》列入“百部英语小说”。

④克里斯蒂娜·斯台德（1902－1983），澳大利亚小说家，曾旅居英国与美国多年，作品《爱孩子的男人》被《时代》列入“百部英语小说”。

默默无闻。福克纳与奥康纳在南方乡村隐姓埋名。我们这个时代最具原创力和先见之明的作家不仅安于阴影笼罩，甚至积极韬光养晦。“文化里的一切都在反驳小说。”唐·德里罗接受《巴黎评论》专访时表示，“所以我们才需要对抗型的作家，需要以写作对抗权力，以写作对抗企业、国家或整个同化机制的小说家。”

对抗型作家的概念由来已久，它的各种现代变体，最晚在第一次世界大战期间，即奥地利讽刺作家卡尔·克劳斯形容自己“绝望地反对”科技、媒体与资本串联时就已出现。花较久时间才浮现，但在《古登堡挽歌》之类的作品中不言而喻的，则是对抗型读者的概念。文学精英主义的矛盾之处在于，它纯属自我选择。只要识字，任何人都可以成为其中一分子，而随着信息精英不断自我灌输语文能力，相当比例的读者难免会像寓言中的大麻瘾者那样，口味越来越重。同样地，在凡夫俗子大军随着社会沉沦而日益壮盛之际，骚动不安的灵魂便有更强有力的理由去寻求对抗之道——“假装有一个他处，”伯克兹这样形容阅读，“然后动身前往。”今日数字网络的民主表象只是其初始阶段的产品。迟早，所有社会机制都会从无政府走向阶级制，而从网络原始混沌中显现出的秩序，可能是乌托邦，也说不定是反乌托邦。穷极无聊的可能性尤其高。但就算数字革命最后演化成布尔什维克革命催生出的斯大林集权主义的自由市场版，仍可能出现悖谬的效应：读者地位提升。地下出版世界，以及把奥西普·曼德尔施塔姆[1]与安娜·阿赫玛托娃[2]全部诗作背得滚瓜烂熟的广大读者，应该是在提醒我们，即便被迫流亡，阅读仍然不死，甚至更加蓬勃昌盛。

不只是不喜欢阅读的内格洛庞特，就连认为历史即将落幕的伯克兹，都低估了社会的不稳定性和社会成员难以驾驭的多样性。文学阅读的精英主义曾于小说全盛时期暂时沉潜，如今，大众文化的电子神话，只是再次使其凸显罢了。我哀悼文学曾拥有的文化权威的凋敝，也悲叹一个如此焦虑的时代的开始，让文本的乐趣难以为继。我想不会有太多人送走家里的电视机。我也没有把握自己可以撑多久而不去买新的。但是阅读教我的第一堂课，就是如何独处。

一九九五年

①奥西普·曼德尔施塔姆（1891－1938），俄罗斯诗人。

②安娜·阿赫玛托娃（1889－1966），俄罗斯诗人。

天下第一市

今年发生的两件事让我纳闷，为什么美国的城市——特别是纽约市——仍旧要费力存在。第一件事发生在一趟从圣路易斯东返的班机上。坐在我旁边的那位聪明、讨喜的女性来自密苏里斯普林菲尔德，她带她十一岁的儿子去波士顿探访亲戚。我对她儿子印象颇佳，因为他从背包里拿出来的是一本书而非“游戏小子”掌上游戏机，而当她妈妈告诉我他们要在纽约停两个晚上、这是他第一次去纽约时，我问她计划看哪些景点。“我们想去时尚咖啡馆，”她说，“还想设法参加《今日秀》。那儿是不是有面窗子，你可以站在那个前面？我儿子想看。”我说我没听说过窗子的事，那一定很好玩，但自由女神像和帝国大厦呢？她回我以滑稽的表情。“我们还想看《大卫牙擦骚》，”她说，“你觉得有可能买到票吗？”我告诉她，她可以抱持希望。

这件事提醒我，对美国其他城市的民众来说，今天纽约俨然成为一座“精神之城”——充其量是一个巫术般将影像化为肉身的地方，之后我沿着下曼哈顿的硅谷漫步，发生了第二件事情。在硅谷这个地方，商业区潮男潮女与数字革命之间的恋情，正从高楼的卧室里萌芽，在厚玻璃板之后共组家庭；我可以看到外貌宛如时装模特儿、在时尚咖啡馆不会出洋相的女孩们群集计算机屏幕之前，让光头大师帮她们更改设定。位于拉斐特街 273 号的网络咖啡馆是个奇特的现象。根据网络信条，它根本就不该存在。“咔嗒，咔嗒，点击穿越网络空间，”威廉·J. 米契尔在其最近的宣言《比特城》中写道，“这是新的建筑学的散步……是未生根于地球表面任何确定地点的城市，由联机和带宽限制塑造，而非地点便利性和土地价值，主要通过异步作业运作，并栖息着成群以化名和代理的形式存在的脱离肉身、支离破碎的主体。”但网络咖啡馆——更别说数千家在方圆一英里内营业的俱乐部、画廊、书店和非网络咖啡馆——仍十分类似旧式“看与被看”的散步场所。

于是，纽约一分为二：一个是好莱坞星球的虚拟省份；另一个是地球表面的确定地点，居住着一群即便正脱离肉身、支离破碎也难以抗拒“去那里”的强烈欲望的年轻人。在斯普林菲尔德人想象的纽约和拉斐特街的纽约之间，存在着我自觉能够清晰体会的分裂。我在密苏里州长大，过去十五年我六度搬到纽约。六次，没有一次有工作或现成的社群在等我。身为自由作家，我想住哪儿就住哪儿，而选择便宜的地方于我合情合理。但每当置身那些便宜的地方，我就忍不住一直想纽约——尽管我害怕有电视和钢琴的邻居，厌恶纽约人的褊狭，也早已对该市的“文化活力”免疫。在这里的时候，我花很多时间待在家里，总是要到搬走的前一刻，才匆匆造访附近的博物馆和剧院。另外，虽然喜欢中央公园和地铁，我对整颗“大苹果”却没有澎湃汹涌的爱。这座城市没有费城那种激动灵魂的孤寂，也没有我的出生地芝加哥那种深刻的熟悉感。吸引我一再回来的，是安全。没有其他地方能让我免受这个问题侵扰：为什么住这里？

曼哈顿的高昂租金尤其令人安心，那表示这是人们想住进来而非逃离的城市。巴黎人喜爱纽约绝非偶然。虽然街道为棋盘式，他们在这里却如鱼得水，因为欧洲之所以为欧洲的原因之一，是它的都会中心仍能吸引而非驱逐公共生活。反过来，对像我这种渴望文化安置感的美国中西部子弟来说，纽约是仅次于欧洲的好地方。

但，多数北美大都会的离心力却非常强，而我们了无生气的棋盘式街道和欧洲生机盎然的城市中心之间的天壤之别，让建筑师兼散文作家维托尔德·雷布津斯基不禁要问：“我们的城市为什么不像那样？”他在近作《城市生活》中开始检视新世界的“城市期望”。虽然他用了大半篇幅说明我们城市的不同面貌，但雷布津斯基明白，“像那样”有着更深的含义：都市的活力、一想到住在城市就油然而生的归属感。华盛顿哥伦比亚特区有巴黎式的对角线形大道，高度整齐划一，也有许多纪念性建筑，但没有人会把晚上十点的华盛顿住宅区街道误认为巴黎十四区。也不会有人错看美国当前对城市抱持的敌意。纽约上州已派出乔治·帕塔基[①] 报复纽约市；医疗保险、福利和其他联邦计划之缩减，都像洲际弹道导弹一般锁定城市中心；被现于国会占优势的西部和郊区共和党人鉴定为汤锅中的老鼠屎的族群：贫民、同性恋、自由派精英、饶舌乐手、国家艺术基金会赞助的表演艺术家和政府官僚等，全都刚好集中在大城市。

《城市生活》追溯了这种敌意的源头。雷布津斯基造访了弗吉尼亚州的威廉斯堡，汇报说令他惊讶的不是那里“强烈的‘历史’特色……而是它看起来多么熟悉”。威廉斯堡是典型的美国小镇，特色不仅在于“空间开阔”，也在于它与自然的关系。欧洲城镇传统上被石墙和阶级之墙围住；中产阶级成员（布尔乔亚的本义即为“城镇居民”）拥有各种被谨慎守卫的特权。美国城镇从一开始就比较开放。由于四周都是旷野，雷布津斯基说，“城镇建造者并未凸显自然与人工之间的对比，而是尽可能将自然元素融入城镇，无论是绿意盎然的广场、林荫街道或宽敞的花园”。但殖民城镇会成为“住宅的礼赞”，则是出于北美曾被英国人和荷兰人殖民的偶然：不同于其他欧洲国家的国民，这两国的国民较

① 乔治·帕塔基（1945－ ），美国律师、共和党人士，于 1995 年至 2006 年担任纽约州长。

为富裕，且有着明显的偏好——拥有自己的房子。在美国，就连中等收入者也买得起私人住宅，土地充足到每栋房子都能拥有私人庭院。社会分散也不单单是空间性的。雷布津斯基在美国早期历史中看出“一种令人震惊的靠向广泛的同一性的趋势”，他还提到托克维尔于十九世纪三十年代走遍美国边远地区寻找“美国农民”，结果只找到有书有报纸、讲“城镇语言”的开拓者。除了非裔奴隶和美洲原住民这种证明规则的例外，格兰德河以北没有农民这种身份，而农村与乡土味的这种分离，造就了独特的美国风情：欠缺都市性的都市风格。

据雷布津斯基的说法，后殖民时期美国史的头一个半世纪基本上就是在迂回而又无可避免地实现原始郊区概念。例如，贵格派的务实和大量移民涌入就使费城这个当年被威廉·宾设计为“绿色乡镇”的地方，它宽敞的棋盘式街道很快便被投机商包围，被联排式住宅围堵。后来成为美国大城市模板的，是宾设计的棋盘式街道，而非他的绿色愿景。另外，由于不相信城市会是独特的文化聚集地，美国城市势所难免地成为纯粹的商务企业。无论美国的都市士绅有多渴望欧洲的优雅，试图让城市更“像巴黎”之举——最著名的应属丹尼尔·伯纳姆辟建处处是公园和林荫大道的“水平式”芝加哥的计划——不是被摩天大楼的经济学震垮，就是沉没于移民的浪潮之下。雷布津斯基说得好：“城市之利取代了城市之美。”

但城市之利确实起了作用。二十世纪头几十年是美国城市生活的全盛时期。一般来说我没那么希望活在过去（我总是想象自己会死于疗法即将问世的疾病），但我为美国的“心脏”仍在城市里的年代破例，也就是卢·贾里格[1]和哈洛德·罗斯[2]、自助餐馆和摩天大楼、有轨电车、男士软呢帽，以及火车站拥挤不堪的年代。我破这个例是因为，在连接威廉斯堡的殖民地居民和托克维尔的都市化樵夫以及今日大范围住宅区居民的连续体之内，那个年代看来如此特异，如此突兀。在那个年代，这个国家看似已转向没那么挥霍、较具公益精神、较偏欧洲风格的方向前进。

讽刺的是，那几十年也是欧洲城市向西寻求灵感的时期——或许是唯一的一次。如果说《城市生活》中有反派，那么勒·柯布西耶[3]当之无愧，雷布津斯基说他拥有“沃霍尔[4]式自我推销的天赋”，周游各国宣传他关于未来“光辉城市”的远见。《城市生活》提供了十九世纪托克维尔的宏大描述与二十世纪柯布西耶邪恶妄语之间的微妙对比，后者的观点像开处方：被草地和超级高速公路围绕的超级摩天大楼，笛卡尔式的工作与游戏二

①卢·贾里格（1903－1941），美国职棒选手，曾两度获选美国联盟最有价值球员，1934年拿下打击率、全垒打及打点三冠王，后因罹患肌萎缩性侧索硬化症过世。

②哈洛德·罗斯（1892－1951），美国编辑，1925年创办的《纽约客》杂志被誉为美国最具创新精神的杂志之一。

③勒·柯布西耶（1887－1965），瑞士裔法国人，为二十世纪的伟大建筑师之一，被称为“现代建筑的开拓者”。

④安迪·沃霍尔(1928－1987)，美国艺术家、印刷家、电影摄影师，是视觉艺术运动波普艺术最有名的开创者之一，堪称艺术商业化、商业艺术化的第一人。

分、商业与住宅二分。当柯布西耶提议夷平巴黎市中心六百英亩土地时，除了与他一伙的法国知识分子，没有人理他。但在美国，他的构想却影响了整整一代的城市规划者，进而启发了数百项都市“重建”工程。在曼哈顿，我们仍与纽约大学宿舍和东哈莱姆区的光辉同住。

光辉城市计划，其执迷不悟早已为人熟知，绝无可能只手扼杀美国内城。肯尼斯·T. 杰克逊在美国郊区化研究《马唐草边疆》中，以一项精辟的美国“住宅分散”分析作结。他将美国特有的高郊区化现象归罪于两大基本因素：种族偏见与房价低廉。郊区为心神不安的白人提供安全的避风港，而包括人均财富值高、土地及运输费用低、政府补助和所得税减免在内的种种因素，也让大量中产阶级趋之若鹜。

因此，当代美国都市最显著的特征是：核心地区贫穷、以非白人为主，而郊区则统一得令人安慰。但对于这些显而易见的特点，雷布津斯基却奇怪地视而不见。在《城市生活》最后一章“两全其美”中，他赞扬费城的切斯纳特山社区，那里在二十世纪初期成为中产阶级的避风港，当地一位名叫乔治·伍华德的富豪和他的岳父联手用威萨希肯地区的页岩建造了数百栋漂亮的出租房屋。人口密度适中，又有公园般的氛围和谨慎规划的建筑，伍华德住宅区呈现出汉普斯泰德花园郊区（一九〇六年起在伦敦市外施行的模范住宅区开发方案）的风貌。在《美国大城市的死与生》一书中，简·雅各布斯觉察到，那种花园郊区，因为既无真正城市的街道生活，也没有真正郊区的隐私，唯有在居民类型单一且相对富裕的条件下才可能成功。目前在切斯纳特山拥有一栋房子的雷布津斯基，不认同雅各布斯的论点，他说那个社区“在社交上和经济上已愈来愈混杂多样了”。他颂扬那里“兼具小镇及城市特色”，是“仅仅略微都市化的世外桃源”，它的中心商业街，日耳曼敦大道，“正是那种人们会觉得魅力无穷的旧式步行区”。他还说，有“大排长龙”的人等着租伍华德住宅呢。

要核实美国城市的现况，不妨近距离一观雷布津斯基叫作“家”的地方。前一次我搬到纽约，就是从费城搬去的。我和妻子听说过很多人在等伍华德住宅的事，因此，当我们参加所有申请人都要参加的面试时，得知有数栋房子马上就能入住，我们好不惊讶。后来我们才知道，在费城这座黑人占多数的城市，我们所住的那个伍华德街区的数十户人家全是白人。在离那里最近的优质超市和最近的购物中心——皆位于种族混杂地区——你很少看到来自切斯纳特山的白人购物者。当我去那些地方买东西时，得到了亲切又殷勤、堪称模范的接待，让我受宠若惊。心知黑人男性购物者在白人为主的购物中心或超市可能会有截然不同的体验，我不禁怀疑，那种殷勤是否不该成为模范。“我们怎么待你就希望你怎么对待我们”这种心理支配下的殷勤也是如此。

欧洲国家的第一大城通常是各方面的首府，包括经济、文化、行政与人口。但早期美国由于幅员辽阔，又对集权十分不信任，一直到一九〇〇年前后，即华尔街和大媒体成为美国的影子政府时，上述四项功能才在纽约汇聚。从一点可以得知纽约长期盘踞龙头宝座：它一直如避雷针一样吸引全国民众的愤恨。当美国人抱怨“华盛顿”，他们指的是抽象意义上的联邦政府，而非哥伦比亚特区。纽约则是作为一个实质的地方遭到怨恨——它的粗鲁、它的傲慢、它的人潮和污垢、它的道德败坏，等等。全球的愤慨是一个城市所能获得的最高恭维，而通过建立“大苹果”是“国家禁果”的概念，这样的愤慨保证了不仅胸怀“我若能在那里成功，到哪里都能成功”之豪情壮志的灵魂会被纽约吸引，心脏地区最具文化叛逆性的年轻人也将跟从。要摒弃你的出身之地，没有比搬去纽约更好的方式；要改头换面、重新开始，没有比搬去纽约更明白的宣言：这是我个人的经验之谈。

因此，令我有点担心的是，现在纽约又被致以一百五十万字百科全书的额外恭维。由写了《马唐草边疆》的那位肯尼斯·T. 杰克逊编纂的《纽约市百科大全》，无疑有告别演说的意味。这部百科全书有纪念碑一般的重量和野心。对一个热爱清单的时代而言，这是一份宏伟的清单。我一拿到这本书，就翻到“下水道”词条，这是一直令我神魂颠倒的主题。我发现书里对该主题有相当不错的历史回顾，却对当代下水道每天上演的戏码只字未提。事实上，在这本百科全书中，几乎所有篇幅较长的文章读来都千篇一律。每一个词条都从纽约最早的历史开始，描述五彩缤纷但含糊不清的奥秘（例如“知识分子”这一词条告诉我们，“十八世纪晚期独占鳌头的知识圈是友好俱乐部”），接着以十年为单位，顽强地探索主题，通常到一九三〇年左右达到高潮（因此，在“知识分子”词条内，有关《新共和国》和《党派评论》的内容篇幅差不多长），最后于当下有点儿哀伤地渐趋平息（“在二十世纪九十年代中期……重要的舆论杂志虽然持续于本市出版，却缺乏当年的迫切性与影响力”）。一再把“当下”当成历史支脉的终点来体验是件怪事，当下，毕竟是那么的当下，却弥漫历史的尘埃。《纽约市百科大全》的评论者已着眼于它内容上的欠缺，而他们避重就轻的评论强化了纽约是“完工作品”而非“在建工程”的概念。

读《纽约百科大全》最大的乐趣在于德里达[①]式的水平联想。“恐怖主义”后面接着“无政府主义”，页末是“两栖爬虫类”，然后是“鸟类”和（在顺便一游“鸟地”爵士酒吧和礼貌性拜访“查理·帕克”[②]之后）“蟑螂”，而蟑螂“众所皆知会受牙膏吸引”，所以我被带到了“高露洁棕榄公司”和它的创办人“威廉·高露洁”词条，他在一七九五年逃到英国“以躲避公众对他支持法国大革命的父亲的仇视”。这就像在玩一种电话游戏：“无政

①雅克·德里达（1930－2004），法国哲学家、西方解构主义代表人物，著有《书写与差异》《论文字学》等。

②查理·帕克（1920－1955），绰号大鸟，美国爵士乐萨克斯管吹奏者、作曲家。

府主义”和无套裤汉[①] 的连接不是经由历史，而是取道“蟑螂”。

但这种乐趣却隐含空虚。一座城市活在孤独观者的眼里、耳里、鼻里。你得转向文学才能找到主题与城市的内部交会点；而作为与纽约史的活连接，赫尔曼·梅尔维尔或唐·德里罗的几句话，比整本百科全书更有价值。这是以实玛利商业区：

> 如今那里就是你的孤岛曼哈顿城，它被码头包围，就像西印度群岛为珊瑚礁环绕——商业的浪潮围住了它。无论往左还是往右，街道都把你带往水边。

而德里罗笔下的巴基·万德利克，一百多年后走在同样的街道上：

> 刚过中午，马上就要下雨，空气凝滞，夹带着来自河里的化学气味。那些桥在这种天气里漂亮极了，如白发贵妇，对所有为它们写的诗近乎麻木。

德里罗是纽约重要的艺术家，《纽约百科大全》却只字未提，书里冗长的“文献式”文章，对于后诺曼·梅勒时代的场景，顶多这样描述：“许多在六十年代成名的作家都在七十及八十年

---

①法国大革命时期对城市平民的称呼。

代离开本市。”

在二十世纪七十及八十年代，雷布津斯基说，美国平均每七小时就新开一家购物中心。他在《城市生活》中主张，随着购物中心逐渐被酒店依附，并成为博物馆、滑冰场和公共图书馆的基地，它们有资格被称为“新商业区”了。他对购物中心美食广场的“多样性”感到惊讶（美式墨西哥风味、中式、意式、中东式），并把这种场景和路边咖啡馆相提并论。他相信，最终吸引人们进购物中心的，是那里提供了“（在多数人心目中）不错的公共秩序，不必忍受乖张行径，也不会遭到粗野青少年、吵闹酒鬼和烦人乞丐的攻击胁迫”。他补充说：“这些要求似乎并不过分。”对于或许会反对购物中心“过度消费主义”和“人造现实”的“学术界同仁”，雷布津斯基的回应是：“一直以来，是商业力量形成了美国城市的中心”，而“我不太明白，为什么坐在购物中心的长椅上就比坐在公园的板凳上更具人造意味”。

至于我，我愿意坦承自己对郊区购物中心的舒适有近乎生理性的渴望。当我从停车场踏入锁风门斗，天然的鸦片剂便涌入我的神经受体。在里面，光线柔和，每一个声音听来都很遥远。我从不介意丹尼斯·约翰逊的书没在沃尔登书店上架，山姆·古迪不卖玛伊拉·麦尔弗德[①]；我皮夹里有现金，我的肤色是白的，

①玛伊拉·麦尔弗德（1957－ ），美国先锋派爵士乐钢琴演奏家、作曲家。

我觉得自己非常非常受欢迎。这是一个社区吗？这是人造现实，还是我正置身真正的散步场所？我不晓得。我本来就不太讨厌今年郊区休闲服饰流行的紫色和蓝绿色，这会儿更忙着享受购物的匆忙，无暇多顾。

我对城市生活的渴望在感觉上与此截然不同。那常带着焦虑的色彩：我总是要回到家里才能全然放松——家门内外是两个完全不同的世界。在纽约，一栋栋建筑有如资本熔化后硬化的喷浆，在这里生活，怎么可能比在郊区生活更少屈服于消费主义的世界？毕竟，郊区表面上带给居民更多自由和隐私。答案是，严格地说，城市在商品买卖的发展上代表比较老式、较不先进的阶段，生产者紧挨着消费者工作，整个经济机制对检验敞开大门，因此较不易受到现代推销术无边魅力的操纵；此外，较笼统地说，城市本身就有一种特质，会强迫成人负起责任。我的意思不是说城市居民为商品疯狂的程度不若郊区居民严重，也不是说“企业改善区”的净化或警察行动不会将曼哈顿的广大商业带变成户外购物中心——我只是说，我们在纽约的街道上比在典型的拱廊广场上更容易获得与花钱无关的体验。

但雷布津斯基强调“城市的”和“商业的”在美国向来几乎是同义词，这点则正确无误。虽然欧洲城市传统上也扮演贸易和制造中心的角色，但它们还有更古老的功能：防御工事、大教堂和大学所在地、王侯居所，以及最重要的，区域或国家特性的具体体现。巴塞罗那就是加泰罗尼亚，每一栋在巴塞罗那新立起的建筑，都让加泰罗尼亚的特色更辉煌、更具体。我们很难想象美国城市会被这样珍惜，但愿只是因为我们的区域认同不像加泰罗尼亚人那么一致、持久，且带部落性质。这个国家的人口以追寻自由或经济机会，或兼顾二者的移民为主，所以我怀疑，美国城市的全盛时代紧跟在数十年移民巅峰期之后实非偶然。这些移民的相似之处只有一个：他们厌弃旧世界，因此绝不可能培养出效忠城市的精神，顶多效忠特定族群的邻里。他们迟早会接纳新世界“一屋一国”的理想，以及你赚的钱和你买的东西远比你在哪里赚钱、买东西重要的潜在价值观。

因此，真正难以解开的谜不是美国“像巴黎”的城市很少，而是竟然有。尽管许多美国人偏爱郊区，但仍有数百万人明确地选择城市。“雅皮士”不是友善的称号，但把 u 放进这个词里的人[①]，其数量仍然惊人。就连最愁眉不展的都市中心——铁锈地带[②] 的雪城、新加州扩张区中部的科罗拉多斯普林斯——也都勉强有几个街区洋溢着多用途的活力。而许多较大的城市，如纽约、波士顿、旧金山、芝加哥、洛杉矶、西雅图，都有持续不断的群聚效应。无论如何，要衡量一个城市的活力，最可靠的基准是富人是否愿意住在城市中心。以前，中产阶级是城市活力的领头羊；在朱利安尼市长的演说中，它仍是。但，诚如

---

①雅皮士（yuppie）源自 yup，为 Young Urban Professional（年轻的城市职业人士）的首字母缩写，文中“把 u 放进这个词里”就是指加进“urban”（城市）。

②指美国中西部和东北部昔日重工业集中、后已衰落不振的地区。

劳工部长罗伯特·莱奇所观察，今天“中产阶级”一词的定义，社会学的意义大于经济学。而最好的定义可能就是“郊区的”。

无论以富人的存在作为指标有多可靠，那仍只是一连串原因的最终结果，而那一连串原因，始于城市吸引年轻人的能力。如果没有成群年轻的单身男女填满约克维尔，公园大道的上流社会可以维持多久？若非年轻艺术家、学生和音乐家不断注入，商业区还能继续作为文化中心吗？我们常听到穷人依赖城市的例子，但年轻人，特别是有创造力的年轻人，同样十分需要城市。郊区或许是度过童年的理想之地，但在离家之后、安居之前的那几年，年轻人需要一个聚集的场所。所以至少，城市仍有丰富的夜间和周末生活——当然，除非网络媒合的婚姻变得很普遍。而想来比网交更凄惨的事情只有一件：两个通过网络结合的人，在真实世界的日常婚姻中生活。

在曼哈顿的大风天气或夕阳西下后，当引擎开始冒烟，我喜欢出去走走。那纯属消遣，而过去几年走在圣路易斯郊区和科罗拉多郊区时，我注意到一件怪事：有比例不容小觑的开自用轿车或运动休旅车的男性（总是男性），在飞驰过我身边时对我骂下流话。我不知道他们为什么要骂我。我与众不同之处只是我没开车、没穿紫色和蓝绿色的衣服、没反戴棒球帽。我猜他们对我咆哮纯粹是因为我是陌生人，而从他们被玻璃包住的车里看，我就跟他们电视屏幕上那个在只需再推进一点儿就可获得第四次进攻机会时选择弃踢的橄榄球教练一样不像真人。

我在纽约也被吼过，但吼我的都是出院的精神病患，且都是在搭地铁时被吼，身边都是同情我的乘客。简·雅各布斯认为“在汹涌人潮中保有隐私”是城市生活的标志，要维持这种隐私，所仰赖的并非孤立的房屋和受管制的购物环境，而是最容易在人行道等公共空间习得的成人行为模式。美国大张挞伐的“礼貌的崩塌”的起源是家，而非所谓的“都市丛林”，这点可在任一电影院里得到印证：习惯在卧室看录像带的观众已经忘了怎么闭上嘴巴。

在《美国大城市的死与生》里，雅各布斯也引述了保罗·蒂利希[①]的话，后者相信城市本质上“提供的是除它之外只能由旅行赋予的东西，那就是‘陌生’”。熟悉，无论是连锁店或千篇一律的分区营造的熟悉，都会侵蚀独立自主的智慧，并以奇特的方式损害隐私。在郊区，我是陌生人；我觉得自己仿佛赤身裸体。只有在像纽约那么拥挤而多元、被陌生围绕的地方，我才觉得自在。

当然，我没有那么纯真地迷恋城市，不至于没发现硅谷的厚玻璃板窗户与其后的CRT屏幕有着类似的展示功能：时尚咖啡馆与网络咖啡馆之间隐秘的连接，就是“被看的文化”。还有一点可能也要担心：来曼哈顿寻觅我所寻觅之物——向心性、

①保罗·蒂利希（1886－1965），又译保罗·田立克，德裔美国哲学家、神学家，当代西方存在主义哲学的代表，著有《存在的勇气》《系统神学》等。

人群中的隐私、当汤锅中的老鼠屎的满足感——的年轻人，终将被迪士尼化的瘴气驱逐：那难闻的气息已弥漫 SOHO 商业区和五十七街，正悄悄渗入东村和时代广场。但现在，我仍在一栋住着两位裁缝师、一名房地产经纪人、一位古董交易商、一名酒席承办人和一个鱼贩的楼房里工作和睡觉。当我躺在地板上，听着自己的呼吸放松时，我可以听到城市本身更缓慢的呼吸，像浪拍打海岸的声音：那是人潮拥挤的地铁列车，载着正教自己如何在此安身立命的乘客前行 。

一九九五年

捡破烂

冒充城堡的仓库不多，而在那些冒充者之中，宾夕法尼亚州道尔斯顿的莫瑟博物馆，无疑跻身规模最大之列。那座博物馆有一百英尺高，有常见于教养院或小孩堆的沙堡的平坦表面和方形塔楼，完全用混凝土浇筑而成。它是在二十世纪第一个十年由名叫亨利·莫瑟的富有怪人所建，部分是为混凝土做广告，部分用来存放他举世无双的工具收藏——那些工具在美国工业化之后便派不上用场了。莫瑟走遍变迁世界中的车库和拍卖会，把每一种你能想到式样的补鞋匠的鞋楦、苹果榨汁机和铁匠的风箱带回巴克斯县，还有一艘连鱼叉都齐备的捕鲸艇。在博物馆最高的那座塔楼里，你会看到一个活板门式的绞刑架和一辆马拉的灵车。数十个手工雕刻的雪橇和摇篮，则被乱七八糟地钉在七楼正厅的拱形混凝土天花板上。

莫瑟博物馆可以是个非常严寒的地方。我最近一次是在十二月的某个下午造访，将近参观完毕时，我完全聚精会神于一楼的展陈，因为一楼有暖气。而在那里，大大出乎我意料的是，我看到我自己的电话机，被存放在贴了“过时技术”标签的玻璃柜里。

我的电话是 AT&T 转盘拨号式黑色基本款，一开始是一九八二年从当时的新英格兰贝尔公司承租的，两年后，在“贝尔妈妈”[①] 解体的混乱中，我完全拥有了它。（我记得好像没付钱。）莫瑟那台跟我的一模一样的机器，被搁在一堆八轨磁带上，看上去不太安稳——这种配对立刻让我感伤起来。八轨磁带是被用来比喻废弃物的陈腔滥调之一；它们散发着雷·康尼夫[②] 和粗条纹灯芯绒般的浓烈气味。反观转盘式电话，它仍骄傲地在我的客厅服勤。如果你想聊聊调制解调器：不久前我才用它向 408 区码[③] 订了计算机外围设备。

莫瑟的展示是明显的挑衅。但我愈试着不去想它，就愈觉得自己受到了指控。例如，我发觉自己得花很大力气才能忽视我三番两次进卧房打按键式电话的事实：现在查账户结余、班机信息和火车时刻都要靠它。我发觉要憎恨把转盘式电话贬为次级品的语音系统（“稍后由接线员为您服务”）也很费劲儿。

①指垄断美国电信事业达百年之久的贝尔系统，1984 年宣告解体。

②雷·康尼夫（1916－2002），美国音乐人，五六十年代曾以当年的流行音乐配合人声吟唱的轻音乐乐团方式造成轰动。

③指加州圣荷西、圣塔克拉拉等地。

简而言之，我察觉到相互依存的状况。我的转盘式电话已失去应付现代生活的能力，但我继续为其掩护，甚至把它放在楼下展示，因为我爱它，且害怕改变。它也不是唯一一件我以这种方式保护的事物。我突然发现，我拥有的过时机器能组成一个完整的功能失调的家庭。

我的电视机是一个笨重的旧物，除非当天线用的延长线直接接触我的皮肤，否则屏幕上只会显现“雪花”。为帮助我的电视获取画面，我用拇指和食指捏住尖锐铜线的时间不下数百小时，我常在想，还能想象得出比这更不适的相互依存吗？至于录像机，碰巧，与我同行参观莫瑟博物馆的那个朋友前一晚踏出从洛杉矶飞来的班机时，手上的塑料购物袋里就装着一部。他要把它送给我，以免我一直叨叨自己没有。

我也仍在叨叨我没有CD播放器，并假装自己没有CD。但一年多来，我不断发现自己在朋友家里，在借来的公寓里，甚至在艺术家聚集的图书馆，偷偷把只发行CD的出版物转拷成磁带。然后我会用我的磁带录音机播放，忘记它们来自哪里——直到我需要转拷另一张CD为止：这是相互依存所促成的卑劣的复制。

在那个寒冷的十二月的下午，莫瑟博物馆的展览就像现代世界赏我的一巴掌：你该长大了。该让转盘式电话退休了。该记起“改变有益健康”了。接受无可避免的事物是健康的。如果你不当心，三十五岁就会很老、很老了。

但，事隔数月，在我写这篇文章时，我的转盘式电话还在服役。我把器具的过时看作一种性格缺陷，而我，就像毒瘾者的配偶，尽力弥补这种缺陷。事实是，这种缺陷，这种疾病，正是我与生俱来的。是我自己过时。它直接衍生自我以何维生和不以何维生。我之所以留着转盘式电话有两个原因，而这两个原因的本质，是我过着小说作家的生活。

原因一，较明显的一个，是虽然电话或许很便宜，却非免费。一位年轻艺术家通常只能挣得四位数的收入，不得不节俭度日。如果严肃小说的读者增加一个数量级，让我可以腾出一百二十九美元买 CD 播放器，我会很高兴。但有谁真的认为，人们会突然开始阅读较具文学性的小说呢？在他们这么做，以及太阳打西边出来之前，我就是两个过时得无可救药的价值体系的实际继承人：我父母那代人，即经济大萧条年代的节俭，以及我两个哥哥的时代，即六十年代的激进主义。六十年代的民众天真到会去纳闷：“我为什么要工作一整个星期然后把更多消费资金投入一个腐败和无人性的系统？”这不是一个现在你仍时常听到的问题，大概只有需要长而漫不经心的时间来进行创作的艺术家和作家会问。而且，即使对我们来说，节俭造成的过时也不是特别受欢迎。

在《布丽姬的笔记》中，里尔克在诗人的成长和威尼斯的历史之间作了比较。他形容威尼斯是个无中生有的城市，在“森林沉没后的空地中央发愤图强”，是一个“坚强的身体，为生活之必需脱去衣服”，是“足智多谋的国家，拿它贫穷的盐和玻璃交换诸国的财富”。里尔克本人是游手好闲的典范，无所不用其极逃避受雇赚钱的楷模，在帮助塑造我的文学理念以及我对于年轻作家应如何实现文学理想的想法方面，他可以和任何人相提并论。小说，我相信，就是将经验的渣滓转变为语言的黄金。小说意味着捡起被世界遗弃路边的无论什么东西，将它化为美好的事物。

虽然我深受里尔克的影响，但我的模式也带有美国风味。在一个致力于开发天然大陆的资源的国度，经济发展的引擎造成威力惊人的反流，以庞大的产业规模粉碎又重组梦想，在各式各样人类与物质的碎屑之下摒弃又搅动梦想。大生意使这些主流航道上的肌肉发达的船长——虚构的塞拉斯·拉帕姆[①]、乔治·巴比特[②]、汤姆·布坎南[③]、雷克托·布朗[④]——总是显得愚不可及，以至于你最后不得不断定这些男人就是肤浅。美国小说中真正令人难忘的人物，从巴托比和弗雷姆·斯诺普斯[⑤]到奥迪帕·马

①威廉·迪恩·豪威尔斯所著小说《塞拉斯·拉帕姆的发迹》中的主人公，他没受过正统教育，仍试图打入波士顿的社会。

②辛克莱·刘易斯所著小说《巴比特》中的主人公，是典型的资产阶级市侩。

③《了不起的盖茨比》中的人物之一，财大气粗又风流成性。

④威廉·加迪斯所著小说《承认》中的人物，为一信奉资本主义的收藏家和艺术交易商，把主角葛文的伪画当成真迹贩卖。

⑤威廉·福克纳所著《村子》《小镇》和《大宅》（合称“斯诺普斯三部曲”）中的主人公，斯诺普斯家族无恶不作，弗雷姆最后却当上银行总裁。

斯[1]和看不见的人[2]，似乎都住在泥泞的回水区，那是破柳橙条板箱上下摇晃、绿头苍蝇嗡嗡作响的地方。而就像据说无法分辨照片与被拍照之物的新几内亚人，为了寻找素材我真的将人生第三个十年花在了搜查杂草丛、垃圾车和焚化室上，试图让我的人生成为我的艺术更完美的象征。带着搜刮来的战利品——雪铲、坏掉的耙头、落地灯、还养得活的一品红、铝制厨具——得意扬扬地回家，一如打出定稿，都是小说写作的一部分。一部旧电话机既是家中的装置，也是叙事里的角色。

节俭——既指字面义也指比喻义，是转盘式电话还在的一个原因。另一个原因是按键式电话令我反感。我不喜欢它们了无生气的铃声，它们产自台湾的感觉，它们老气的设计，以及称霸后志得意满的样子。当代艺术有一公理是：美国的政治经济已将美学贬低为一种抗拒。我那些经济宽裕，却无视 CD 的优越性和必然性，继续买盒式磁带的朋友，就是在尽可能抗拒利润率膨胀的丑陋，那正是 CD 最显著的特色。同样地，我也欣赏我的咖啡色立体组合音响那种七十年代的笨重，因为它向被分派到全美每一个家庭的雅致的黑盒子军团传递了一种羞辱。

在很长一段时间里，类似这样的抗拒似乎颇有价值，至少没有害处。但某天我一觉醒来，发现我已经被每一个人狠狠地

---

①托马斯·品钦所著小说《拍卖第四十九批》中的女主人公，她揭露了两个历史悠久的邮政公司之间的斗争故事。

②拉尔夫·艾里森同名小说中的主人公，这个出身贫寒的黑人青年发奋读书才从美国南方来到纽约。希望打拼出一片天地的他却四处碰壁，终以失败收场。

抛在后头。某天，节俭的美德和简朴的理想最终僵化成了毫无结果、吞噬时间的执念。某天，市场的受害者不再是转盘式电话或黑胶唱片那种微不足道的东西，而是对我来说攸关生死的事物，比如文学小说。某天，在莫瑟博物馆，被极其草率地堆在八轨磁带上的不再是我的电话机，而是我也有的辛格[①]、加迪斯和奥康纳的书（标着“过时技术”，或者“市场的审判”），就像被扔进历史的灰烬堆。某天，我去参观莫瑟，隔天醒来时已深陷抑郁。

> 六年来，抗抑郁药物百忧解已振作了数百万美国人和数千名礼来制药公司股东的精神。
>
> ——一九九四年元月九日《纽约时报》某报道的开篇

适应现实是健康的。既然知道诸如普鲁斯特和福克纳写的小说气数已尽，那么，使自己对获胜的科技感兴趣、为自己在新信息秩序中营造一个适当的位置、抛弃而后忘记文学现代主义的价值和方法是健康的：毕竟，较年长的读者已经烦乱、沮丧到无法欣赏你的作品，而年轻读者既是由电视抚养长大、接受身份政治和读者高于文本的新正统教育，对你的作品更是视

① 艾萨克·巴什维斯·辛格（1904 – 1991），波兰出生的犹太裔美国作家，是意第绪文学运动的领导人物，1978 年获诺贝尔文学奖，著有《莫斯卡特一家》《庄园》《卢布林的魔术师》等。

而不见、听而不闻。不再费尽心力做那种或许能取悦少数苦恼的同侪却将不安或怨恨灌输给准读者并给自己引来溃疡或偏头痛的吃力工作是健康的。当你骨头快要散架的时候认输求饶是健康的。几乎从定义上就能看出同样有益健康的事情还有为了生活，把死亡抛诸脑后：接受（进而参与）你身为作家遭到边缘化的事实；把读者缩减、与出版集团的关系日益恶化、退回大学特别为作家在英文系更大范畴内提供的“隔离病房”（否则愈来愈多愈益凶残的职业作家会活吞创造型作家）当作不可避免的结果接受。健康：放宽你的标准，称五年前你或许认为“还算像样但一点儿也不特别”的东西“很棒”。健康：当你发现你的写作课毕业生分不清“lie”和“lay”且没读过简·奥斯汀时，你不发怒也不激动，而是咬紧牙关，继续教你非教不可、虚掷光阴的课。不为此担心就更健康了：在讨论会上点头、微笑，别招惹谁，让学生在莫谦特－艾佛利公司拍的电影里认识奥斯汀。

当我用“健康”形容上述种种对于过时这种“死刑”的响应时，并不完全出于嘲讽。我是真的在谈论健康。意识的痛苦、认知的痛苦，与我们获得的信息一起快速增长：我们的星球每况愈下，我们的政治体系不完善，我们的社会不文明，我们的国库已经破产，我国有五分之一、世界有五分之四的民众不像我们这般富裕。如果这种痛苦只增不减，我们也可以理解为什么人口的一大部分——且不断增加——会在科技提供的强大的麻醉剂中寻求慰藉。这些麻醉剂愈受欢迎，社会就愈接受民众使用它们——无法打心眼里哄骗自己说技术的“文化”绝非毒品的那一小群人就愈孤单。每当你看到一个朋友不再读书，每当你读到另一个兴高采烈的年轻作家以书的形式做着电视节目，它便成为一种折磨。你变得抑郁了。然后你看到科技可以为变得抑郁的人做些什么。它可以让他们不再抑郁。可以带给他们健康。而就在这一刻，我找回了自己：我环顾四周，看到每一个人（或看似每一个人）都找到了健康。他们喜欢他们的电视和他们的小孩，而且不会过度忧虑。他们服下他们的百忧解，就不抑郁了。他们对彼此彬彬有礼，露出不抑郁的微笑，他们用如此纯粹的不可思议的眼神看着我，让我开始怀疑自己。在我自己看来，我似乎是一个对健康深恶痛绝的人。距离处方，我只有一个电话之遥……

我为攒成这篇文章而捡回的断编残简到此为止。这篇未完成的文章是两年前我独自一人、没办法写小说时写下的——那时我几乎连报纸都没办法读，那些报道会让我情绪非常低落。两年来世界没改变太多，但我觉得自己好像发生了很大改变。天晓得我能否对自己的经验加以归纳。我只知道，在写了上述片段之后，我投降了。很干脆地投降了。无论要我付出多少代价，我都不想继续不快乐下去了。所以我不再试图当正牌全职作家。早上能从床上爬起来，是我仅有的愿望。

几个月过去了。我先是在一个大学小说创作班教课，之后，我面临维持生计的问题。我想要一点点时间私下写作，为自己：这是我唯一的要求。不是要对文化有何贡献，只是想被允许偶尔造访联结印刷物世界的那个唯一的点。我最后选择的谋生方式（写杂志新闻）感觉绑手绑脚，令人痛苦。但踏进世界的一小步——我一度害怕迈出的一步——就足以让我想起我有多么不孤单。

然后，我好像开始记起往事了。我记得小时候每逢星期六我会花很长时间用力从父亲在地下室拆掉的一堆堆镶板上拔出生锈的钉子。我记得我拿铁锤在父亲捡回来做铁砧的一块铁上把钉子敲直，然后看着父亲利用那些旧钉子给他自己盖了一间小作坊、重新安装地下室的镶板。我记得我青少年时很崇拜哥哥汤姆，七十年代他曾在芝加哥担任先锋电影制片人，还从现已不存在的麦克斯威尔街集市上捡回工具和材料，在皮尔森整修了一栋公寓。汤姆有两辆老旧的 Karmann Ghia，一辆是黄色的，十分破旧，是我们的大哥鲍伯从医学院毕业、买了阿尔法·罗密欧之后传给他的，另一辆蓝色的更破旧，花了汤姆一百五十美元。他常挖东补西：拆其中一辆的零件给另一辆使用，这非常花时间。黄车因引擎故障而寿终正寝的那天，我正好搭他车，同一天，蓝车车盖在丹·莱恩高速公路上被风猛然掀起，遮住挡风玻璃，害我们差点撞车。我听起来很怀旧吗？不。我并不渴望回到那些日子，因为我清楚地记得我当时期望去世界上的无名之地，结果却站在汤姆身边，在消音器和排气管散落的路肩，看着汤姆在芝加哥的寒冬中，用冻僵的手指把 Ghia 的车盖装回去。我知道那时我很快乐，所以我可以回想那些日子，而不怀念。那些事发生时我在现场，那就够了。

我从大学时代开始认真写作，当时我用的是笨重的黑色雷明顿打字机，它立在书桌上有近一英尺高，跟小型空调一般重，我得用尽手腕的力气才能操作。后来，我用两台可携式银笛打字机（一九八〇年卖五十美元，一九八五年仍只卖六十九美元）写出了我的第一本小说和第二本的一半。它们出现故障，我就修理。在多家杂志寄来退稿信退回了五篇短篇小说的那个星期，我顺利拿牙线代替尼龙绳，提供了推动滑动架的张力，堪称一大胜利。

后来，为打出干净的草稿，我和妻子共享一台四十磅重的电子打字机，史密斯－柯罗娜。我们的老雪佛兰是好天气的死忠朋友，每当出现故障，外面似乎都在下雪。在八十年代初的波士顿，雪会积成堆，我和妻子把自己包裹得像农夫一样，费尽九牛二虎之力，半拉半扛地把史密斯－柯罗娜送到哈佛书店。书店深处住着一位巴伦博先生。我从没跟他打过照面，但常打电话。他声音很粗，你知道他半截胳膊都浸在机油里。巴伦博先生不喜欢花大钱修理，我因为这点而喜欢他。曾经，在一个天空过早地变成靛青色的波士顿的黄昏，他打电话告诉我史密斯－柯罗娜的主机轴脱离马达，得花五十美元更换马达。显然他很不想告诉我这个。

过了一两个小时，夜幕已然低垂，他又打电话给我。“我修好了！”他大叫，“我粘好了。我用环氧树脂把机轴粘回马达上了！”记忆中，那次修理他收了我十八美元。

一九八九年我买了我的第一台电脑，Amdek 制造的一个吵闹的金属箱，带一个白纸色的 VGA 显示器。在良好的相互依存的状态下，我开始喜欢 Amdek 风扇嗡嗡叫的噪音。我告诉自己，我喜欢它以这样的方式掩盖了街上和其他公寓传来的噪音。但在我重度使用两年后，Amdek 练就了一种新的摩擦般的尖叫，这种尖叫似乎是随着空气相对湿度的兴衰而起落（虽然这点我从未确认）。我的第一个解决办法是在闷热的天气戴耳塞。但，戴耳塞六个月后，由于尖叫声变得愈来愈持久，我便拆掉电脑的金属外壳，凑近耳朵，乱动乱戳。然后尖叫声莫名停止了，所以一连几天，我都用一台无盖的、主板和五彩缤纷的金属线外露的机器写作。然后当尖叫声回来时，我发现我只要对控制硬盘的印制电路板施加压力，就可以让尖叫声停止。有个地方可以让我插入一支铅笔，而如果我用橡皮筋把铅笔绷起来，矫正的压力就可以保持住。当我把机箱外壳装回去时，它已经无法密合：我无意中损坏了一根螺丝的螺纹，只好任由外壳的一角频频拍动。

当然，在某种程度上，每一个不够富有的人都要学习应对孱弱的设备，只不过有些人对这种应对能力更自负一些。但我珍惜那些用半毁机器写文章的回忆，却不单是因为它们证实了我的本性。对我来说，那台破旧但仍堪使用的Amdek的形象，也是美国长久破烂的形象。过时是美国痴恋科技的主产品，而我现在相信，过时不是幽暗，而是一种美：不是毁灭，而是拯救。科技发展的脚步愈轻率，产生的废弃碎屑就愈多。而碎屑不单是有形物质。它是愤怒的宗教、复苏的反文化意识形态、新出现的未就业者，以及永远无法就业者。这些都向小说作家保证：他们永远都不会孤单。不可避免的过时就是我们的遗产。

靠想象力写作从根本上说是业余的。它是寂寞之人搜遍垃圾堆，而非技艺高超的团队苦心经营以娱众人，而我们美国人很幸运，活在一个满是垃圾的美妙世界。我住在慕尼黑的时候，曾从一个铺设人行道的工地偷了两颗鹅卵石。我打算用报纸把它们包起来，做成书挡。那是个星期六的下午，街道空空荡荡，但我的窃行让我感觉像犯了重罪似的，我两手各攥一颗石头一连跑了好几个街区，直到确定平安才停下。至今我仍觉得那个国家正用严厉的眼神盯着我。但在我现在居住的纽约，垃圾车简直是在引诱我窃取它们有用的砖块和木材。那些流浪街头的人和我一样热爱午夜街灯下的路边垃圾堆。凌晨时分，他们会在雷辛顿街和八十六街转角的肮脏被子上摊开他们找到的东西，拿来路不明的时钟收音机交换有缺口的玻璃球形门把。使用与废弃就像含水土层，消费品从中渗出，蜕去大规模生产的污点，以稀有之物的姿态出现。

把美国作家对科技消费主义的抗拒（不幸地，这种抗拒多数情况下都以经济困顿的形式表现出来）想象成某种政治反抗的替代品，是诱人的念头。不久前，我以前大学写作班的一个学生来看我，我带他在家附近走了走。杰夫是个文学造诣深厚、雄心勃勃的年轻人，热爱品钦对科技和资本主义的批评，在攻读英文博士学位和尝试写小说之间摇摆不定。我在散步时怒斥他，我说，小说是避难所，不是社会变革的推手，这时我们经过一个美妙的垃圾堆。我从中抽出一把溅了油漆和灰泥、座位坏掉的木椅，又找到一个两英寸乘四英寸的木块，把比较大片的灰泥敲掉。这是卑贱的工作。杰夫说："如果我写小说，我的人生就会像这样吗？"

长年抑郁，我已不在乎我的话听起来对自己有多宽容。我说我在意的是"拯救"。我很可能买得起新椅子；但我宁愿过捡破烂与再生的日子，这是我个人的选择。

拿海绵给它搓澡，从被弃置路边的五斗柜抽屉上拆下一片坚固的桦木胶合板，拿八根捡来的螺丝钉将胶合板固定在座位底下，用黑色荧光笔遮盖溅上去的白漆：那把椅子就是这样被拯救的。

一九九六年

控制单元

从科罗拉多六十七号公路望去，联邦改造园区的门房看上去就像高级公园的凉亭。它有翡翠般的色调，镶着由粉红色碎石铺成的边。开车靠近，我看得出烟灰色玻璃后面有两个系领带的黑人男士。其中一人出来验了我的身份证，问我有没有携带武器。我告诉他我跟路易斯·韦恩先生约好一点碰面。

那名警卫问："谁？"

我又说了一遍。他一脸困惑地回到凉亭，换另一个男人出来。他有后移的发际线，隐约流露出兰斯顿·休斯[1]的气质，穿着一套漂亮的灰色细条纹西装。"我是路易斯·韦恩。"他面无笑容地说，穿过开着的车窗跟我握手。

①兰斯顿·休斯（1902－1967），二十年代非裔美国人艺术运动即哈莱姆文艺复兴运动中最重要的作家及思想家之一。

“哦，你就是韦恩先生。”我绽放出一个大得足以涵盖我们两人的笑容。我确信他认为我很惊讶他不是白人。他叫我跟随他的车上山。因为觉得警卫服务不周，我继续火上浇油：“那个警卫好像不认识你。”

韦恩先生看了我一眼，表露出令人不安的失望，然后，不发一语，继续走向他的车。

这里是科罗拉多州佛罗伦萨镇，美国法治业迅速发展之地。联邦改造园区是反毒战争炫目的新产物：无论这场战争抑制全美不法欲望的成效如何，它在不到十年间便让联邦监狱人口翻了倍。佛罗伦萨人极其热衷于参与这项事业，纷纷购置土地，然后捐赠给监狱管理局。我来这里就是要看看这项事业在围墙内外是如何运作的。

联邦改造园区的中心建筑是全美最高设防监狱，一座造价六千万美元的最先进的“仓库”，用于关押大众媒体喜欢以“穷凶极恶”指称的联邦囚犯。它的别名包括佛罗伦萨 ADX、落基山恶魔岛和 Admax 等。或许约翰·戈蒂[①]最后会被送来这里，但曼纽尔·诺列加[②]不会（他是巴拿马公民，而 ADX 的规章条例违反日内瓦公约）。ADX 目前监禁了二百五十名囚犯——只达到其容量的一半，而这些犯人每天被锁在囚房里长达二十三小时，几乎全面断绝了人际联系。除非死刑成为惯例，否则美式改造

①约翰·戈蒂（1940－2002），纽约历史上最臭名昭著的黑手党家族的头目。

②曼纽尔·诺列加（1934－2017），前巴拿马独裁者。

的逻辑和技术不可能再超越 ADX 的控制系统。

据监狱管理局的文献，ADX 的任务是“深刻影响囚犯行为，帮助行为表现不再具危险性并参与所需课程的囚犯晋升到监管局其他较开放的机构”。ADX 的大部分囚犯都是因为素行不良才从较不安全的监狱转来的。百分之十八曾杀害狱友，百分之十六持械攻击过狱友，百分之十五曾越狱或尝试越狱，百分之十持械攻击过监狱管理人员。还有一小撮囚犯因政治观念具破坏性而被联邦视为恐怖分子。我已经提出申请，要采访其中两名政治犯：穆杜鲁·夏库尔和雷·鲁克·雷瓦索尔。

联邦改造园区有四大建筑。从门房开始，道路蜿蜒而上，陆续经过没有围墙、安全等级最低的拘留营（“联邦俱乐部”），引人注目、安全等级中等的联邦改造所，戒备森严、安全等级最高的监狱，以及 ADX 所在的三角形砖筑碉堡。随着联邦改造事业的发展，干旱的高地草原已变成房舍点点、风景如画的园区。当年我住在科罗拉多斯普林斯时，在前往基督圣血山登山步道途中常经过这个园区的工地。建筑风格多条纹和棱角，且充斥着蓝绿色和鲑鱼肉色。在装上刀片刺网之前，我一直以为是哪个房地产大亨在这里盖一座孤立得奇怪，还配备节能窗户的办公园区。

在登记柜台，一位名叫唐娜的金发接待员要我签名，然后叫我退至一面红砖墙边，拿拍立得对着我连按三次快门。她一面拍照，一面漫不经心地跟 ADX 内部某个人通话，要他们“带夏库尔来这里”。ADX 无线电的音量和信号强度皆已标准化，让声音从一开始就发出交谈的音量，没有爆裂声也不会失真；对讲机另一端的人好像就在现场。那人回唐娜说，已经去带夏库尔了。她用隐形墨水在我的前臂盖印，拿黑色的光一照，浮现发着荧光的 TAMP。

“应该出现 STAMP[①] 的，”唐娜说，于是又盖了一次。我们用黑光检验，第二个词仍是 TAMP。她又盖了第三次，弄得一团糟。韦恩先生不耐烦地抱怨了两句，介入调解，而我之外还有人惹他失望已然令我心生感激。

虽然 ADX 是第一座专门为全天候隔离囚犯而设计的联邦监狱，但其单独监禁的制度几乎跟共和政体一样古老。一八二三年宾夕法尼亚州在费城建立东州监狱，后来，俗称的“宾夕法尼亚系统”被世界各地的监狱建造者大举效仿。设计东州监狱的贵格会教徒相信，让囚犯共处一室的牢房是孕育邪恶的温床，所以在东州，每名囚犯都有自己的牢房和私人活动庭院，永不离开。如果该名囚犯必须转移，会给他套上黑色头罩，以阻止他进入自由流动的邪恶之中。被判终身单独监禁的囚犯常常上吊或自殴至死，这种情况则被归因于手淫引发的精神失常。

往后数十年，随着美国监狱空间日益珍贵和典狱学思想演

①即“盖印”。

化，一贯的单独监禁失了宠。至二十世纪中叶，法院裁决对隔离惩罚施加了严格限制。但从七十年代开始，永久禁闭的观念又因“管理”目的，以“区别对待”之名东山再起。隔离成了管制囚犯而非惩罚囚犯的手段,符合“管理”原则,所以没问题。

Supermax[①]象征社会及其犯罪产品之间的战线日益激烈,目前已有二十五州设置。其中最恶名昭彰的在加州，那里的民众复仇心切又不学无术，加上城市内帮派暴力日趋严重，促使在俄勒冈州界以南的鹈鹕湾建造了大规模高科技“控制单元”。一九九五年元月，即鹈鹕湾开张五年后，它的“招牌惩罚”的好些方面被联邦地方法官希尔敦·汉德森视为残忍和不寻常。他说，事实上，加州人“把他们锁起来然后丢掉钥匙”的愿望已造成梦魇。鹈鹕湾的囚犯一概被禁止接受医学或心理健康治疗，且会无端遭到警卫暴力相向，因而表现出心理创伤的征象——失眠、精神无法集中、有自杀念头、对社会的愤怒日趋加重，这几乎可以确定是长期隔离引发的。但，由于汉德森法官并未做到勒令鹈鹕湾关闭那么绝，因此州监狱官员认为他的裁定代表他们的胜利。

我进佛罗伦萨 ADX 注意到的第一样东西是地板。大部分地面铺了棋盘图案的亚麻油地毡，颜色是常见的泥砖红和罂粟籽灰，也都上了蜡，擦拭得闪闪发亮，似乎是在乞求人们加以

①即“超级安全监狱”。

注意和评论。和 ADX 的洁净保持一致的是钢制设备的坚固，警卫们简单利落的白衬衫、石榴红领带和体面的打扮，让人分不清方向的非直线格局，以及不引人注目但有效的规章条例：这些全都公开展示。事实上，我们可以看出这地方营造高雅的表象，是为了刻意擦去污点：承袭自鹈鹕湾和 ADX 本身位于伊利诺伊州马里昂的前身——一座超级安全监狱，其名誉常遭国际特赦组织损毁——的“控制单元”概念。

但，即便我欣赏 ADX 的光鲜，有些事情仍要到离开后才会注意到。比如，直到返回我烤箱般的车上，拿起留在里面的瓶装水喝而差一点烫伤嘴巴时，我才发现 ADX 的温度非常适中。ADX 的气味也是，除了在一条走廊，我闻到一股还算清新、介于有机与无机之间的微弱气味——或许是新鲜的抹墙粉——之外，里头完全“索然无味”。ADX 的光线也很理想：绝不刺眼，读东西很舒服。还有声音：没有金属撞击的叮当声响，没有远处的吼叫，没有咆哮的对讲机。自动门仅是嗡嗡地开启，咔嗒一声关上后毫无回音。韦恩先生的声音也很轻——

韦恩先生：（对经过的一名副官）都还好吧？

副官：（一脸担心，低下身子）您说什么？

韦恩先生：（疲倦而消沉地）我说，都还好吧？

副官：（显然如释重负）哦，很好，很好。

——但我不必费什么劲儿就能听到他说话。我很想说，ADX 的氛围就是一种感觉剥夺。但 ADX 留给访客的印象却是平静，而非剥夺。事实上，旅途中我不止一次在心里想，这是非常适合阅读和写作的地方。但我又对庞大的控制系统充满怀疑，足以使我相信这正是韦恩先生希望给我的感觉。

我们每到一个检查站，他都会把唐娜给我拍的一张拍立得照片放进一只金属抽屉送给厚玻璃后的警卫，然后警卫会推过来一个胡萝卜大小的便携式黑光灯来检查我的戳记。显然我前臂有东西发光就足够了。

囚犯则是这样进入 ADX 的“接触”会客室：韦恩先生和我站在将房间一分为二的模铸混凝土桌子的自由世界一端，身后的门已从外面锁上。透过对门的小窗户，我听到咔嚓咔嚓和叮叮当当的声音，看到几个脑袋和肩膀。门开了，穆杜鲁·夏库尔先生踏入，手被铐在背后。他身后的门关上了。他面露夹杂了冷漠、愤怒和尊严的复杂表情，背靠着门，蹲下，让外头的警卫打开一个鞋盒大小的狭缝，把手伸进来替他解开手铐。手铐消失了，狭缝也关起来锁上了。

韦恩先生倚靠着我身后的墙。访谈期间我没有回头看他，一次也没有，但我的心灵感应是，他看了很多次手表。

夏库尔戴着一顶针织海军冬帽和一副普通的黑色塑料框眼镜。他的雷鬼辫有些花白。他问我从哪里打听到他的名字和囚犯编号。我回答：从博尔德一个与政治犯关系密切的监狱观察团体。夏库尔是新非洲共和国运动中的活跃分子，因与一九八四年一起让两名警察丧命的武装抢劫以及其他事件有牵连而被判罪；检方依据 RICO 法案[①]认为他应承担责任，因为抢劫犯在他的针灸诊所举行集会。

夏库尔说他最终进了安全等级最高的监狱，先是马里昂，现为 ADX，是因为他原先在宾州刘易斯堡服刑时的典狱长觉得他对年轻黑人的影响太大，与外界的联系太多。在我们短暂的访谈中，夏库尔给我的信息是：遇到过法律困扰的黑人可以为他们的社群提供指导，但现存体制却把他们锁了起来，让全美黑人社群始终群龙无首。“监狱散置于全美各地的孤立地区，”他说，“像我这样有社群背景的人，很难感觉到与世界的联系。想象一个孩子连吸了二十五年半盎司的纯可卡因，现在却与世隔绝。心理很难不受伤害。”

起身离开时，夏库尔请我把我的报道寄给他儿子看。“吐帕克·夏库尔[②]，”他说，“你知道他是谁。”

我答应寄一份给吐帕克。

当韦恩与我再次独处时，他瞅准时机给我上了一课。他说 ADX 对媒体“完全开放”，他也不会监控我的行程。（他咯咯笑

①指《反犯罪组织侵蚀合法组织法》。

②吐帕克·夏库尔（1971–1996），美国饶舌乐手、演员和诗人，作品围绕暴力、黑人贫民区、种族主义、社会问题等主题，倡导政治、经济、社会及种族平等，并且充满激进的革命意识，他被誉为史上最伟大的饶舌艺人之一。1996 年遭枪击引发心肺衰竭身亡。

着引述伦敦《泰晤士报》那篇关于ADX的报道的标题:“美国狂人被囚禁于‘坟墓’”。)但,他希望我事先告诉他我联系过博尔德人权人士的事。“只要提到就好,”他说,“那有助于我了解你在做什么。”

我解释说我打电话给博尔德只是请他们提供愿意说话的囚犯姓名。但这会儿他对我的失望似乎已凝结成判断。

韦恩先生接下来宣布,我们的参观必须在三点半结束。现在是两点十五分,参观甚至还没开始,而我还有第二个访谈要做。他说,我没有早上就来真是可惜。那样我们就有一整天的时间。

“其实我可以在你希望的任何时间开始,”我说,“但你要我选时间,我就不假思索地说一点。”

他难过地摇摇头。他原以为我不可能在一点以前过来。他本人是那种属于早上的人。要是早点知道我能来就好了……

雷·鲁克·雷瓦索尔是来自缅因州的法裔加拿大人,出身于工人阶级。他体格魁梧,有漂亮的刺青,流露出吸一口能抽掉半根烟的男人那种克制的神经质。他蓄了小胡子,眉毛又宽又黑,乍看仿佛有三道胡子。

从一九七四年到一九八四年,雷瓦索尔住在地下,效力于一个专司轰炸全球工人阶级的敌人(企业或军事组织)的组织。在上了联邦十大通缉犯名单后,他于一九八四年被捕。

“我现在电视看得很少,主要看新闻,偶尔看球赛,”他说,

“过去几个星期一直都听不了广播，但如果能听，我有时会听听NPR。”他唯一看得到其他囚犯的时间是每周一次、每次三小时的户外休闲时间。他有妻子和三个女儿，上一次与她们联络是在一九八九年。

每一个身在联邦系统的囚犯都要参与某种改造“课程”——毒瘾或酒瘾治疗、职业培训、工厂作业。要转出ADX，囚犯不仅要遵守规定，还要“上课”。雷瓦索尔之所以为“政治犯”，部分原因是他始终“不肯就范”。在马里昂他拒绝在一家为军方制造同轴电缆的工厂工作。“他们可以踩在我身上，想踩多久就踩多久，”他告诉我，“但我不会帮他们制造军事或政治相关设备，句号。绝不。”至于在ADX最近开设的家具工厂工作：“我觉得把囚犯当成契约奴仆使用，根本上就是错的。”

我问他ADX的警卫怎么样。

“我还没遇见过一个来自当地的警卫，”他说，“都是外地来的。好处是，不像马里昂，这里没有‘好老弟’[①]的传统。在马里昂很可怕，每个人都在为亲戚工作，他们会对你做一些非常粗暴恶劣的事，而他们知道不会因此受处分。这里没那么糟，因为大家都是新来的。我的感觉是，时间一久，那种‘好老弟’的狗屎就会落地生根。我觉得监狱会助长那种东西。”

站在我身后的韦恩先生，每隔五分钟就叹一次气，精准

①指彼此相识已久、任人唯亲。

无比。

我问雷瓦索尔他是否认为自己“穷凶极恶”。

“像罗伯特·麦克纳马拉[①] 那样的人，”他说，“他们杀的人远比我杀的多。那才是真正的问题。如果你想把犯罪定义成拥有毒品吸食管的人，或非法入室行窃之类的人，那到头来都是非常黑、非常穷的人，对吧？但像麦克纳马拉那种人也犯了滔天大罪。还有联合碳化物公司，瞧瞧他们在印度的所作所为，他们可是屠杀了八千人哪。”他稍稍放低音量，想了想。“当然，我因轰炸联合碳化物公司而被判有罪。”他窃笑了一会儿，然后抚一抚脸，恢复镇定。“这是为偿还那些人命付出的小小代价。”他指着韦恩说：“他或许会把罗伯特·麦克纳马拉之类的人当偶像。他不认为他们的所作所为是犯罪。”

韦恩先生抓住这个机会，冷淡地跟我说：“你还有什么问题想问吗？”

我耸耸肩。

雷瓦索尔耸耸肩。

我跟他说我会写信给他。

他离开后，一名警卫把我们放出我们这一侧的会客室。我们还剩二十五分钟参观 ADX。这时间够我穿越多条恒温恒湿的走廊；探查一间空牢房里固若金汤的模铸混凝土设备（牢

---

①罗伯特·麦克纳马拉 (1916－2009)，美国商人、政治家，曾任国防部长及世界银行总裁。

房是灰色的，长约十二英尺，宽约七英尺，有三合一的水槽－马桶－饮水机、混凝土的床和书桌、内置式电子点烟器，以及一扇窄窗，留给囚犯一小片蓝天）；顺道看了一间法律图书馆和休闲图书馆（只有畅销平装书，有很多路易斯·拉摩尔和罗伯特·海莱因）；并且还算愉快地和韦恩先生聊了一会儿天。我问韦恩先生ADX是如何吸引CBS、ABC、NBC、CNN、NPR、BBC、法国电视台、约克郡电视台、《明镜》周刊、《纽约时报》、伦敦《泰晤士报》和《细节》杂志注意的。他回答，吸引力部分来自那些高科技的玩意儿，但最吸引人的是“恶魔岛的神秘”——任何囚禁穷凶极恶者的监狱周围都难免萦绕的浪漫气氛。

我仍希望赢得他的好感，于是大胆提出，把监狱浪漫化是很恶心的事。他点点头。“只在里面工作一天试试，”他说，“这不是什么快乐的地方。”

我被他严肃的语气打动了，但止于片刻。于六七十年代摇撼美国、近期又卷土重来——比如炸弹怪客[①]，还有俄克拉荷马州和穆米亚·阿布－贾迈尔[②]的费城——的暴力政治战，在关了一百五十万人、几乎全是贫民的监狱最活跃。这些民众绝大多

①指希尔多·卡辛斯基（1942－ ），美国数学家、无政府主义者、恐怖分子，在1978年至1995年间不断邮寄炸弹给大学教授、大企业主管及航空公司，造成三人死亡及二十多人受伤。1996年被捕，后被判处无期徒刑。

②穆米亚·阿布－贾迈尔（1954－ ），美国黑人新闻记者、作家，美国黑豹党成员，反对警察暴力、保卫工人权利，1982年以谋杀警察之名被判死刑，目前仍是死刑待决犯。

数都不关心政治，但这丝毫没有缓和战争情势。鲜有战争是讲原则的；囚犯与狱吏就是死对头，双方的仇恨根深蒂固。韦恩先生在空军基地长大，夏库尔和雷瓦索尔则分别在纽约皇后区的牙买加街区和缅因州萧条的磨坊镇长大。他们的战争被蓝绿色、鲑鱼肉色和“穷凶极恶”这样的词阻隔于大众眼前。战败的基本上都是反社会人格的人。战胜的则西装笔挺，语带感伤。

但愿我与这场战争毫无瓜葛。

对科罗拉多费里蒙特县来说，监狱意味着一样东西，且只有一样东西：美元。县府所在地的卡农城，或许是美国第一个视监禁为一个成长产业的群体。一八六八年，顺利支持丹佛成为州首府之后，卡农有两样回馈可以选择：州立监狱或州立大学。它选择了监狱。

一百多年后，该城及其近郊牢牢控制了科罗拉多州的惩治事业。该州十八所监狱中有九所位于卡农城沃尔玛超市方圆五英里内。卡农城最西端一处退役的监狱分区已改建为科罗拉多地区监狱博物馆，目前是卡农上流社会的聚集点。博物馆外头的庭院里有很多张野餐桌、一间生锈的八角形玻璃房和两间小囚房——晒黑的英国观光客喜欢在里面夸张扮演绝望的囚犯。卡农颇具名望的人士以“典狱长级”（五千至一万美元）捐助博物馆基金会；不那么突出的则或许会选择“副官级”（一百至五百美元）。为筹措更多资金，当地每年举办一场高尔夫锦标赛，偶尔也办“猛攻监狱”化装舞会：数年前，参加舞会的捐助人会把邀请卡投入毒气室的一个塑料模型里。

佛罗伦萨镇坐落在卡农往东数英里的地方，位于阿肯色河岸上，镇上只有一盏交通信号灯。驼鹿、老鹰和退伍军人一星期有三个晚上在这里玩宾果游戏。在通往联邦改造园区的那条路的转角，新开了一家让所有镇民引以为傲的哈帝汉堡。沿主街排列的有一家银行、一家药店、一家挂着外观恒久不变的“欢迎 FCC[①]”广告牌的杂货店，以及多处空地和“出售”标牌。佛罗伦萨镇镇长莫莉·斯特里克兰是位七十二岁的得州女士，戴着钻石饰钉耳环，开白色的福特小货车。她把她的家具店变卖了，因为她可以在华尔街赚更多钱，而且（她讥讽道）股票较易携带。

佛罗伦萨镇街道两旁都是覆盖了混凝土层的灌溉渠，得益于此，刷过灰泥的碉堡式别墅和几栋维多利亚式砖造建筑周围的棉白杨遮阴的草坪绿意盎然。西郊的氰化物街尽头是一座荒凉的露营车公园，名叫“最后一英里庄园”。在更远处绵延起伏的阿肯色河，呈现出蒸熟的洋蓟的颜色。

佛罗伦萨曾是有三万人的城镇和蓬勃发展的矿产经济中心。煤、石油、黄金、石灰石、石膏、漂白土和雪花石膏都在这里开采或加工。佛罗伦萨四十二号，全美历史最悠久的持续

①即联邦改造园区。

产出的商业油井，至今每日仍可汲取四大桶。然而，到了二十世纪八十年代，费里蒙特县的矿产资源几近耗竭。已成废墟的山坡和看上去不自然的山谷像是当地风景的疮疤，而佛罗伦萨的人口也如自由落体般一下掉到了三千。

“我们就像干湖床，满是裂缝的黏土区，”前费里蒙特县经济发展公司执行董事史基普·戴尔说，“钱就是水，而水已经消失。对很多很多人和很多很多企业来说,这是相当险恶的关头。”

对经济枯竭的费里蒙特县而言，联邦改造园区代表着联邦资金输送管道的终点站，管道里每天都有五万美元以上的资金以薪资的形式流动。当修建或整修设施时，也会有一次性的丰沛现金。监狱推动者们想象这个工程会带来兴隆的生意，也会使人口增至临界值，从而吸引新的雇主到来。

费里蒙特县一九八六年开始利用新的联邦资源，其时当地一个名叫汤姆·薛瑞佛的铅笔销售员看到了大发老一套美式横财的好机会。碰巧薛瑞佛的哥哥任职于监狱管理局，他向薛瑞佛提到，联邦正在寻找陷入困境、或许可改建为安全级别最低的监狱的学院和修道院。更碰巧的是卡农就有这样的房产：圣十字修道院。面积两百二十英亩的圣十字修道院就位于卡农城界外，离沃尔玛很近，设有宿舍和可容纳三百人的大餐厅。它的财务状况据说非常不稳定。

另外，也有充分证据显示费里蒙特县不介意收容囚犯。在我造访 ADX 的那个星期日，我联络上佛罗伦萨镇一位名叫吉米·洛伊德的镇代表，他答应介绍我和薛瑞佛认识。身为退休空军中校的洛伊德这样概述卡农城居民对监狱的态度：“越狱的人不会在本地流连，而谁又会破门盗窃可能是监狱警卫的家呢？你会被抓，然后被送回监狱，说不定正好落到那名警卫手里。你还有脑袋被轰掉的危险。这一带的枪械搞不好比半个科罗拉多州的还要多。”

开车穿过尚未设镇的潘洛斯时，洛伊德和我经过一栋后院有鸵鸟的房子，他说他认为镇上的鸵鸟农场是场庞氏骗局[①]。在一条满是灰尘、房屋数量无明显逻辑可循的街上，我们顺利找到了汤姆·薛瑞佛朴实无华的平房。

薛瑞佛是个友善的男人，神情开朗、平和。他肚子不小，但有身材修长的男人的英俊五官。他在家门口迎接我们，穿着凉鞋和巧克力色的聚酯纤维休闲裤。“我只是个老土，”他愉快地告诉我，“我在卖铅笔的时候遇到了史蒂夫·斯图尔特。”

史蒂夫·斯图尔特一会儿就到。他是房地产经纪人，看起来也像。他体重超标，有张令人信赖的脸，穿着周末休闲服，一派轻松。先前，他从科罗拉多斯普林斯开车南下，带来三个要送给他儿子的少年棒球队教练的纪念钟。此刻，汤姆·薛瑞佛已经给那些钟刻好了铭牌。“这是汤姆的副业。”斯图尔特说。

汤姆·薛瑞佛是在向斯图尔特的房地产中介公司兜售个性

①指非法集资。

化铅笔和其他商业纪念品时遇到斯图尔特的。一九八六年年底，薛瑞佛取得房地产经纪人执照后立刻拜访了圣十字修道院。圣十字的事业部经理证实，修士们的确打算出售。经理和薛瑞佛就开价达成一千两百七十五万美元的协议，而薛瑞佛获得了七十五天的独家代理权。他开始游说监狱管理局不动产收购部门的主管吉姆·琼斯。

最后打动琼斯的是薛瑞佛制作的一段十二分钟的视频。我们四个人在薛瑞佛家的客厅，一面喝商店自有品牌的健怡可乐，一面观看视频。薛瑞佛掩不住他对于短片中变焦、摇镜和配音的骄傲。“要让旁白配合画面，没有看起来那么简单，”他说，“在我不说话的时候，我就把音响的音量调高，等到我得说话的时候再调回去。”

音乐听起来像曼陀凡尼[1]。

“是读者文摘的唱片。”薛瑞佛说。

短片旨在让任意准买家一览修道院的建筑。但薛瑞佛巧妙地锁定了司法部。“我拿监狱开了个玩笑，”他说，“看你们听不听得懂。这是我和我的想法之间的笑话。”

“你和你的想法之间。”史蒂夫·斯图尔特以崇拜又滑稽的语气复述道。

其实是好几个笑话。薛瑞佛在配音中描述修道院的体育馆

[1] 世界三大轻音乐乐团之一。

是“消磨时间的宜人去处”。(他欣喜地跟我们说:“懂吗,消磨时间?”)他继续提到修道院的建筑离五十号公路有段距离,因此“与外界有缓冲地带”(“缓冲地带!嘿嘿!”),他也指出修道院的单一出入口“很容易加装限制进出的大门”。

“这整个城镇与德国达豪集中营颇为类似。”斯图尔特狡猾地说。

“最后一个摇镜尤其困难,因为我得从车里拍摄,”薛瑞佛说,“结果拍出来非常漂亮。看到当我抵达入口时,那辆货车刚好开出来了吗?那比你们想象中困难得多。”

“‘现在让我们看看焚化场。’”斯图尔特解说道。

一九八七年二月,吉姆·琼斯飞抵佛罗伦萨,宣布圣十字修道院是他见过的最好的地点。一千多名卡农城居民寄来了套用信函,呼吁监狱管理局把它买下来。据斯图尔特的说法,群众的反应令琼斯不知所措。他公开宣布管理局正在科罗拉多收购一块房地产。

“听到他这么说,我已经算好我会拿到三十七万五千美元的佣金。”薛瑞佛说,“我立马去拿了奔驰车的广告册。”

“交易已经谈妥,”斯图尔特说,“但在最终评审过去一星期后,我在星期六早上醒来,看到报纸上的跨页大标题:修道院交易取消。作为那块房地产的独家经纪人,竟然通过看报才得知交易已经取消。”

修道院的修士针对交易举行了最后投票,改变了主意。

“我是那么尽心尽力，”薛瑞佛说，“得知交易告吹，我简直气炸了。但我让史蒂夫去处理。”

史蒂夫·斯图尔特相信，既然他的房地产中介公司已取得代表修道院的权利，也已经找到兼具意愿与能力的买主，那么修道院就得给他中介费。他写信给罗马的宗座代表，并主张对修道院享有留置权。但司法部没有人会出面证实监管局有意购买修道院。

“每个人都在寻找一举成名的机会，”吉姆·洛伊德在返回佛罗伦萨的途中对我说，“一如多数人，汤姆·薛瑞佛没有成功。”

我第二次尝试渗透佛罗伦萨 FCC 之举发生在安全等级中等的联邦改造中心。一如 ADX，FCI[①] 也是个展示厅。它以人道著称的特色包括一间提供给美洲原住民举行仪式的“发汗屋”、六张标准台球桌、一间画室，以及一间藏书包括精装本《万有引力之虹》和沃尔特·考夫曼[②] 的黑格尔研究在内的图书馆。人行小径在偌大的园区中央纵横交错，翠绿的草地都是囚犯穿卡其服用刈草机刈的。FCI 犯人近半是因违反毒品法而服刑。

我的向导，个案管理协调员丹妮丝·施奈德给我安排了详尽参观 UNICOR 家具工厂的行程。UNICOR 是半独立的联邦公司，就像美国邮政。它经营监狱管理局的工厂，产品只卖给联

① Federal Correctional Institution（联邦改造所）的简称。

②沃尔特·考夫曼（1921－1980），德裔美国哲学家、诗人。

邦买主。佛罗伦萨 FCI 的产品是舒适、不具个性的椅子和沙发。在这里工作的囚犯时薪在四十美分到一美元二十五美分之间。我看到堆积成塔的泡沫橡胶、空气动力的钻机、挂在一圈圈黄管子上的订书机、一间惹人好奇的粘贴室，以及一大堆身穿卡其服的男人。

UNICOR 会对你进行实地工作培训——据称培训课程的目的之一是向囚犯提供“市场技术”，但若要进 UNICOR 可爱的现代化办公室坐办公桌，你先前必须在外面的世界有实务经验。每一张桌子后面，现代之眼以为会看到戴手镯、垫肩膀、梳蓬松刘海的年轻女孩的地方，却都坐着蓄胡子、留长发、穿卡其服、正利落地敲着键盘的男人。一派滑稽、超现实的感觉。

在这趟参观 FCI 的行程中，个案管理协调员施奈德对我向她努力施展魅力、逢迎讨好之举无动于衷。她的穿着和发型都朴实无华，而她显然一直在算时间，看还有多久才能摆脱我。不过，在我离开时，她的专业气质张开了小小的裂缝。

“我大学时主修心理学，”她说，并解释她如何取得了刑事司法的双学位，“一个教授告诉我她觉得我非常适合修犯罪学。那适合我的本性。我喜欢在人们不知道的情况下调查他们并有所发现。”

我问她有多少监狱员工住在佛罗伦萨或附近其他城镇。我记得韦恩先生不住这一带。

“上头鼓励我们住在附近，”施奈德说，“但我找得到的最近的托儿所在普韦布洛。黑人行政官员或许喜欢住在附近，但他们自觉在佛罗伦萨或卡农城不受欢迎，所以最后仍选择一小时车程的普韦布洛或科罗拉多斯普林斯。比如我们的典狱长就是黑人，他没办法住附近。”

一九八七年六月，在修道院交易告吹后，费里蒙特县经济发展委员会（FCEDC）从吉姆·琼斯那里得知，监狱管理局决定从零开始，在美国西部建设全新的监狱园区。FCEDC 赶紧开发费里蒙特县境内四个可能的地点，而琼斯特别中意由科罗拉多惩治部所有、位于卡农城和佛罗伦萨之间的一块地。FCEDC 向他保证，他可以无偿取得那块地。

一九八八年五月，吉姆·琼斯问 FCEDC 执行董事史基普·戴尔，如果兴建规模更大、或许包含三座监狱的园区，社区会有什么反应。“他们会把你抱得更紧。”戴尔回答。

尽管西部各地经济萧条的社区都向监狱管理局求爱，后者也至少研究了其中五地，但费里蒙特县跑在内圈。然而，就在看似万事俱备时，科罗拉多州议会却拒绝批准把那块地当作礼物送给联邦。“我们原本对取得那块州有地相当有把握，”戴尔说，“当计划失败，我们觉得必须趁热打铁。”

铁由佛罗伦萨“吉姆服饰”的老板打。吉姆·普洛芬萨诺体格魁梧，有一双温柔的褐色眼睛和橄榄色的皮肤。他的父亲是位意大利裁缝师，于一九一六年来到科罗拉多佛罗伦萨，靠当地矿工立业：他在矿工进矿坑时帮他们丈量身形，趁他们开采时缝制，等他们从里面出来后，就拿得到衣服。普洛芬萨诺家的儿子是全国监狱督导委员会的委员，他知道佛罗伦萨南端就有一个替代地点，吉姆·琼斯也认为合宜。那块地要价十万美元。普洛芬萨诺告诉他一个任职于落基山信托银行的朋友，如果银行愿意出一千美元买佛罗伦萨那块地，他也会出一千美元。

“要我拿出一千美元可能比把人送上月球还难，”普洛芬萨诺说，“但我们只有两个星期，而我知道联邦对那块地有兴趣。所以我说：咱们把它买下来吧。我最主要的目的是让我们的店迈向七十五周年。我希望我们能给当地提供就业机会，并让我们的孩子有地方工作，如果他们愿意在这里工作的话。”

在普洛芬萨诺的推动下，FCEDC 很快发起募款活动。“那就像一种人人都得的流行病，”普洛芬萨诺说，“像一场拍卖会。每个人都在质押，你也得质押。”不到两星期 FCEDC 就有了八万美元存在银行，另外还有抵押来的六万美元。到了一九八八年夏天，它便能够将三百亩沙漠的所有权送给监狱管理局——实现无偿供地的承诺。

一九九〇年七月十四日，佛罗伦萨举行破土典礼。镇外的显要人物在镇公园的烤肉会上露面。纪念该仪式的鹤嘴锄现仍挂在佛罗伦萨商会的墙上。同样挂在墙上的还有园区内四座监狱的水彩画，全都裱了框。画的上方，两个一模一样的钢制花环被牢牢粘在镶板上。一张艺术字体的卡片将花环指认为“联邦监狱的刀片刺网”。

对美国及国际媒体来说，ADX 是新千禧年的展示中心，但就在卡农城东侧，比 ADX 早十五个月开张的新科罗拉多州立监狱（CSP），其原理与 ADX 如出一辙，也设计得同样周详。你不得不佩服联邦让大众相信 ADX 有新闻价值的本事。

CSP 派给我的向导，行政主任丹尼斯·伯班克，跟路易斯·韦恩有天壤之别。韦恩先生是从外地调来的；丹尼斯是本地人。韦恩先生性情温和、言谈得体，擅长放过主动提供信息的明显机会；丹尼斯会表露情感和己见。他可以自如地运用“利用”和“个人”之类的词语，让它们听来像俚语一样。说到联邦 ADX 时他可以表现得神采奕奕（“我好爱那种单人隔离牢房”），但一想到俄克拉荷马州的惩治措施，就明显会禁不住发抖（“如何不作为的范例”）。跟我碰面时，他系着一条红白蓝相间的相当丑的领带。领带上印着一个孤零零的词：自由。

如丹尼斯所说，CSP 旨在提供一种严厉的爱：做多数居民或许都未曾有过的那种严格、起矫正作用的父母。如果你遵守规定，学会控制你的反社会冲动，你就能从非常不愉快的第一级（没有优待，连去冲澡都要由两个警卫护送）晋升到没那么不愉快的第三级（有更多钱可以花，也有更多个人自由），最后，经过半年或一年，便回到可以和狱友们互动的监狱。这是“代尽父母责任”的理论。CSP 的目的是要让孩子气、行为鲁莽的囚犯铭记，围绕他的世界是真实的，而且他要对它负责。

CSP 的员工投注了相当大的独创性来为特定挑衅量身定做“行为管理计划”。例如，朝警卫扔粪便会被剥夺日常监狱食物。投掷者会被强制执行“特别管理饮食”：一条黏糊糊的高蛋白面包，丹尼斯形容它“不是非常可口”。我极尽优雅之能地问，特别管理饮食能否改变摄取者排泄物的本质。丹尼斯说不能。那种饮食只是传达一个信息：别再顽皮，我们就会给你吃正常的食物。

当我表露心中对 CSP 可能造成感觉剥夺症的不安，丹尼斯遂找来一个专家——名叫吉尼·艾斯皮诺沙的社工，他告诉我，其实囚犯们并没有那么孤立。除了每天与监狱员工频繁接触，囚犯也可以从自己的牢房呼喊彼此，轻叩墙壁，还可以在认为没有人在看的时候，把床单卷成“老鼠线”，然后把长长的线从牢房门下推出去，尝试鞭打其他牢房的门。如果你有办法“屁入”一些烟草（这是丹尼斯的玩笑话，意思是把东西偷偷塞进直肠，躲过简单的“张开”检查）并希望卖给邻居，老鼠线就是你进行交易的好办法。

我指出，艾斯皮诺沙所说的有益心理健康的接触，其实是违反规则、会招致处分的，这使我和丹尼斯陷入片刻的尴尬。丹尼斯这样化解矛盾：“囚犯不被允许彼此交流，但他们还是在交流。”

CSP 目前是“客满”状态。六月时，共有四百八十六个男人和十三个女人被囚禁在这里。CSP 的四个“单元”都有自己的医疗检查室和理发厅（后者兼作心理健康咨询室），用意是尽量减少囚犯离开所属单元的时间。单元的正中央是两层楼的控制区，八个“豆荚”从中心向外辐射。控制区上层被玻璃围住，有两名警卫监视控制锁、灯光、对讲机和水流等的大型彩色屏幕。丹尼斯说屏幕原本是触控式的，但警卫发现自己打个喷嚏或拂一下袖子门就开了。现在它们使用跟踪球和点击器。

每一个豆荚包括十六间分占两层楼的牢房，面向外头有上蜡混凝土地板的“日间大厅”。“控制单元”的第一原则是，没有囚犯可与其他囚犯直接接触，而这里的电子设备对进出管制有着精巧的设计。受第一级和第二级惩戒的囚犯必须上手铐，任何时候离开牢房都必须由两名警卫陪同；对第三级的奖赏是准许在无警卫陪同的情况下行走五十英尺到淋浴间、运动室或电话亭。每一个单元都混住不同等级的囚犯，因此第三级的特权被每个人看在眼里。

任何时刻都有八到十间牢房一片死寂。玻璃后方，一名金色胡子的囚犯正默默地在一楼的运动室里健身，器材是一个单杠。在二楼的运动室，一名留着半长圆蓬式发型的囚犯脸贴着窗，看着外头什么都没有的午后。（CSP 没有户外休憩区。）还有一两个囚犯脸贴着牢门的窗户。还有一个在淋浴。透过豆荚狭窄淋浴间的玻璃门，我可以隐约在蜂蜜色的灯光下看到他的头和躯干。水只会流十分钟，一到时间，豆荚的计算机就会自动关水。如果他需要剃须刀，警卫会在他淋浴前送来，在淋浴结束后取走。

“我仍然难以习惯这地方的安静。”丹尼斯说。

牢房本身则很少安静。电视在CSP很重要——重要到如果某个犯人来CSP时没有自己的电视机，等他离开第一级，狱方马上会给他一台。CSP有自己的电视台，播放自我修养与职业培训的课程（丹尼斯提到“清洁工”这种职业），也播电影和宗教节目。每到星期六晚上有宾果游戏。CSP的娱乐治疗师吉姆·简泰尔把闭路摄影机聚焦在一个旋转的笼子上，从中抽取号码球。他会举行六场游戏，拿到获胜卡的犯人可以把“请求面谈”的纸条递送给他，隔天他会趁巡视时送获胜者一根糖果棒。简泰尔表示，如果星期六晚上请假，他会一连三天收到恐吓信。

CSP的地下室设有所谓的“引入口”。身穿橘色连体裤的犯人从这里进入和离开。当丹尼斯和我前往造访，每间拘留室的窗户上都贴着一张脸。新来的。每个人看上去都约莫二十八岁。白人，西班牙人，黑人，全都健健康康。其中一人对着空气呼喊：“唷！你们第一级一个月能接几通电话？”

我觉得他们在看我，于是小心地不去碰触他们的视线。免得，免得怎样？免得我在晕眩中被他们吸引？免得他们看穿我的恐惧？免得他们把我拉进战争？免得我不得不意识到这个事实：我是自由的，马上将沿公路驰骋，穿过杜松和弗吉尼亚松林，到佛罗伦萨吃晚餐？上初中时我学会了在走廊上避开某些孩子的目光，这样我有时就可以逃过注意，至少不会挨揍。放低视线是顺从的表现——我很早就学会了这点。但那当然也是一种不去看的方式。

引入口的某间拘留室有一扇大窗，而不只是门上的一道狭缝。里面的光头黑人看到我在看他。我移开视线，然后又看回去，他给我一抹诡异的笑——我觉得我没有过分解读，那是在嘲弄地模仿那种会心一笑，但同时也是一种信任的表示：信任我或许能会意并共享他的嘲弄。我回以诡笑，笑得太开了。它从我脸上脱落，我避开眼去。

那些想象佛罗伦萨镇会在联邦倾注的资金下蓬勃发展的监狱推动者，似乎遇到了一些意外。佛罗伦萨 FCC 的大规模工程合约都给了费里蒙特县外的大公司，而许多希望从事建造工作的佛罗伦萨人，都未通过背肌力测试。没得到就业机会，反而招来交通、灰尘和红火的酒吧生意。到了为 ADX 配备人员时，有意尽可能提升其样板机构专业性的监狱管理局从美国其他地方引进了经验丰富的警卫和行政官员。园区里大部分的清洁、洗衣、刈草和厨房工作都由囚犯完成，至于开放给当地人的职务，应征者的年龄上限为三十七岁。对一个以退休居民为主的城镇而言，这无疑是不可接受的；参加市镇集会的民众说这事“令人震惊”。

吉姆·普洛芬萨诺希冀监狱惩治官员会在他的店里买制服。不幸的是，他说，“他们希望我以低于成本十美元的价格把靴子卖给他们，不然就去找固定的政府供货商。我要怎么跟他们竞争？”FCC 的一些维修工人会找普洛芬萨诺买制服，但对他西部服装存货的需求几乎没有增加。

当普洛芬萨诺评估他一千美元赌注的收益时，他愈说愈忧虑，愈说愈小声。“我不想语带消极，可是……”他相信佛罗伦萨终会繁荣，但他坦承，吉姆服饰的生意不如他的预期。“我不知道这家店有没有办法再撑两年。”

“我很同情我们的商人，”深谙市场的佛罗伦萨镇镇长莫莉·斯特里克兰说，“他们试着在这个基本上被服务经济占据的市场中生存。我乐于见到欣欣向荣的商业社区，但他们面临的问题跟我的家具店遇到的一样：人们会去最便宜的地方买商品。如果你想在这里成功，就得从服务着手。”

斯特里克兰带我去看佛罗伦萨新建的九洞熊掌高尔夫球场，从它的练球场和练习果岭可全览 FCC 的北区阵地。兴建熊掌球场部分是为了吸引据称相当热衷高尔夫的监狱官员，部分是为一项住宅开发案打下基础。在一条满是车辙的碎石路尽头，数栋超大样板房提供了电篱笆的美景。

斯特里克兰表示，佛罗伦萨的水利建设可维持两万人口居住。水是这个城镇的一大收入来源，卖给外地客的价钱比自己人贵五成；每个月卖水给 FCC 的毛利约五万美元。“我们有些议员喜欢说，本镇最大的资产就是镇民，”她说，“我碰巧相信，我的选民所拥有的最宝贵的资产是水。”

我告诉斯特里克兰，我不认为监狱养得了镇上的新兴住宅区。

她一副不屑的样子。“成长不是来自监狱。是来自像这座高尔夫球场之类的设施。这也是整个富朗地区成长的因素。一小时赚十二美元的警卫不会在这里找地方住。我也听很多监狱行政人员说，他们个人不喜欢住得离工作地点那么近。”

至于监狱推动者，斯特里克兰说：“他们都以为圣诞老人要来了。但世上没有圣诞老人。”

吉姆·普洛芬萨诺似乎也有这样的领悟。他已经了解，员工在下班、离开监狱园区之后，想要直接回家，而非在佛罗伦萨停留和购物。他打趣说，当地的商人应该花钱在去往普韦布洛和科罗拉多斯普林斯的路上装测速器，好让人们无法那么快抵达购物中心。

“人们先入为主地认定，因为我这里是小镇上唯一的一家店，我的价格当然得高一点，”普洛芬萨诺说，“事实并非如此，这一代的孩子只知道沃尔玛，只知道购物中心。”

原本只答应跟我讲“几分钟”的普洛芬萨诺，最后跟我聊了一个小时。我准备离开时，表现出对一条李维斯裤子的兴趣，他证实了我以往遇到过的连锁店销售员总是激烈否认的事：同样尺码的 501 系列，剪裁差异颇大。他没有我想要的 32 × 34 码防缩水款——他的货不多——但他可以经过仔细测量和比较，帮我找出一条剪裁够小、恰好合我身的 33 × 34。

“我跟李维斯有些过节。”他一边敲收款机，一边说。（售价是连锁店的价格。）“他们说我销量不足。我们卖李维斯卖了六十年了，现在他们嫌我销量不足。”

在亲切地取笑我日益增长的腰围之后，他问我穿多大的衬衫，接着便送我一件 T 恤搭配我的新牛仔裤。T 恤上用模板印了联邦监狱的图案。

如果莎士比亚的理查德二世住过二十世纪三十年代的恶魔岛，或许会注意到它独一无二的设计和环境、周遭的壮丽景色，以及安全性有瑕疵的浪漫。佛罗伦萨 ADX 的理查德二世则会在枯萎的风景中看到完美、不玩个性的实用性。拿他当年待过的监狱和一九九五年的世界相比，他一定会发现钱的功用。有钱的状况，没钱的状况。

ADX 和 CSP 象征“未来”之处不在于高科技的装备（你不会看到科幻电影里的外骨骼装置或爆破机枪），而在于那些装备即将于其中产生作用的社会背景。我们不难将政治经济解决方案的逻辑套用在犯罪问题上。在许多方面，从我们不尽愉快的现在可以瞥见未来。比如，随着纽约州监狱人口暴增，纽约市的谋杀案率直线下降。纽约州系统的犯人有四分之三来自纽约市的七个贫困街区。显然仅仅把问题锁起来的办法确实可行。

全美各地，针对犯人的教育课程日益衰落，死刑持续增加，愈来愈多立法者吵嚷着要减少囚犯的消遣，并从监狱劳动榨取更多收益。

父亲在狱中、所在社区仅能提供杂物装袋工作的黑人或拉美裔青年，一旦犯罪被起诉，就会被送往乡下白人社区的“仓库”。在一击未中与三振出局之间，有个悲观的循环：贫穷的年轻人满怀怨恨出狱，找不到工作；不可避免地又犯了罪；不可避免地，又有无辜的受害者。残余犯罪是在美国做事的成本，而产生的收益就是使大众对犯罪的恐惧变本加厉。

在此，社会进化论者或许会深思我们的经济发展之美。媒体报道犯罪（尤其是比例极低的针对白人的随机施暴）是因为犯罪好卖钱——因为白人听众喜欢听这个。于是，犯罪开始被密集地以脱离情境且非常适于销售的方式报道，这成了犯罪流行病的证据；听众说他们“烦了、腻了”，但每个营销人员都知道这种事其实永远听不烦、听不腻，而这赋予选出的民意代表们“强硬起来”的权力。因此，罪犯被妖魔化。“我们”与“他”的距离愈拉愈远，从而，在这个发明西部片、犯罪片和陈词滥调的新闻的国家，在这个颂扬詹姆斯兄弟、邦妮和克莱德[1]的地方，我们永远能听到我们最不想听也最想听的故事。通过先是喜爱而后惩罚我们的杀人犯，我们不断试着驱除美

①指 1967 年美国犯罪片《雌雄大盗》中的主角，为一对鸳鸯大盗，游走美国西南部各小镇，最后以悲剧收场。

国人的那些标志性的矛盾。我们对犯罪爱恨交织的爱是美国强势介入他国边境纷争的源头。

最后，当黑人或拉美裔青年第三次击球失败，他会被押回监狱，终生待在一个维持内部秩序、通过强迫囚犯以一美元甚至更低的时薪从事自由人不肯以最低薪资从事的卑贱工作来赚钱的系统。对于不肯合作的囚犯，总是有像 ADX 和 CSP 这种施以仁慈惩戒的短期治疗所。乍听之下，雷瓦索尔对 ADX“原始科技法西斯主义者的建筑梦遗”的形容像是陈腐的夸饰。但想想法西斯主义的原始（意大利）意义：让政府以企业式冷酷无情的效率运作；让火车班班准点。法西斯主义真正的本质是一种爱国的社团主义，以效益之姿呈现。从我们在费里蒙特县打造的未来来看，因“政治犯”身份而看似异类的雷·雷瓦索尔和穆杜鲁·夏库尔，其实是该系统最典型的囚犯。或许，美国监狱里每一个囚犯的背后，确实都有一段关于某个个人不负责任的故事。但这一百五十万个故事的整体，不只是各部分相加的总和。这个整体叫“政治”，而雷瓦索尔和夏库尔是其代言人。他们说，关于我们做事情的方式，想想狱里那一百五十万人说明了什么。

问题就在这里：联邦人员对我并不友好，他们的拘谨沉默无法缓和。然而从与我谈话的每一个科罗拉多人身上，都看得到希望、梦想和恐惧。我只用一个小时便爱上了他们。他们对什么都没把握。他们看起来比白天被关在园区、黄昏便通勤回西普韦布洛的联邦公务员更自由，又更受束缚。他们可以自由地担忧或怀疑，却被悄悄渗入美国最后几个传统社区的控制机制与现金流俘虏。他们被联邦机构俘虏，后者让城镇希冀建造领域工作的机会却未加以实现，允诺兴建三座监狱后又增添了一座魔鬼岛，暗示会和当地商人做生意，结果却用了预定的供货商。他们也被带状商业区和千篇一律的住宅区不可避免的效率俘虏。这里没有阴谋，没有刻意的欺瞒，没有天大的讽刺。在这片台地被侵蚀、矿产枯竭的山谷，只有逐步凋零的纯真。当莫莉·斯特里克兰说她的社区的最大资产是它的水权而非百姓时，她说得对极了，但又错得离谱。

夜晚，沙漠里的监狱像反应炉，像发射台，像其他休眠的联邦建造物一样闪闪发光。从几英里外，你可以看见铁丝网里没有任何东西在动。

一九九五年

艰深先生

去年冬天有一阵子，在我的第三本小说出版后，我收到许多封陌生人寄来的怒不可遏的信。让他们恼火的不是小说——那是一部喜剧，讲述一个深陷危机的家庭——而是我通过媒体说的几句欠考虑的话；我明知大可用一句温和平淡的解释回复他们就好，多说多错，但还是忍不住稍加反击。我效法我的一位老文学偶像，一直对读书界分不清作家的作品和作家私下的自我深感遗憾的威廉·加迪斯，请写信的读者看我的小说，而不是听新闻里对小说作者的歪曲报道。

几个月后，一位曾写过信给我的M女士——住马里兰州——回信，并附上她已读完小说的证据。她洋洋洒洒地列出从我的小说中选取的三十个花俏词语，例如“昼行性”“对跖点”这种词和“电子点彩画派的圣诞老人脸”这样的说法，然后提出一个可怕的问题："你写这些是要给谁看的？显然不是只想享受一本好读物的一般读者。"她还给出以下描述讽刺我和我预设的读者：

> 纽约精英阶层，漂亮、苗条、有厌食症、神经质、世故、不抽烟、三年堕胎一次、喷抗菌剂、住豪华阁楼或顶楼，读《哈泼氏》和《纽约客》的高等人类。

这段话的弦外之音是，小说的难度是社会特权阶层读者和作家的工具，这些人瞧不起读一本"好读物"的天然乐趣，而属意那种惹人厌的、感觉高人一等的人工乐趣。对 M 女士来说，我是个"爱炫耀的自大狂，一个十足的浑蛋"。

我父亲向来钦佩学者的非凡才智和庞大的词汇量，他本人也称得上是个学者，而我继承了父亲的这一点，这部分的我很想回敬 M 女士几句。但我的另一比重相当的部分，却因为得知 M 女士觉得被我的语言排拒而深受打击。M 女士的语气有点像我母亲——她一辈子都是个反精英主义者，把神话般的"普通人"的修辞发挥得淋漓尽致。母亲可能会问我真的非得用"昼行性"这样的词不可吗，还是只是为了炫耀。

在 M 女士的敌视面前，我发现自己动弹不得。原来，就小说与读者的关系，我同时认同两种截然不同的模式。在第一种受福楼拜拥护的模式中，最好的小说是出色的艺术品，成功写出它们的人应该得到不凡的荣誉，而如果一般读者排斥这部作品，那是因为一般读者缺乏素养；任何小说，甚至是平庸之作，都独立存在，与人们是否有能力欣赏它无关。我们可以把这称为“地位”模式。这种模式会引发关于天赋和艺术史上的重要性的论述。

与之相反的模式是，一本小说代表作家和读者之间的一份契约，由作家提供文字，读者利用它们创造愉快的体验。因此，写作需要平衡自我表达和团体交流，不论那个团体是《芬尼根的守灵夜》的书迷还是芭芭拉·卡德兰的粉丝。每一位作家最早都是某个读者群的成员，而阅读和撰写小说的终极目的就是为了维系一种联结感，为了抵抗关乎存在的孤独；因此，一本小说唯有在其作者能维持读者的信任时，才会获得读者的青睐。这叫“契约”模式。这里讲的是愉悦和心领神会。我母亲一定会喜欢。

在“契约”模式的追随者眼中，“地位”那群人是傲慢自大、把鉴赏力挂在嘴边的精英。相反地，对由衷信仰“地位”模式的人来说，“契约”是媚俗、在美学上妥协的秘方，是彼此竞争的文学亚群的标签。当然，就某些小说而言，两者的差异没那么重要。《战争与和平》《欢乐之家》：你说它们是艺术，我说它们是娱乐，我们都会翻开来读。但当读者发觉一本书难读的时候，这两种模式就会产生显著的分歧。

根据“契约”模式，困难是麻烦的征兆。在最严重的情况下，它甚至可以宣判作家违反了社群契约：将自我表达的需要、个人虚荣或文学俱乐部会员身份摆在大众读者对心领神会的合法向往之前——换句话说，浑蛋一个。若拿自由市场最极端的观念来理解，“契约”模式规定，如果某件产品不合你的意，错一定在产品。如果你被一本小说中某个冷硬的用词崩断牙齿，你可以去告作家。如果你的教授将德莱塞放进你的书单，你就写出措辞严厉的学生评价。如果本地交响乐团演奏太多二十世纪的音乐，你就取消订位。你是消费者——你来裁定。

从“地位”模式的角度来看，困难往往象征卓越：它暗示小说作者鄙弃廉价的妥协，忠于艺术眼光。这种模式主张简单的小说没什么价值。少数读者经过辛苦付出，慢慢穿透神秘，发挥耐力而获得的愉悦，才是最值得拥有的愉悦；如果你像M女士那样读不来，那就见你的鬼去吧。

无可否认，“地位”模式奉承了作家的“重要感”，但我骨子里却是“契约”类的人。我生长在一个平易近人、崇尚平等、为消遣而阅读的郊区。即便成年后，我也自认是个懒散的读者。我曾开始读（很多情况下，不止一次）《白鲸》《没有个性的人》《梅森和迪克森》《堂吉诃德》《追忆似水年华》《浮士德博士》《裸体午餐》《金碗》《金色笔记》，但距离读完都很遥远。事实上，在我这里稳稳领先、被我主动全部读完的最难读的一本书，就是加迪斯九百五十六页的小说处女作：《承认》。

加迪斯的最后两本著作在今年秋天，他逝世四年后才出版，他若在世，今年十二月将满八十岁。一如同代的美国作家，他大方拥护“地位”，鄙视“契约”。他的写作方法固然愈来愈后现代，但他有着旧式浪漫主义和高度现代主义的观念，认为艺术家是救世主，艺术作品是非凡而神圣的；艺术和艺术家在为商业疯狂的美国所面临的困境，是他作品的重心。这样的作品，本身就是难读的典型。

回到九十年代初，我把阅读《承认》视为一种苦修。前一年，也就是住在不同时区的父亲精神错乱期间，我写了两篇论文和一部“原创”剧本的四份完整草稿。没有实际金钱报酬，有的是一位好莱坞经纪人的热情支持，不知是出于怜悯还是疏忽，他从未提起我的故事和我没看过的电影《我爱上流》有致命的雷同。我的故事有两倍的磨难和三倍的利用特效化妆来模仿其他人物的人物。我在怒火中度日，因为你知道你努力那么久的成果，已经变成假冒、不诚实的作品。到九月，我终于放弃了这个项目，当时我书房的一面墙已经满是破损和凹痕——我一直朝它扔铅笔、底稿、鞋子和电话簿。我借了钱，离开费城到纽约三角地租了一间漆黑、家具不齐全的阁楼（没错，M 女士，就是阁楼），那里的寂静只被飞进通风井的朦胧鸽影打扰。我原本希望写点小说，但厌倦了利于阅读的叙事、完美铺设的情节和讨人喜爱的角色。一天晚上，在严重恍惚中，就像某个出门去弄麻醉品的人，我走上第六街，买来了装帧精美、最近刚重新发行的企鹅版《承认》。

此后一个半星期，我每天都从早餐桌走到一套米黄色仿麂皮沙发旁坐下来，打开一盏灯，一口气读六到八小时。我对加迪斯有某种出于职业的好奇，但读个几百页的《承认》就应该能获得满足。我坐着，神游般额外又读了七百页，仿佛双脚踩着一道陡峭的山坡往上爬。我不愿为任何理由离开我的仿麂皮栖息地。我坐在那里花着借来的钱，我可以为此辩护的唯一方式，就是在固定的时间爬那座山，让它成为一项固定的工作。

那座山上到处都有拉丁文、西班牙文、匈牙利文和其他六种语言的引文垂降。晦涩典故的暴风雪盘绕着博学的悬崖峭壁；对炼金术和佛拉芒人的绘画、拜日教及早期基督教理论，都有险峻的论述。散文以动辄长达一页的缺氧段落出现，而小说的情感温度一开始就冷，然后愈来愈冷。主人翁维亚特·葛文像小孩一样可爱（“一个愤愤不平的矮个儿”），但作者挖苦式的评论和对于智识的执着，却让人无法对他产生亲密感。很难揣测故事到底在讲什么，或是在讲谁；对话老被破折号打断，没头没尾；维亚特本人逐渐缩小为一个鬼鬼祟祟、甚少被提及的人称代词（“他”）；接着，残暴的派对场景，全是对话、肆虐数十页的文字风暴到来了。唯一原本可能支持我继续攀爬的随身营养品，是对加迪斯所受影响的熟悉，或许艾略特和罗伯特·格雷夫斯是不错的干粮，但我没想到带。我孤苦伶仃、毫无准备地站在一座陡峭、酷寒、空气稀薄、地图画得很差的山上。我已经提过《承认》有九百五十六页了吗?

但我爱不释手。在这部小说隐藏的尖塔里，在它层层象征主义的云雾之后，在它“垮掉的一代”反叙事的隐蔽峡谷之外，是个探讨个人诚信丧失以及重建它有多困难的故事。维亚特原是个有天分的画家，三十出头时曾就读于神学院，现住在纽约，婚姻不幸福，靠制图师工作勉强度日。他已经放弃当画家的抱负，或许是因为一个受贿的法国评论家把他的早期作品批得一文不值，但更可能是因为他个性出奇认真，始终找不到适当的答案回应童年时一个清教徒姑婆对艺术的谴责:“我们的主是唯一真正的创造者，只有邪恶的人才会试图模仿他。”一天，在纽约，一个名叫雷克托·布朗的美国资本家兼艺术收藏者提出一个浮士德式的交易：由维亚特伪造昔日佛拉芒大画家的作品，由布朗高价卖出。维亚特答应了，但早期的几次成功之后，维亚特显露出太多不必要的骨气。他考虑重新投入宗教研究，但当他回到新英格兰的家中，发现原为新教牧师的父亲迷上了拜日教、精神陷于错乱。于是维亚特展开一场漫长的类朝圣之旅，先去纽约努力揭穿自己的假画，再前往欧洲。最后，在九百页，有人看到他离开西班牙一所修道院，终于打算“从容不迫地生活”。在克服美国新教徒对艺术的疑虑，也挺过美国新教徒市场危险的吸引力之后，他似乎终于步上成为真正的画家之路。

当时，在山坡上的我并未意识到要抓住维亚特的故事和我所处境况的相似之处：我们都在下曼哈顿过着与世隔绝的生活，作品都卖不了钱，都对艺术产生了极度认真的怀疑，都迫切需要苦修，父亲都疯了。当时我只是很高兴找到一本难读的好书来读，也为自己能够驾驭它而感到意外。跟随维亚特的朝圣成了我自己的朝圣之旅。那十天，虽然常有鸽子咕咕地叫，那间阁楼却是我待过的最安静的地方。深刻的、形而上的安静。抵达《承认》的最后一页时，我觉得自己已经做足准备去面对正在外面阳光普照的世界里等待着我的离婚、死亡和混乱。我有种圣洁的感觉，仿佛已经跑了三英里，喝了蔬菜汤，看了牙医，报了税，还去了教堂。

“大学”的一个相当不错的定义是，那是一个让人们读难读的书的地方。我自己大学学习的高峰时刻，的确就发生在每一次获得新工具来解开难题时——不得不靠自己理解埃米莉·狄金森有时会说反话时，以及德文教授诡异地咧嘴一笑，问我们约瑟夫·K可不可能有罪时。为了学习反讽、歧义、象征、语态和观点，读最复杂的文本是合情合理的。

那四年的复杂训练产生了一种累积效应。大一时，我觉得靠写故事维生、以小说家为职业、看到自己的名字被印出来很酷。到了大四，我的抱负是创造文学艺术。我理所当然地认定，最伟大的小说应当运用繁复的写作方法，且不容许随便读读，而是值得持续研究。我也想当然地以为这种艺术品所能获得的最高赞誉，就是在大学里被拿来当教材。

我父母不了解这点。毕业后开始写第一本书时，我可以感觉到父亲向我投来怀疑的眼光，可以听到他这样问：“你的能力对社会有何贡献？”在学校，我崇拜德里达、马克思主义者和女权主义批评家等以挑出现代世界的毛病为工作的人。我认为现在我说不定也可以借由撰写针砭现实的小说而对社会有些用处。在马萨诸塞州萨默维尔卓越的公立图书馆，我找到一批学识丰富、忧国忧民的白人男性小说作家。同样的名字——品钦、德里罗、海勒、库弗、加迪斯、加斯、巴罗斯、巴斯、巴塞尔姆、汉纳、霍克斯、麦克尔罗伊和埃尔金——一再于选集和当代评论家满怀敬意的赞词中联袂出现。虽然风格各不相同，但他们似乎全都认定战后的美国出现了什么又新鲜又奇怪又不对劲的东西。他们普遍秉持后现代对写实主义的怀疑，以评论家杰洛米·克林科威茨的话来总结就是：“如果世界是荒谬的，如果被认为是现实的事物不真实得令人苦恼，为什么要花时间表现它？”

为了向自己——如果不是向父亲——证明，我投入的是一项严肃的职业追求，我试着加入这个“行会”。我是你会在波士顿或布鲁克林地铁上看到的那种瘦得皮包骨、戴骇人眼镜、穿二手店衣服的年轻男子，看上去仿佛掌握关于小牌摇滚乐团、前卫文学或影音科技的庞大数据，这些数据库的大小足以提供某种精神保护。而我也本该将加迪斯奉为典范。加迪斯被公认为非常聪明、非常愤怒、非常讨人厌的严肃派作家。《承认》堪称战后小说的原始文本，既为“难读”的祖师爷，也是第一部伟大的文化批评作品，就算海勒和品钦在写《第二十二条军规》和《V.》时没有读过它，这两部作品的精神却被它预先展现出来。加迪斯是神情严肃、穿二手衣、有巨兽般数据库的年轻男子的始祖，而他的抱负，如果摊在大众面前，一定会燎去地铁邻座乘客的眉毛。

我的问题在于，除了少数例外（尤以德里罗为最），就现代文学作品而言，我并不特别喜欢这些作家。我去图书馆借过他们的书（包括《承认》），翻几页就还回去了。我喜欢以小说探讨社会这个概念，也在写我自己的阴谋和末日论小说，对于品钦和加迪斯得到而索尔·贝娄和安·比蒂没得到的学术界和文青界的敬意，也十分向往。但贝娄和比蒂，更别说狄更斯、康拉德、勃朗特、陀思妥耶夫斯基和克里斯蒂娜·斯台德，才是我真正、不为赶时髦而喜欢读的作家。如果说罗伯特·库弗《公众的怒火》和品钦《拍卖第四十九批》打动了我，那主要是因为我喜欢库弗的人物理查德·尼克松和品钦的奥迪帕·马斯。但后现代小说不应着墨于令人喜爱的人物。确切地说，人物甚至不该存在。人物是薄弱、不可靠的概念，就像作者本人，像人类的灵魂。然而，说来惭愧，我似乎需要他们。

直到九十年代，在那部剧本上浪费了一年时间后，我才试着重燃大学时期对真正难读的书的热情。我需要证明我是严肃的艺术家，而非《我爱上流》的不知情的抄袭者，而《承认》

最适合这项任务。读完整本书也赋予我吹牛的权利。如果有人问我有没有读过《烟草代理商》，我可以反击说：没有，但你读过《承认》吗？然后吹吹枪口的烟。

结果，一切都跟我预想的不一样。九十年代并没有很多人问我有没有读过《烟草代理商》。另一方面，我对《承认》佩服得五体投地，不论是它的威力还是我的阅读境况使然。它的人物并不惹人怜爱，但创造者的智慧、热情和严肃却令我震动。我第三本小说的书名，部分就是向它致敬。

征服《承认》几年后，我开始拜读加迪斯的第二部小说《小大亨》，也再次买了精美的企鹅平装本，每天晚上奉献一两个小时读它。这部小说是探讨现代美国的贪赃枉法和社会失序的宏伟喜剧，和《承认》一样耀眼。可惜，我不再有整天的余裕或压力让我投入阅读。一天晚上我在一个长达四页的段落半中腰放弃，接下来几天晚上，我都很晚回家，于是当我再次翻开《小大亨》时，我迷路了。我把它搁在一边，希望另外找个晚上再续前缘。两个月后，我默默把它放回架上。那张书签——漂亮的“售票大师”封套上刊着广告词（K-ROCK FM92.3：给你整个上午的霍华德·斯特恩和全天经典摇滚）——仍插在第四百六十九页，证明我被《小大亨》打败，或《小大亨》被我喧闹的生活打败。

就“地位”模式来看，我完全是个失败的读者。幸好“契约”站在我这边。我已经给了这本书好几个星期的夜读时间，却起不了作用，而现在我更想读詹姆斯·珀迪、艾丽丝·门罗、佩内洛普·菲茨杰拉德、哈尔多尔·拉克斯内斯短一些、温暖一些的作品。在跟《小大亨》激战之后，我想揪住加迪斯的翻领大叫："你好！我就是你想要的那种读者！我一直在寻找一本好的严肃小说。如果你都不能给我一段美好的时光，你觉得还有谁会读你的书？"

但这只让事情变得更糟。正因为我是读加迪斯非常合适的人选，我觉得没读完《小大亨》仿佛背叛了他，辜负了他的期望。我小时候是公理会教友，上大学后直接转向艺术崇拜，而没有留意到转变是怎么发生的，也没有真正信奉哪一种信仰。某天，公理会一位秘书打电话问我还想不想保留会籍，我说不必了，就这样。然而，要离开一个敌人环伺的小教派，比离开主流郊区教会困难得多。我在公理会的经验，完全没有为我打好基础来面对艰深先生的狂热激情和催生内疚感的影响力。

《承认》带有几分中世纪基督徒的特质。这部小说就像一大幅现代纽约风景画，上面有数百个注定失败仍精力旺盛的小人物，由勃鲁盖尔[1]或博斯[2]在木板上绘出，在一层层泛黄的亮漆的映衬下，看上去古旧得不相称。就连书中的蓝天（"又一个蔚蓝

①彼得·勃鲁盖尔（约1525－1569），荷兰文艺复兴时期的画家，以农村生活作为艺术创作题材，被称为"农民的勃鲁盖尔"。
②希罗尼穆斯·博斯（1450－1516），荷兰画家，其画作充满奇思幻想。

的日子”这句一再出现，作为一个引发绝望的主题）都像美术馆里油画的天空那般鲜艳夺目，而在美术馆的墙外，被遗忘的是撰写那部小说的时代：氢弹和陆军－麦卡锡听证会的年代。被漏掉的名字是汉斯·梅姆林[①]，不是哈里·杜鲁门，是帕拉塞尔苏斯[②]，不是猫王埃尔维斯·普雷斯利。

但这本书又绝对是五十年代初期之作。剥去那层博学，你会看到《麦田里的守望者》：严冬在破旧曼哈顿的逗留，在虚假的现代世界对诚实的追求。加迪斯在伪造艺术品的主题上即兴创作，让小说充斥每一种想象得到的诈欺犯、伪造者、装模作样的人和骗子。不过，不同于霍尔顿·考尔菲德，《承认》里的主要人物也都参与了虚假行径。做作的文艺青年奥图·比夫纳在撰写一部他觉得情节“还得再紧凑一点”的剧本。叙述者以一种堪称这本小说的基调的语气，一种既严厉又宽容的语气，戳破了这个谎言：

> （奥图这句话的意思是，还要提供某种情节，促使戈登侃侃而谈，让这个很像际遇较好时的奥图、令奥图钦佩至极的人物形象说出奥图无意中听到，或觉得现在说已经太迟的事情。）

---

①汉斯·梅姆林（1430－1494），德裔尼德兰佛兰德斯画家，创作以宗教画和肖像画为主。

②帕拉塞尔苏斯（1493－1451），瑞士文艺复兴时期的物理学家、植物学家、炼金术士、占星家，创立了毒理学。

维亚特·葛文或许是作者艺术理想的浪漫投射（他的妻子艾丝特不高兴地呼喊："你野心真大！"），但似乎，奥图才是体现加迪斯自身的困惑、屈辱和失望的人。奥图的生平和加迪斯有诸多雷同：成长阶段都没有父亲、都在中美洲待过而后徒手划香蕉船回到纽约，手臂虽未受伤，却都吊着别致的吊腕带——我怀疑这本书之所以洋溢调皮的虚构氛围，部分是因为加迪斯本人也在他自己的嘲讽之中。

《承认》中有个真诚的艺术家是笃信天主教的年轻作曲家史坦利。在书中，史坦利从头到尾都在写一首由管风琴演奏的安魂曲，他希望能在意大利北部一座快要倒塌的老教堂里演奏。在最后几页，随着小说场景绕回欧洲，史坦利去了那座教堂，在没理解管理人"不得演奏任何不和谐或低音太重的乐音"的警告的情况下，开始弹奏那首安魂曲。教堂倒塌了，他当场丧命，然后《承认》以它最为人熟知的一句名言收场："他的大部分作品都被重新寻获，至今在被提到时仍好评不绝，只是很少被人演奏。"

《承认》里另一段著名的话，是维亚特在妻子艾丝特对某位知名诗人（或许是奥登）是同性恋一事表示惊讶后说的。他斥责妻子对"作家和画家的私事"的兴趣是荒淫的消遣，怒吼道：

> 当他完成作品后，还剩下什么？除了作品的渣滓，艺

术家还留下什么？一路尾随的人性的混乱。作品完成后，除了混乱的辩解，那个男人还能剩下什么。

加迪斯把艾丝特描绘成“有牙阴道”，一心想跟男性艺术家上床，“吸收那些她一直得不到的特质”。维亚特开始逃避她，躲入寒冷和抽象，而加迪斯也以同样的方式逃避读者——仿佛对他而言，与大众交流是一种极有可能玷污他主题的纯粹性的消遣。加迪斯曾公然宣称要努力写出能“流芳百世”的文学，因此对他来说重要的不是孱弱的、肉身的艺术家，而是死后之名。虽然有家庭，有许多朋友，有可以尽情闲聊文学的忙碌的社交生活，但他始终不肯曝光在大众面前。这般严格的戒律，是受到威胁的少数教派用以抗拒主流文化诱惑的一种方式，而五十年代的加迪斯有诺曼·梅勒和杜鲁门·卡波特等作家禁不起诱惑的先例。于是他选择当信仰的纯粹主义者。在他五十年的作家生涯里，他只接受过一次有内容的访问，来自《巴黎评论》。他发表过一篇简短的自传性随笔，一场大众读书会也没有举办过。

并非媒体过度关注是什么大问题。《承认》是由哈考特·布雷斯出版公司在一九五五年发行的，营销上主打“大家都在讨论这本备受争议的书！”。《承认》获得五十五篇评论，即便用今天的标准来衡量也是相当惊人的数字，但就像威廉·加斯在他为企鹅版写的导读中所说：“这些评论中只有五十三篇很蠢。”

《纽约客》给了这本书简短、嬉笑式的否定（“字、字、字”）;《纽约邮报》的道恩·鲍威尔则献上错误连篇的讥讽。精装本的销量在五千册左右，就一个默默无闻的作者的第一本高难度小说而言不算差。但这本书只得了一个装帧上的奖项，也很快就从大众眼前消失了。

“我不是没这样想过。如果《承认》的出版让我获得诺贝尔奖，我也不会太意外。”加迪斯在一九八六年这样告诉《巴黎评论》，又说这本书的接受度一直“发人深省”和“令人汗颜”。或许这部小说若得到更响亮的喝彩，加迪斯就会轻松一点；或许维亚特那种“他们到底要什么”的激烈言谈，一如他其他清教徒式的言行，就会被视为一个瘦弱年轻人对于长大的态度。但我对此表示怀疑。这本书反映的是日常世界对艺术超越现实的特质有多么不在意，书末那段话（“好评不绝，只是很少被人演奏”）显然就在预示本书的接受度。你若期待你的边缘小说获得主流赞赏——好比卡珊德拉期盼人们感谢她告诉他们刺耳的真相——那你注定要失望，注定再次强化你拒不接受世界的状态,注定禁欲苦修,注定继续当一个打从心底愤怒的青年。在《承认》出版后的四十年里，加迪斯的作品愈来愈愤怒。这是文学后现代主义一个标志性的诡论：作家最不愤怒的作品，会最早写出来。

加迪斯的愤怒有些似乎是被嵌入他灵魂里的。生于一九二二年的他，先是和母亲一起生活在长岛马萨佩夸一栋老房子里，五岁到十三岁在康涅狄格一所小型寄宿学校就读。五岁，就寄宿学校而言相当年幼。我觉得“五”是加迪斯传记里一个至关重要的数字。《小大亨》里，加迪斯的另一个自我，一个名叫杰克·吉布斯、跟他一样五岁就被送去寄宿学校的愤怒酒鬼，说到“我从会走路那天起就是个麻烦”，也描述了寄宿学校里的孤寂：

> 入夜后我独自在那列车上，那些康涅狄格小镇的光亮了起来，车停下时我看向窗外，两眼盯着街角要价一块钱、连奶油都没涂的干奶酪三明治，终于车开进了那荒凉的车站，我不敢下车不敢逗留……校车在那儿等……像一辆该死的、敞开的灵车，以为任何人都期待长大。

年轻时的加迪斯是个无赖兼酒鬼。因肾病不必入伍打仗的他在哈佛主修英文，后来当上《哈佛讽刺家》杂志的社长，但大四那年因为和剑桥警察发生争执而遭退学，没拿到学位。后来他往返于欧洲、拉丁美洲和纽约，在那颠沛流离的七年里写下了《承认》。《承认》出版那年，他娶了女演员派翠西亚·布雷克为妻，两人很快生了两个孩子。在这里，他传记的气氛骤然改变，异乡场景被五十年代的商业和有孩子的郊区生活取代。就像早他一个世纪的梅尔维尔，加迪斯出门工作以维持在下曼哈顿的生活。他为IBM、伊士曼柯达、辉瑞大药厂和美国陆军等机关企业撰写公关稿（一个IBM的审稿人建议他某一份企划改用“比较简单的风格”，抱怨“通篇文章恐怕结成一团，太过晦涩难解”）。二十年间，当美国的文学口味从称霸五十年代的写实主义转移到《波特诺伊的怨诉》和《第二十二条军规》那种较为滑稽的风格，加迪斯基本上消失无踪了。他先后动手写一本“谈商业的小说”和一部与南北战争有关的剧本，后来双双放弃。他烟抽得很多，酒也喝得很凶。他的第一段婚姻在他住在哈德逊河畔克罗顿期间结束了。直到六十年代尾声他才勉强凑足资助金，全心回到那本商业小说上。

《小大亨》于一九七五年出版时，美国的气氛已迎头赶上，与他一致了。《小大亨》大受好评，还赢得了美国国家图书奖。那厚重、书名题字矮胖的平装本，一如帕蒂·史密斯的黑胶唱片和《枫馆食谱》，在我的大学时代常见于二手书店和“学生贫民窟”公寓。但《小大亨》的书脊常毫无裂痕，使人生疑，封面内侧常被用铅笔写上奇低的售价，一张卷烟纸或脸部特写乐队的票根被当成书签插在第一百一十八页、十九页或五十三页，因为加迪斯的小说空前难读。《小大亨》是一部七百二十六页的小说，全文几乎都是偷听到的话，连问号、“他说”或“她说”都没有，没有任何传统形式的叙事，没有“同一晚”，没有“同一时间在纽约”，没有章，甚至连节都没有，只有成千上万个破折号和省略号，新一批多达数十人的角色，以及以瓦格纳歌剧

《指环》为基础、绕着一个价值数千万美元的商业帝国打转、复杂得可笑的繁复情节，而拥有、经营那个商业帝国的，是长岛一个名叫 JR · 文森特的十一岁学童。

JR 是个会让你忍不住发笑的卑鄙小孩，因为他的年纪还没大到让你憎恨，这个少年把全部生命投入到追求想要的东西、然后拿它换取其他更好的东西当中。首先是和一个同学进行：

> ——哥们儿，什么垃圾，你这什么垃圾东西。这什么啊！
>
> ——是个俱乐部，我推荐的话你就可以加入。
>
> ——什么样的俱乐部？
>
> ——就是这个俱乐部啊，看到没？你踏进去，兴奋就会瞬间笼罩你！你进入一个被柔和、摇曳的火光照亮的世界，那是好几座平敞式壁炉发出的……漂亮的兔女郎来来去去，殷勤招呼——

不久，他就和产业龙头交易了。小说一开始，JR 的六年级老师带全班到华尔街买钻石有线电视公司的一只股票，并“学习我们的系统如何运作”。那只新股票的价格不到几小时就跌了百分之十，当股票经纪人和公司高层对市场、参议员和外国政府进行邪恶操控，还发出一篇公关稿粉饰太平（“你和你国内的其他朋友不必再在我国强大的经济中扮演被动角色”）的时候，JR 在研究钻石有线的规章细则，在问一针见血的问题，例如“委任书是什么？”“那个负二又八分之一又是什么？”进而确定班级持股让他们有权提出股东诉讼。短短几星期，借由扬言提出这样的诉讼并接受和解金，正在学校做公用电话生意的JR取得了他的营运资本。他买下了一百五十万支海军多余的木制野餐叉、纽约上州一家破产纺织厂，以及一系列宛如外旋银河系、匪夷所思的企业：一家酿酒厂、一家印刷厂、一家出版社、一家养老院、一个停尸间。一如他的创造者，JR是名强迫症患者。（他也跟加迪斯一样没有父亲陪伴，母亲则是忙碌的护理师。）他追求他的国家教导他值得追求的事物。他缺乏魅力、没有同情心，做事毫无顾忌，但他还不懂事，所以你会支持他力抗小说里那许许多多的企业和法律鲨鱼——他们理应明白事理，行为却一样差劲。《小大亨》预料到乔纳森·李珀，那个涉嫌操纵市场的新泽西青少年的出现；预测到八十年代的储蓄贷款危机和企业并购（“让退休金搁在那里有什么好处呢，”JR心想，“不如让它发挥作用，搞定这次并购？”）；也巧妙地驳倒了乔治·布什的这则声明：华尔街的贪婪是九十年代的反常现象。

这部小说里最真诚的大人又是一位年轻的作曲家，一个名叫爱德华·巴斯特的甜心，JR逼他当自己的企业集团的挂名负责人。巴斯特总是把时间花在帮助其他角色上（当然，没有人帮助他），因此他想创作的歌剧逐渐萎缩成清唱剧，再萎缩成一首给小型管弦乐队演奏的乐曲，最后成了大提琴独奏曲。这部小说弥漫着令人发狂的烦躁，让人想起卡夫卡的小说遭遇的挫败；你可以体会到一个作者噩梦般找不到安静地点写作的情景。巴斯特试着在曼哈顿一栋临时寓所里作曲，那里有如一幅描绘失序的讽刺漫画：两个坏掉的水龙头夜以继日喷出热水，唯一的时钟指针倒着转，每个房间都堆满不知装着什么破烂的箱子，一台永远找不准频率的收音机缓缓吐出无意义的声音，还有一沓又一沓持续不断地寄给 JR 的垃圾邮件，而 JR 送给巴斯特一台机械拆信器，会把信切成两半。钻石有线的公关写手、曾写过一本"重要的"文学小说的托马斯·艾根，每天从办公室回到家都累得无法动笔写新作。他的家里乱七八糟，妻子愤怒，小儿子则坚持要玩一种纸板游戏：

> ——你掉进长鼻怪的陷阱里了。妈妈，爸爸掉进长鼻怪的陷阱里了。妈妈？
>
> ——她听不到你说话，大卫。别叫。
>
> ——如果我拿到红色就会拿到黄色。我也拿到黄色了。你看，我每次都赢你看，你看现在我在哪里……
>
> ——大卫你不会每次都赢，没有人……
>
> ——我今天赢妈妈四次啦。妈妈？
>
> ——不要大叫，大卫……他放下包包——然后我……拿到……
>
> ——黑色！你偷看啦。爸爸你偷看啦！
>
> ——偷看？

《小大亨》是为勤奋的读者写的。你最好手上拿支铅笔来标示转折点，并在封底内页画张流程图。这本小说混杂了数十起相互牵连的诈骗、交易、引诱、敲诈和背叛。在场景与场景之间，对话会暂时让位于没有标点的连写句，效果就像一段模糊的掌上短片或一部快速播放的电影。那些一闪而过的影像是变质的、商业化的风景——正被砍伐的树木、铺成路的田野、被拓宽的马路——使现代读者回想起战后的汽车美国曾在审美方面多么令人震惊，那第一批带状购物中心、第一批五英亩的停车场多么令人惊慌畏惧。

的确，我们可以这样为加迪斯和他的艰深辩护：由写实角色驱动，以读者和作家的心灵契约为基础的传统小说，已不足以呈现二十世纪作家看到正在他们身边发展壮大的社会和技术危机。现代派和后现代派都诉诸一种应急文学。现代派运用新的、自觉的方法来处理新的现实，并维护正在消逝的旧现实。后现代精神更加激进：抗拒被“全部吸收、全部纳用”的系统吸收或纳用。“封闭”是敌人，而避免封闭的办法就是拒绝加入系统。对品钦而言，这意味着逃跑和妄想；对巴罗斯来说，这意味着违法。而对于加迪斯，这意味着非常、非常愤怒——愤怒到，到某个临界点后，他不再讲道理。但在避免形式上的封闭的同时，加迪斯竟赌上了一种更直率的封闭：让筋疲力竭的读者合上他的书。我读了一半《小大亨》就跳伞了。尽管如此，他的愤怒还是令我困惑：究竟是他背叛了我，还是我背叛了他？

小说是最根本的人类艺术。小说是说故事，而我们的真实人生可以说是由我们说的关于自己的故事构成。小说也是保守而传统的，因为它的市场结构比较民主（小说家靠一次一册、带给广大读者乐趣维生），也因为小说向每一个读者要求十至二十小时孤独的专注。你可能得经过一幅画五十次才开始欣赏它，可能要数度进出一首巴托克奏鸣曲才能领略它的结构。但一本难读的小说会就那样原封不动地待在你的书架上——除非你碰巧是学生，不得不翻开伍尔夫和贝克特的书页。

这或许能让你成为更优秀的读者。但要报名上后现代课程，要拥抱形式实验是一种英雄式的反抗行为的概念，你必须相信，加迪斯和其他先驱对之做出回应的紧急情况五十年后仍是紧急情况。你必须相信我们这些郊区化、仰赖石油、爱看电视的当代美国人所面临的情况，仍然新到、迫切到无法仰赖传统的说故事的方式。你必须具有某种程度的批判性。而一旦文学和文学批评变得互相依附，谬见就会应运而生。

其一是“捕捉”的谬见，例如《芬尼根的守灵夜》常因其“捕捉”人类意识而获得赞赏，《小大亨》因“捕捉”难以捉摸的“战后美国现实”而被认为冗长得有理；仿佛小说首先是一部人种学记录，仿佛读小说的意义不是去钓鱼，而是欣赏别人钓到鱼。再者是“交响乐”的谬见：一本书的主题和声音被形容为像管弦乐一般“漫过”读者；仿佛在你读《小大亨》时，它的书页会自己翻，文字会像琶音一般沁入你的脑袋。还有“艺术历史相对论”的谬见，这是从有钱的视觉艺术的世界借来的、方便教学的词汇，意思是作品的价值主要取决于其新奇程度——仿佛小说跟绘画一样在形式上不受限制，仿佛《了不起的盖茨比》和《啊，拓荒者！》之所以是好小说，主要是因为它们有创新的写作技艺。最后是像流行病一样的笨读者谬见，隐含在每一种现代“晦涩美学”之中，也就是，晦涩是保护艺术不被纳用的“策略”,而这种艺术的目的是“扰乱”“强迫”“挑战”“颠覆”或“伤害”毫不怀疑的读者，仿佛作家的读者们自始至终都是跑去踢露西手中的橄榄球的查理·布朗；仿佛小说家的一大长处，是当那种在气氛友善的社交聚会里大声叫卖的乡巴佬。

对加迪斯来说，不幸的是他的许多朋友、学者和辩护者都参与了这些谬见。加迪斯随笔文章的编辑约瑟夫·塔比，笃信破坏性的艰深晦涩，相信天启之日——个体之死、系统之胜利——不仅近在眼前，甚至已在你不知不觉中发生，所以别责怪玄秘的加迪斯不平易近人。塔比的辩词是前卫主义五级警报的范例：

> 加迪斯的读者向来有限，部分原因是，受过十九世纪写实主义熏陶的读者，在他的作品中找不到那些可用来立即辨别完整角色的标志或传统表征。这种传统角色是中产

阶级和工业世界里的主体，而这样的世界在当今美国，已成过往云烟。

如果你读一本小说读得很开心，那你就是后工业系统的傀儡；如果你还认同哪个角色，那你必须重读“后现代主义入门”。威廉·加斯在《承认》的导读中写到“我们”时——我怀疑他不认为这个“我们”包括他自己在内——指名道姓地说出那个该被抛诸脑后的幼稚东西：“我们太常偏爱文学‘写实主义’，因为我们大多在它的熏陶下长大。”加斯对晦涩的辩护弥补了塔比的不足，但也更诡辩、押了更多头韵。“如果作者努力写出作品，”加斯写道，“读者或许也必须努力；而当作家打发时光、消磨词句时，读者也就可以放轻松，惬意地阅读。”这种说法恐怕会让加迪斯的小说失去更多朋友，树立更多敌人。就连研究加迪斯的学者史蒂芬·摩尔——他的评论堪称明晰和理性支持的模范——也被热情冲昏了头。对摩尔来说，《小大亨》是一本“精要而简约”的书，因为它那种推论的、全对话的形式迫使读者自行补上书中欠缺的描述和信息。难不成一本小说的目的，是捕捉并有效地储存数据？

我对文学批评的微小希望是少听到些管弦乐和颠覆，多听到些情色和烹饪艺术。不妨把小说想成爱人：今晚让我们待在家里共度美好时光；就因为你想被触摸的地方得到爱抚，并不代表你低俗。在一本书能改变你之前，你必须先爱上它；或者爱上厨师一样的小说家，他准备了这么多道佳肴赠予读者，不光有冰激凌，还有球花甘蓝菜。

这一类以加迪斯为缩影的晦涩小说，在我看来与消化道下半段的关系较密切。贬低他的人普遍提到他的“多语症”，但更精确的说法应该是“停滞过久”——便秘到读不下去，甚至无法理解。埃德蒙·威尔森在他信奉弗洛伊德的时期把剧作家本·琼森鉴定为一名古典派的“肛门滞留型”①作家，执着于排泄物、金钱、名册、肮脏的黑社会、艰涩的用词、含糊的指涉。威尔森建议最优秀的作家要信任自己的天分，他还拿琼森难读的作品和他的朋友兼对手莎士比亚的作品对照，琼森曾赞扬莎士比亚“开放、自由的天性”。琼森的代表作《炼金术士》讲述伦敦一个佯称可把其他物质变成黄金的骗子，读起来就像文艺复兴时期的加迪斯。这两位作家都在情节里塞了太多骗术，对两人来说，金钱就是这个世界的屎（“雷克托·布朗”②！），乍看迷人，实则恶心。

如果我的话听起来也有点弗洛伊德，那是因为第五百二十三页的前几行，我第二次读《小大亨》的终点，看上去就像压紧的粪便：

解释微量并叫依尼申请耗用矿产的分配额度跟食药局

①弗洛伊德精神分析学中的概念，指幼儿在一岁至三岁时因父母过于重视对其排便的训练而在日后养成过于重视细节的性格。

②原文为 Recktall Brown，其中 Recktall 与 rectal（直肠的）谐音，整个名字的意思就成了“直肠的棕色”。

摊牌努力洽谈钴的安全标准现在米利肯突然插话要保护家庭产业他们除了羊和印第安人硕果仅存的东西直到忽然明白他的状况是

精要而简约？《小大亨》明明深受它企图抵抗的那种疯狂的折磨。头十页、尾十页和中间每一个十页都捎来这个“消息”：美国的生活是肤浅的、诈欺的、腐败的、对艺术家充满敌意的。但以前没有，以后也不会有哪个读者在第十页没有被这个“消息”说服，到了第七百二十六页才被说服。这部小说变得跟它描述的系统一样冷飕飕、机械化、使人筋疲力竭。它的世界由企业界的白人统治，他们以不带愉悦的热忱工作着，若无其事地排挤女性和少数族群，并发明难懂的行话来阻止新进人员——跟这本书出奇相似！（而加迪斯和他学术界的崇拜者仅仅为了让读者抛弃写实主义的邪恶乐趣、培养对艺术无私而纯粹的爱就排斥清教，这点更是奇怪。）小说行进到一半，连 JR · 文森特的吸引力也衰退了。JR 是巴特 · 辛普森的化身，但巴特绝对比 JR 更适合我们的文化环境。适合兼具效用及娱乐性的体制讽刺的形式，是每周播半小时的电视动画，而非文学小说。《小大亨》里就连最风趣的插科打诨都会在你看完之前耗尽你的耐性。反观《辛普森一家》，每一个玩笑都一针见血，让目标有苦难言，且下个星期又是新的一集。

奇怪的是，我怀疑加迪斯也看《辛普森一家》。我怀疑假若别人写出了他在《小大亨》之后写的那些小说，他不会想读，就算读了也不会喜欢。加迪斯的信徒相信他发展出的那一套文风应该已经改变了美国人读小说的方式，但他自己的喜好却相当保守，尤其瞧不起现代艺术。他选了女儿莎拉画的一幅抽象画作为他第四部小说《诉讼游戏》的封面，但没有注明那是她五岁时画的："看，任何小孩都能画出那种东西。"史蒂芬·摩尔出于好意汇整了一张很厉害的表，列出加迪斯喜欢读和不喜欢读的类型。基本上，他不喜欢艺术小说。摩尔指出，他对常被拿来与他相提并论的同时代作家"兴趣寥寥"，包括品钦在内。"总的来说"，摩尔总结道，他似乎"更有可能拿起杰伊·麦金纳尼的《灿烂的光，巨大的城》（他觉得"非常好笑"）之类的小说来读，而非和他自己的一样具挑战性的小说"。

给读者送上一块你自己不会吃的水果蛋糕，给读者盖一栋你自己不会想住的不舒适的房子，这违背了我认为任何小说作者都该履行的责任，从根本上违反了"契约"。

若说《小大亨》致力于"美国基本上很烂"这个主题，那么加迪斯第三本小说《木匠的哥特式古屋》要传递的信息就是它真的、真的、真的烂透了。加迪斯承认，这本书是"风格方面的练习"，且内容完全是"老生常谈"。一位常在电视上亮相的南方传教士原来是个——危险、贪赃枉法的伪君子！一位联邦参议员原来——贪污！这本书徒具空壳。但不同于《承认》，它收获了如潮好评。

加迪斯最后一部名副其实的小说《诉讼游戏》，花了六百页没完没了地说明原本为建立秩序（美国法律）而设计的制度，是如何以助长失序告终的。这本书非常适合做毕业论文。它阐述了一个陈腐却无懈可击的社会论点（美国民众太爱打官司），充斥着各种主题、引证、故事中的故事，更无数次间接提到他自己早期的作品和其他著名文本（最好温习一下你的柏拉图和朗费罗）。说真的，它在美学方面唯一的缺点，是很多内容不断重复、条理不清和闷得令人发狂。当然，在加迪斯所有著作中，这部小说获得了最温暖的评价，并为其作者赢得非官方的美国国家图书奖终身成就奖。

《诉讼游戏》最精彩的部分是法律见解和某些性格描写。完全通过对话来塑造角色，就像把一只胳膊放在背后打拳击，而“拉伸我们的想象力能让角色看起来更真实”这个加迪斯式的论点并没有说服我。（事实上，读加迪斯的小说让我怀疑我们的大脑或许就是为传统的说故事的方式而建构的，急欲将“她站了起来”之类平凡无奇的句子转化成画面。）尽管如此，他以推理描绘的人物仍可以栩栩如生。奥斯卡·克里斯是五十来岁的业余剧作家和兼职教授，目无法纪，身上背负了多得可笑的交叉错杂的诉讼。他住在长岛一栋陪他度过了童年时光的又大又老的房子里，绝望地被五花八门、得花一辈子处理的文件围绕——又是一幅混乱失序的讽刺漫画。就身体机能而言，奥斯卡是个婴儿，小说里他大部分时间都坐在轮椅上，手一直抚玩着女友的上衣，试着让手和嘴贴上她的乳房，且不分昼夜地喝着酒。

《承认》里，一个儿子长大，消失。《木匠的哥特式古屋》里没有孩童，也没有希望。其他两本小说则都以一个非常庞大的孩子为中心。在《诉讼游戏》中，他是自私、不可理喻、自怜、不能正常行动又永不满足的奥斯卡，他是扮演国王的猪，是受苦受难却（哈哈！）碰巧没什么天分的艺术家。奥斯卡博取你的同情只是为了滥用它。他写的那部与南北战争有关的长剧本烂得明显而又无趣，加迪斯却投入一百页重现原稿，又花了五十页无尽叨叨它与艺术、正义和秩序的关系。这本小说是文学后现代主义特有的腐蚀性的例证。加迪斯以一部探讨名作伪造的现代主义史诗开启写作生涯，以一部表面像是杰作却使所有试图跟随它的脚步、遵循它的逻辑的读者都遭受惩罚的浮夸闹剧收场。当读者最后表示“嘿，等等，这是狗屎，不是杰作”时，这本书立刻蜕变为表演艺术的道具——它的全部宗旨就是欺诈！而读者付出了二十个小时善意的努力。

对于加迪斯死后才出版的两本书，我的感受跟父亲住在护理中心时如出一辙。除非你是关系非常好的老朋友，否则最好不要来看他受苦的模样。他的最后一部小说《令人目瞪口呆的圣洁之爱》（2002），书名来自他写的一篇探讨自动钢琴和艺术学科机械化的语气调皮而知识上含糊不清的随笔。这本书通篇都是不拘形式的大声嚷嚷，句子，没错，让句子跑起来，和句子一起跑；让它断断续续，比看上去还要简单但不不不，重要的是艺术。一个无名小说家躺在那里奄奄一息，他的身体是一具背叛了他的精神的残骸。他责怪自己一败涂地，指责民粹主义的“羊群”误解他，担心他只会被当成“漫画”看待。但漫画正是《令人目瞪口呆的圣洁之爱》的精髓：一篇晦涩、执着、引证泛滥、唯我主义的短文，把“工作”奉为逃避痛苦人性的“唯一庇护所”。《令人目瞪口呆的圣洁之爱》共九十六页，我几乎读每一页时都会看一看页码。这部小说的结语确实刺痛了我，它让人想起加迪斯早年的诺贝尔奖梦：

> 那是青春，拥有不顾一切的活力，凡事都可追求。但到我们现在这个年纪，只能回头看我们摧毁的一切，看我们离开那个可以做得更多的自己，以及那个自己的作品——已成为我的敌人，因为那就是我能够告诉你的、什么都能做的青春。

——但打动我的，恰恰是加迪斯在整个职业生涯中始终贬低的那些理由：因为我被人类的蹒跚步履触动。我想到的是艺术家，不是艺术。

如果你还怀疑自己是不是缺少什么，缺少一把解开加迪斯、解开他的晦涩的钥匙，那你可以读读《冲向第二名》好让自己放心。这是加迪斯的一本随笔集，很薄。在这里你会发现，加迪斯要是不大声嚷嚷，就没办法完成哪怕一篇简短的非小说文章。你会找到一批把引述串在一起的随笔，让你不得不仔细读两遍然后才能断定那串引述根本没有暗藏什么论点（甚至没有逻辑）。你会看到，果不其然，一个没有任何有趣、睿智或具娱乐效果的事情可说的作者，可以用文学的艰深作烟幕弹。没有任何内容涉及阅读小说的乐趣。你反而会了解，加迪斯相信小说应该改善世界——好的小说不是写“事物的样子”，而是写“事物该是什么样子”。你会明白“令人目瞪口呆的圣洁之爱”指的是他的信条：契约世界，金钱和机器的美国世界，已经把早期基督教团体所向往的那种仁慈的爱（圣爱）撕成碎片。

或是与之类似的东西——有点模糊不清。我想象加迪斯的信徒对我摇动手指，告诉我我不过是另一个愚蠢的读者，解释说那些随笔是在颠覆我对明晰、愉悦或熏陶的期待；说我不懂他的玩笑。对于加迪斯的艰深，他们握有后现代的辩护，比如葛瑞格里·康尼斯的这一条：

> 这种认识论的叙述表演迫使读者主动参与叙事意义的建构，要求他们自行提供信息，读出没有写出来的文字，借此向读者证明，要让叙事有意义，勤奋是不可或缺的先决条件。

换句话说，他们告诉我，我必须再勤奋一点。对此我只能这样回复：从表面判断，作者为集结文本下了不少功夫，而你费了更大劲儿来破解文本，没有比这更令人感到头痛的事情了；我的头已经开始痛了。

也开始，像M女士那样说话了？

一如许多持契约观念的美国人，一如一百年前的文学社团，一如今天的读书俱乐部，我了解有时候契约要求你做出努力。我知道一本书的愉悦并非总是唾手可得。我期待付出努力，我想要付出努力。但我也期望获得一些回报，这是新教徒的天性。虽然在我企求回报的时候评论家总会给我牧羊人式的指引，但我认为，每一个人最终只能和自己的意识独处。身为读者，我追求个人和艺术的直接关系。我喜爱的书、我寄予文学信念的书，就是我可以与之建立这种关系的书。出乎意料地，《承认》，也是这样的一本书。

但在《承认》之后，加迪斯身上不知出了什么事。什么东西出了故障。无论事实是不是如此，我都跟自己讲一个“碍手碍脚”的五岁男孩的故事，一个骨瘦如柴的年轻人的故事。就像哈姆雷特在脑中铭记继父的邪恶那样，他集结起一部在文学界无人能出其右的关于欺骗的百科全书。他将信仰和希望托付给一座厚达九百五十六页的宝库，也给了成人世界一次认识他的机会。当这个世界不可避免地没通过测验，他便将天分转向企业公关那种典型的骗人勾当，仿佛在说："你们永远不会再撞见我抱持希望了。"于是，现代派痛苦的哭喊变成了后现代派愤恨的笑话。企业公关的工作固然算不上高尚，但至少他很清楚它不高尚。的确，后现代主义的本质就是青春期对意识的颂扬，青春期对被骗的恐惧，青春期对"所有系统都是欺骗"的深信不疑。这个理论极具说服力，但一旦套用于人生，就变成愤怒之因。这个孩子会长得很高大，但永远也不会长大。

我觉得这里面有一个好故事。只要我相信这是加迪斯本人的故事，我的愤怒就会随之缓和，溶解在悲伤之中。这样的加迪斯一点也不像漫画，这样的故事也绝对无法套用《辛普森一家》的哪种格式。这样的故事，"艰深"代表人生之艰难的故事，正是小说所要讲述的。

二〇〇二年

床上的书

每天早上，《纽约时报》都躺在早餐桌上静静等我关注，最近，其情色撩人的大幅版面上刊登了一篇由亚当·霍克希尔德撰写、在我看来完全合理的专栏文章，写他对机场电视的憎恶。“在被电视诅咒的登机口，”霍克希尔德写道，“大部分旅客都想聊天、工作或阅读。但电视的穿脑魔音刺入对话，侵占书页。”他的抱怨很快引来常写信给《纽约时报》的改良派、共鸣派和反驳派读者的回应。一位改良派人士建议机场电视改用无声，加上字幕就好。一位共鸣派人士动人地写到类似的憎恶：在电影院里“闻到和听到爆米花”；另一位则请求读者“试着在任何中等价位的旅馆，不去忍受电视脱口秀的嗡嗡鼓噪过一晚”。（“嗡嗡鼓噪”一词足见他的愤恨！没有什么比《纽约时报》读者来信显露的“消化不良”更能可靠地支持我对人性的信仰。）

但，典型的反驳派也没缺席，特纳有线电视网的总裁就匪夷所思地声称机场电视“不具侵扰性”，亦较具说服力地断言霍克希尔德“比他想象中孤单”。尼尔森调查显示有百分之九十五的飞机旅客认为电视能提升机场环境，有百分之八十九认为“电视让待在机场的时间更有价值”。读到这里，我不免同情起霍克希尔德来。他在这里勇敢地为沉默的大多数受害者发声，希望唤起群情激愤，谁知有人拿数据——百分之九十五——从下面打折了他的腿。

基准是信息时代的固定装备，它是朋友抑或暴君，取决于你有多正常。今年冬天，当我着手研究当代大众性爱书籍，发现我是美国少数不因女人的精美内衣而兴奋的异性恋男人中的一员时，脑中不禁浮现基准这种东西。在书店，大众性爱书籍通常被置于“健康”类别下（这个主题对于文化如此重要，现今出版的每一本书，包括小说在内，说不定都可以放在这个类别下），而且，既然性爱“健康”不可能客观定义，这些书便为读者提供了各式各样的基准式声明。“相配的蕾丝胸罩和内裤、吊袜带和长袜、紧身上衣、丁字裤及性感连身内衣——多数男人都对这些爱不释手。”“五月花老鸨”席德妮·碧朵·巴洛斯[①]在《女性悄悄话》一书中写道。她稍后补充：“不知何故，紧身

①席德妮·碧朵·巴洛斯在费城一带将妓院经营得有声有色，而由于其先祖系当年乘坐“五月花号”移民美国，媒体常戏称她为“五月花老鸨”。

胸衣和风流寡妇[①]似乎是普遍受到欢迎的服装。"苏珊·布洛克博士在《愉悦十诫》中命令女性读者"穿内衣"，并解释说："喜欢性爱的男人喜欢会思考性爱、为性爱装扮的女人。"《高度性机密》的作者苏珊·可兰·贝可斯同意："男人喜欢你穿高跟鞋、紧身衣和吊袜上床。"唯恐以上归纳不够科学，《性：男人指南》的作者群报告，根据他们对《男性健康》杂志读者所做的调查，内衣"无疑……是美国男性最喜爱的性爱辅助品"。

我不反对好看的胸罩，更不反对有人邀我解去它，但"好莱坞弗雷德里克"销售的那种妓院式的内衣，在我看来就跟超级杯的半场表演一样虚假做作。当我听到主流人群真的在买这些玩意儿时，我的感觉就像得知"混混与自大狂合唱团"首张专辑卖了一千三百万张或美国男性梦想约会对象是辛迪·克劳馥的感觉一样，习以为常的疏离感油然而生。在某种意义上，我很骄傲自己跟其他人不一样。但，一如其他人，我也对性感到焦虑，而在性爱方面我知道自己跟其他人不一样这点，直接引发了这种忧虑：我不像其他人那么擅长，或者至少，不像其他人那么开心。

性焦虑是与生俱来的；肉体之爱向来有风险：最赤裸裸的自我遭到拒绝。如果说今天的美国人格外焦虑，舆论似乎认为那是"性角色的变化"和"性的媒体形象"等因素所致。事实上，

①一种无吊带胸衣。

我们只是在体验自由市场的焦虑。避孕和离婚的简便已移除来自性经济的束缚，另外，一如现今德累斯顿和莱比锡的居民，我们都情愿相信，这个连最贫穷的人都能梦想财富的体制让我们生活得更幸福。但在古老的压抑之墙倒下后，很多美国人，例如被抛弃的第一任妻子（像被特拉邦汽车工厂解雇的劳工）或性无能的男人（相当于计划经济的官僚），却开始怀念旧日的国家垄断。如果说《恋爱必胜守则》不是一项试图重新管制严重失控的经济的尝试，又会是什么呢？

但，在守则普遍适用之前，像这种可以在市场经济中找到的慰藉，主要来自"基准"。你担心阴茎的大小吗？根据《性：男人指南》，多数男人勃起后的长度在五至七英寸之间。担心阴蒂的构造吗？据贝蒂·多德森在修订版的《自慰：性爱独奏曲》中表示，个体差异大得令人吃惊。担心频率吗？"美国人并没有过一种性爱丰富的秘密生活。"《美国性爱》的研究人员总结道。担心你达到高潮所需的时间吗？席德妮·巴洛斯说，一般而言，女性要十八分钟，男性则只要三分钟。

但，仰赖基准寻求慰藉是有问题的：不光是你可能无法达到，还有你可能太过完全地符合每一条基准。有谁真的想在性爱方面跟别人一模一样？卧室不是该给人特别的，甚至独一无二的感觉吗？而我最不想被提醒的是这个有点黏腻得令人作呕的事实：全美各地有数百万人正在同时做爱。这是个体在面对群体——关于群体的种种他总是禁不住知道的比想知道的更多——时难以解开的谜题：我想要独处，但不要太孤单。我想和别人一样，又与众不同。

大众性爱书籍只是整个性产业的一部分，但你可以主张它们是最具代表性的派别，因为它们是书。如果恋物癖被理解为生殖能量的一种转移，那么语言绝对是今日美国最普遍的性欲倒错，甚至超越内衣。你不能在电视上裸露乳房，但你要在你家后门大谈强暴、乱伦和性骚扰等淫乱话题，不会有人限制你。要避免体液的秘密交换，网络性爱和电话性爱是比恋膝或恋足更受欢迎的方式。

我们的大众性爱作者虽然看似了解语言的优越性，却不相信读者知道怎么使用，甚至在什么时候使用。在《性：男人指南》中，我们学到可以通过列出并比较“临床”和“下流”词汇来鼓励情人说下流话。布洛克博士流畅地举出阴茎的四十五种昵称，包括“小鸡鸡”“量油尺”和“爱泵”，并命令她的读者：“自己挑一个。”（她还怂恿更爱冒险的人“创造点特别的东西”来迎合他们那“非常特别的好奇虫”。）苏珊·贝可斯提点双修情人要在适当的时机“轻诉爱意”，她也建议想学下流话的女性租色情片仔细研究。“一旦你说那些话的时候能像编剧写那些话时一样自在，”她告诉我们，“你便能将它们个性化，使之听来更像是你自己说的话。”

在情色消遣的排行榜上，“阅读专业性爱教学书籍”一定排在倒数几名——或许比剥柳橙还低，比用牙线剔牙高不了多少。一个问题是，虽然本意恰恰相反，这些书无论从全体或个别来看，都让性的世界显得十分狭小。别去管肉体结合的方法是只有这么多种，还是像艾力克斯·康佛特在大卖八百多万本的作品中所说且说得很好的那样，多到怎么也说不完。总的来看，坊间流传的关于这方面的知识只是沧海一粟。一个接一个作者导出“舔阴”（cunnilingus）一词的词源，强调“凯格尔”健肌法对锻炼耻骨尾骨肌的重要性，并在酒精这个主题下引述莎士比亚的话。（“它激起欲望，但危害表现。”）一个接一个作者坚持认为男人是“视觉动物”，以及阴茎的大小不如怎么运用来得重要。当知识耗尽，建议就变得乏味而多余。苏珊·布洛克博士命令情人“说儿语，至少叫‘昵称’”。在《高度性机密》一书（副标题为“妈妈没跟你说过的性爱忠告”）中，苏珊·贝可斯指导自慰的男人“以各种不同的组合”交互运用单手慢抚、双手慢抚、单手快搓、双手快搓、杯形手、指搓、腕揉、拍、击打、摩擦、挤压、张手抚摸和仿阴道物品抚摸等——每一种皆提供指导。

大众性爱书籍作者用斜体字传达无效与陈腐的见解时，就跟机场电视里的新闻播报员一样愉快——他们最惹人注目的才华莫过于能够一再发出（或假装，像高潮一样）对汽车安全问题创新的惊叹。这些作者试图把既不迷人又不新颖的东西变得既迷人又新颖，因此孜孜不倦地杜撰新词。他们造出“性感官”“原始伴侣”“灵魂高潮”“炮友”，并自信满满：美国读者现在需要专业裸露狂的忠告。自称“性爱哲学家”的布洛克博士则以窥探自己和丈夫的床笫之事来阐明她的十诫：“每当麦克斯想帮我口交时，就会发出倭黑猩猩般的咕哝，然后一边啧啧啜食，一边轻柔地呻吟着告诉我我很可口。”对于从未与情人分享绮想，但“很想尝试”的人，这位哲学家这样建议：“一起看《苏珊·布洛克秀》吧——那能刺激你们的幻想！”

并非每一本大众性爱书都这样光明正大地提到电视，但所有这类书籍都似乎下定决心，让性爱（以前是生命的一种免费乐趣）深陷消费支出的罗网之中。它们不厌其烦地敦促读者买色情片、高质量的内衣、蜡烛、香槟、香、油、振动器、香水、泡泡浴盐。贝蒂·多德森博士听起来不太像自体性欲乌托邦的提倡者，反倒像购物节目的主持人：她两度向读者提供可以订到她的录像节目的地址。席德妮·巴洛斯则暗示租豪华轿车、穿长毛皮外套和度昂贵假期可为濒死的婚姻增添生趣。在《高度性机密》里，苏珊·贝可斯着手为想必手头拮据的读者搜集富有阶层花数千美元才能获得的性爱实战技能。显然，现今唯有付得起六百二十五美元参加“多次高潮”研讨会的幸运的国际精英，才能拥有最好的性爱。无论贝可斯采访的是“美丽的法国高级妓女”或昆达利尼瑜伽大师，她都会特地强调其顾客的人口统计资料。他们是“花花公子”，住“僻静的”郊区别墅，穿西装，喝“风味咖啡”。

至于“优质性爱”的好处，贝蒂·多德森指出，在听了她以阴户为主题的演说后，一位女性要求老板给她加薪“——而且成功了！”。(多德森认为该女性自信提升是因为她“对阴部有自信了”。)而工作加薪比起这些作者表达或暗示的许诺——社会整体的性解放——根本微不足道。我们可以期待“偏见与盲从、心痛与悲惨、寂寞与暴力”绝迹，枪炮过时，“创造精神”获释和“生命乐趣”复苏。以下是多德森对于自由的“未来幻想”：

> 一九九九年新年前夕。所有电视网都同意让我制造“全美性高潮”。每个电视屏幕都将呈现由美国顶尖天才创造的高科技唯美色情片。当午夜钟响，全国民众将一同为世界和平自慰到高潮。

美国文化的无休止革命汇集于大众性爱书籍之中：不断宣传自得其乐，又不断召唤始终强大的敌人。若“性革命”宣告胜利，人们或许就不必再向商业来源寻求教导和指引，因此，我们的专家频频在书中提醒，比起我们的祖父母，我们有多幸福。他们赞美金赛[1]、马斯特斯和约翰逊[2]的科学；他们欣喜地戳破弗洛伊德“成熟的”阴道高潮的神话；他们以“无知的纪录”

---

①阿尔弗雷德·C. 金赛(1894－1956)，美国生物学家、性学专家，著有《金赛性学报告》。

②威廉·H. 马斯特斯(1915－2001)，美国妇科医师、性学专家；弗吉尼亚·E. 约翰逊(1925－2013)，美国性学专家。二人组成性学研究小组，并一同出版了《人类的性反应》《人类性功能障碍》等书，是美剧《性爱大师》的原型人物。

为大标题，嘲笑一个世纪以前人类无助的愚昧。但性压抑的走狗仍在我们的门外成群猎食。一位作者责怪“狭隘的、家长式统治的五十年代风格的家庭价值观”和我们“否定性爱、以生殖器为耻的教养方式”，另一位怪罪“传统婚姻”和“意在维持自己的浪漫幻想的反色情激进分子”。宗教则是大家的共同箭靶。这些专家说，我们住在一个性压抑的国度，活在天主教、原教旨主义与无知的黑暗奴役下。

我不禁怀疑这些专家住在哪个星球上。他们似乎对今天十五岁青少年的行为和穿着视而不见，对他们自己就是直接受益者的性开放氛围浑然不觉，更全然不知近来彼德·盖伊等人的众多学术成就，已揭露维多利亚时代“压抑”的外表底下，有和我们一样多彩多姿的性经验。当然，仍有一些美国青少年选择将生命里较重的分量奉献给宗教的顾忌而非流行文化。但苏珊·布洛克博士凭什么告诉那些孩子他们的选择不好？至于关注《海滩游侠》[1] 胜于《圣经》的绝大多数年轻人，他们确实很幸运，活在一个很多知识已成常识的时代，例如女性有高潮，且很少是阴道高潮。但值得一提的是，是女性力量提升让这些知识变得普遍，而非这些知识变得普遍使女性力量提升。

不管我多么果敢地抗拒怀旧，维多利亚时代的寂静仍吸引着我。布洛克博士福至心灵地说：“创造禁忌的讽刺之处在于，某

①风靡全球的美国剧集。

件事情一旦被禁止，往往就会变得非常有趣。”在表面压抑的时代，性至少有开拓隐私空间这个好处。情人们认为自己站在官方文化的对立面，这会产生一种效应：使每一个发现都个人化。现今的专家广为散布的愿景（或曰理想）有极度无聊之处：漫长的一生都是强有力的、不间断的、“充实的”性，而且家家户户的故事都一样。虽然要我回想二十出头的我有多天真是件难过的事，但我无意重写我的人生。重写人生会消除那些发现的时刻，经验的窗口突然完全开启的时刻，我感叹“原来如此”的时刻。正如每一代人都须觉得性是由他们发明的——“性交始于／一九六三年／（对我来说有点晚）”是菲利普·拉金不完全反讽的哀歌——我们也都该有自己的干旱期和自己的革命。是这些让我们的人生成为精彩的故事。

不幸的是，这样的故事很容易迷失在媒体文化的花言巧语之间：狂轰滥炸的信息会潜移默化，持续不断的交流会产生社群。苏西·布莱特、苏珊·布洛克和露丝博士讲话大声，且有有线电视撑腰。你可以打开收看，但你关不掉她们。她们不停唠叨着包皮系带、会阴部、G点、挤压技巧、倭黑猩猩和振动器、连体内衣以及吊袜带、“耳高潮”和“趾高潮”。她们的作品创造出笨手笨脚的外行人。她们的性“技巧”发现创造出缺乏技巧的人口。因此，她们所属的流行文化像极了MTV海滩派对。从外面看，派对很欢乐，但在被动的观者眼中，它最明显的特色是：他们没有获邀出席。“是否有人能有多次高潮……触电般的口交体验，血脉贲张、情绪激昂达数小时的绝妙性爱？”苏珊·贝可斯问读者。“听起来难以置信——但，答案是有。为什么不是你呢？”寂寞的读者若这样回答便可被原谅：因为我卧房里有电视。

“性欲倒错”这个词有变态、不健康的意味。但，我们的文化无疑在鼓励我们将性欲对象从生殖器转移到言语，而这种转移本质上不算病态。读一本性爱书可以缓和寂寞（至少暂时如此）的原因是，性对人类来说，既是生物本能，又很容易想象。当我们做爱时，我们脑海里永远会浮现自己做爱的画面。虽然拿火辣的文字代替温热的身体可能只是在哄骗我们的生殖器，但值得注意的是，这个诡计时常奏效。十四岁时，我一再细翻我的《韦氏大学辞典》，查“性交”之类的字眼。急速翻阅《安·兰德斯跟青少年谈性》找下流的玩意儿时，我很兴奋地得知，只要看到“穿紧身毛线衣的女孩”，就足以激起少男的性欲了。

对寻找这种令人兴奋的文字，但欠缺智谋自行编纂战栗文本的人，现在有一本《写性之乐：小说作家指南》，小说家伊丽莎白·本尼迪克特所写的准性欲倒错书。新的“乐趣”主要包含摘自当代小说家作品的性爱场景，以及本尼迪克特自己叽叽喳喳、消毒式的评注。无论《波特诺伊的怨诉》可能带来怎样的颠覆性的兴奋，遇到这样的分析都会化为乌有：“罗斯设法将少男初次嫖妓的陈腔滥调转化为丰富而滑稽透顶的场景，这种场景让我们一再回到小说的主题：挣扎——是做一个好犹太人和乖犹太儿子，还是应性欲之所求，忘情淫乱。”本尼迪克特透露，写这本手册的一大吸引力是她可以“读色情的书，很长时间除了性爱什么都不用想”。她认为这是令人艳羡的境遇，这或许足以解释她的作品和大众性爱作者的产物之间近亲属般的关系——惊人的相似。它的标价就是它的命运。

一如大众性爱作者，本尼迪克特也恭贺我们的年代如此开明，祝贺她的读者有幸生在《怕飞》出版后的年代。她间接提到在一九六〇年以前的黑暗时代，降临于作者身上的“数不清的自我审查悲剧”，也暗示了威胁我们不安稳之自由的邪恶力量（清教、原教旨主义者、性压抑的政府）。虽然她和布洛克博士一样，简短地对禁忌所引发的兴奋表达了感谢（“既然我们什么都可以说了，那还有什么好说的呢？”），但继续深究这点将有损她的计划，所以她点到为止。同样令她不安的是，她发现，要将描写性爱场景的技巧与“写出好小说”这个更大的挑战分离，就同把性爱技巧和“爱一个人”的挑战分离一样，毫无意义。事实证明，要把性写好，整体而言就跟创作出色的小说一样。她说，那要有“剑拔弩张的情境、戏剧性的冲突、性格发展、深刻的见解、隐喻和意外”。这些特质是本尼迪克特在整本书中一再以各种不同组合回归的慢的快的、单手的双手的抚摸。她建议，要不落俗套，或至少“给它们一点独一无二的转折”。试着“让写作有趣”。别忘了：“你不必详尽无遗，但要明确具体。”

不适合的就必须放弃。

本尼迪克特相信她可以将读者从自我审查的“恶魔”中救出，但没有清楚表示该怎么做。她一度暗示自由只是魄力的问题：“问：谁是你的审查员，怎样才能让他们哑口无言？答：做就对了。”但一本旨在“准许我们沉迷于”新的可能的书，需要有人示范；一如贝蒂·多德森的《自慰：性爱独奏曲》主要在零售贝蒂·多德森的专业成就，最令本尼迪克特感兴趣的作品，也是本尼迪克特自己的作品。她从她自己的小说中摘录了四大段，并以迷人的率真加以赞扬。（“这些情感复杂的场景……”）同时，她也小心地提醒我们，她的技巧并非来自哪一本手册。她说，在她自己的作品中，她并未“刻意试着制造冲突或插入意外”——虽然，毋庸置疑，她现在意识到了“那些元素有多重要”。

《写性之乐》的诡计比性爱手册更卑鄙，因为每个男人和女人都可能在床上称王称后，但并非人人皆可成为成功的小说家。尼采说：“给全世界看的书一定是发臭的书；其上附着着渺小人类的气味。”当然，事实可能是我不比旁边的人伟大。但谁想知道这样的事实呢？正如每一个情人多少都相信他／她做的爱在这世上绝无仅有，每一个艺术家也死抓着这个幻想不放：他／她创作的艺术极其重要、不可或缺，且独一无二。

美学精英主义、性势利：这些并非如我们的文化所呈现的那样，是应被指责的姿态。它们是个人在萦绕不绝的喧嚣之中，保护小小隐私空间的努力。每个人都该是精英——只是不必表现出来。

本尼迪克特在《写性之乐》中履行的一项讨人喜欢的服务，是她像动外科手术一般，精确地将性爱场景从其背景中移除。我想，一本小说的下流片段愈是露骨和诚恳，它们就愈希望被移除。我十来岁时，小说就像特洛伊木马，性兴奋常借此偷渡进入我受保护的生活。但，这些年来，我反倒害怕靠近严肃小说里的性爱场景。我唤它为“高潮崩溃”：故事愈引人入胜，我愈害怕。通常，句子开始乔伊斯式地拖长。我自己的焦虑跟随作者的焦虑一同浮现，旋即，想象世界的脆弱泡泡便被指明身体部位和动作的迫切需要戳破——它们千篇一律。当性爱被描绘得令人信服，读起来会像自传，而我不太喜欢沉浸在陌生人的生物化学之中。少数天才——菲利普·罗斯或许是其中之一——具备成功详述性爱场景的技能或蛮干之勇，但在大部分小说，甚至是其他方面精彩绝伦的小说中，肉体术语只能绝望地遭受污染：作家的用意只是为了让读者兴奋起来。

雅克·德里达曾在他像极了柔术表演的论文《白色神话》中证明，语言是非常独立的系统，连基本如“太阳”的词，任何使用语言的人都无法论证：它指的是客观存在的、非语言的太阳。蜡烛像小太阳，太阳像大蜡烛；仔细观察，语言原来是通过隐喻的水平联想，而非命名的垂直认证来运作。那么，“性”

是什么？任何事物都像它，它也像任何事物——像食物、像毒品、像阅读与写作、像进行交易、像战争、像运动、像教育、像经济、像交际。到最后，每一次高潮或多或少都很相似。这或许正是关于性爱的写作既有效又无聊的原因。火热、滑溜、阴唇、僵硬、挺直、老二之类象征性的语言，致力于达成本身的封闭性，也已经达成。高潮是某种消费品，而无论如何，达成高潮的语言，始终只是一种广告文案。

另一方面，一如性，语言也饱含开放式性爱的风险。当我在床上拿着一本小说，我希望它的作者会忠实于我。现在我正在读尼克·霍恩比的《失恋排行榜》，一本有趣的、描写男性焦虑的讽刺小说，叙述者的女友甩了他，跟楼上的邻居在一起了，他现在想起来，那个邻居在床上“有点像恶魔”：

> “他维持得够久。”一天晚上我说，当时我们都睁眼躺着，凝视着天花板。“我应该是赚到了。”劳拉说。那是玩笑话。我们都笑了。哈哈，我们笑着。哈哈哈。现在我没在笑。从来没有一个笑话让我这样充满憎恶、偏执、不安、自怜、畏惧和怀疑。

当完整的性爱场景终于隐约出现在叙事的地平线，当这本几乎全在讲性的小说翻过一百页，我对于高潮可能崩溃的厌恶感，被一种罕见的情况减轻了：我由衷觉得那个女性恋爱对象

（一个美国摇滚民谣歌手）和那个场景（伦敦一个贫瘠地区的一栋贫瘠公寓）都相当性感迷人。我虽不期待看似就要紧随而来的硬挺的乳头和喷出的精液，但已准备原谅它们，甚至享受它们。然而，又拖了八页的笨拙谈判和性交前焦虑后，当霍恩比终于把他的情人们弄上床时，叙事者却突然宣布：“我不要落入也就那么回事的俗套，那种‘谁对谁干了什么’的俗套。”面临忠于“发生了什么”与忠于读者之间的抉择，霍恩比没有让读者失望。他以一个简单、落幕式的句子向我证明，他自己也曾在阅读时经历过我方才经历的那种不自在的悬念感，所以那一刻，虽然是独自一人在床上看书，我却一点也不觉得孤单。那一刻，我隶属于这样一个团体：它既不像某个重要的统计样本那么大，也不像赤裸的自己那么小。这是一个二人团体，由忠实的作者和信任的读者组成。我们相异却又相同。

一九九七年

圣路易斯见

九月底一个寒冷的早上，在一条经过闲置工业区、通往看上去不卫生的批发店、路面遭卡车损坏的道路旁，一位电视制作人和他的摄影师正告诉我如何开车越过密西西比河到圣路易斯，以及，当我这样做时大概会有什么样的感觉。

“你是回乡拜访，”他们说，“你会看看天空，看看拱门。”

摄影师克里斯是胸似圆桶、脸色红润、讲话带本地腔的本地人。制作人葛瑞格则是高大、英俊、留着时装模特儿似的发型的四海为家的男人。穿过我租来的车子的车窗，葛瑞格递给我一部无线对讲机，让我跟他和他的工作人员联系，他们会开小货车跟在我后面。

“开慢一点比较好，”克里斯说，“右数第二个车道。”

“开多慢？”

“三十五左右。”

远远地，我可以看到高架路上依然繁忙的通勤车流陆续涌向波普勒街桥。我们站在路边，感觉到了一丝不法气息，毕竟东圣路易斯的荒地很适合弃尸，但我们除了拍电视，没做其他任何道德方面可疑的事。当然，我们可能打扰到的任何通勤者都不会知道这件事，但我怀疑，如果真的知道——如果他们听到“奥普拉”这个名字——他们当中的大多数应该就不会那么介意这种不便了。

我测试过对讲机，我们便开回匝道。我前一晚就到圣路易斯了，而来桥的这一边，就只为拍这个镜头。我是已在东部住了二十四年的中西部人。我是性情暴躁的曼哈顿人，秉持感觉像为中西部人所特有的合作热忱，答应假装回到童年的中西部城市，重新探究自己的根。

入城的车流量比出城的车流量大。我踩刹车好让摄影车从左边追上来与我并行时，后面的车闪起了远光灯。摄影车的侧拉门开着，克里斯肩扛摄影机探出身子。最右线车道，一辆半挂车正追上来，眼看就要超过我。

“我们需要你摇下车窗。”葛瑞格在无线对讲机上说。

我摇下车窗，头发飞了起来。

“慢下来，慢下来。”克里斯的喊叫声越过朦胧的路面。

我放轻油门，看着眼前的路变空。我很慢，世界很快。半挂车已来到我的正右方，遮蔽了我要假装仰望的纪念拱门和天际。

扛着摄影机从车里倾身出来的克里斯生气地，或说绝望地大叫，声音盖过了车的呼啸。“慢下来！慢下来！”

我对阻塞的交通有一种病态的厌恶——或许遗传自我的父亲。对他来说，在剧院里如果有个矮个子坐在他后面，那一晚就是折磨。但我还是服从了克里斯咆哮而出的命令，右方的半挂车在我前面呼啸而去，就在我们离开桥梁、向西行驶时，又遮住了我们看拱门的视线。

在我们返回准备拍第二次时，无线对讲机那端的葛瑞格告诉我，克里斯不是在对我吼，而是吼他开货车的助手。我每减速一次，他们就得减得比我更慢。这让我感到局促，但我很高兴没有人被宰。

第二次拍摄，我保持在最边车道，以法定速限的一半缓缓行进，试着摆出——什么样子？作家气质？好奇？乡愁？一面任由后面的卡车司机一再摁喇叭。

在圣路易斯颇具历史意义的旧县政大楼前，也就是德雷德·史考特案[1]审判的地方，克里斯、他的助手和我忐忑地等葛瑞格用手提式索尼监视屏查看刚刚拍摄的连续镜头。葛瑞格漂亮的头发不断落在他脸上，必须甩回去。在县政大楼东边，拱门耸

①指 1857 年的史考特诉桑福德案。争论点在于奴隶是否为美国联邦宪法上之“公民”，即是否享有宪法保障之人权。当时最高法院参考历史背景及各州现况裁定，宪法上之“公民”不包括奴隶。

立在一片人工栽种的梣树林之上。我曾写过一部小说，主题就是我童年的这个具有训诫意义的完美无瑕的图腾，我曾赋予拱门和周围县市神秘与灵魂，但这个上午，我一点主观性也没有。除了有点迟钝的想要取悦他人的焦虑，我毫无感觉。我是个不会说话但必不可少的物体，是被动的影像提供者，而我觉得自己连这点都做不好。

不久，我的第三本书《纠正》将被宣布为奥普拉·温弗瑞图书俱乐部的最新选书。这是一部家庭小说，讲述三个久居东岸都会的兄妹，时而向往时而排斥年迈父母居住的美国中部郊区。一个星期前，奥普拉的制作人之一，为人直率的艾丽丝打电话给人在纽约的我，介绍作为奥普拉作者的一些责任。“这本书对我们来说挺难的，”艾丽丝说，“我们可能要先听听读者怎么说，才知道怎么处理。”但为了制作我的传记短片，以及印象派的《纠正》摘要，制作人需要“B 卷”的补白镜头和我说话的“A 卷”镜头交互剪接。既然我的新书宣传巡回行程显示我下星期一在圣路易斯有一天的空闲时间（我原打算拜访父母的一些老友），是否有可能在我的故乡拍一些 B 卷呢？

“当然可以，”我说，“那要不要拍我在纽约的情况？”

“这个也有可能。”艾丽丝说。

我主动表示，在我的公寓和我在哈莱姆区与一个雕刻家朋友合租的工作室之间，有很多有趣的东西可以拍！

“我们会看他们想怎么做，”艾丽丝说，“但你在圣路易斯可以给我们一整天吗？”

“没问题，”我说，“只不过圣路易斯跟我现在的人生没什么关联了。”

“我们或许会再找一天在纽约拍点东西，”艾丽丝说，“如果你巡回结束后还有时间的话。”

我当作家的原因之一，正是我难以和权威融洽相处。我只穿过一次制服，那是高中二年级的事：我为韦伯斯特树林高中的“前进的政治家”乐队吹上低音号。那时我十五岁，发育得很快；从九月到十一月，我的制服穿在身上就已经显得小了。在政治家橄榄球赛季的最后一场主场比赛后，我走下球场，经过一群穿紧身牛仔裤、披长围巾的高年级女生。慌慌张张的我连忙用力拉下裤脚来遮盖我可笑的鞋套，并解开橘黑相间的短上衣的铜扣，违反规定让上衣敞开着。这副样子的我显然更难镇定，而一转眼，我就被乐队指挥卡森先生看到了。他大步走过来，推我转了一圈，朝着我的脸大喊：“弗兰岑，你是‘前进的政治家’中的一员！你要不就骄傲地穿这身制服，要不就别穿。明白我的意思吗？”

当我接受奥普拉为我的书做广告，我谨记卡森先生的告诫。我了解电视是由影像推动的，愈简单、生动愈好。如果制作人要我当中西部人，我就试着当中西部人吧。

星期五下午，葛瑞格打电话问我认不认识我家老宅现在的屋主，以及他们是否愿意让摄影团队入内拍摄我。我说我不认识他们。葛瑞格表示愿意查查看，并取得他们的许可。我说我不想进那栋老房子。这个嘛，葛瑞格说，如果我愿意至少在外头走走，他会很乐意向屋主征求许可。我说我不想跟老宅扯上任何关系。但我感觉得到我的抗拒惹他不高兴了，于是提出一些替代方案，希望他会觉得有吸引力：他可以到我以前去的教堂拍摄，可以去高中，甚至可以到以前的街道拍摄，只要别出现我家的老宅就行。葛瑞格叹了口气，记下了教堂和高中的名称。

挂断电话后，我才意识到我一直在抓我的手臂、腿和身体。事实上，我似乎全身都起了疹子。

此时此刻，星期一早上，当我站在对我毫无意义的拱门的影子里，疹子已经汇聚成一条又热又痛又痒的带子，像带状疱疹一样，环绕我躯干的右下侧。对我来说这是前所未有的折磨。在桥上拍摄期间，高昂的情绪似乎让痒减轻了些，但当我们等葛瑞格确认画面能否使用时，我好想大抓特抓。

最后，葛瑞格从他的小屏幕上抬起头来。虽然明显对第二次拍摄不甚满意，他仍宣布不必拍第三次。摄影师克里斯笑得像只直觉获得证实的猎犬。他穿着牛仔裤和灯芯绒衬衫，看上去仿佛在年轻时听过欧曼兄弟和林纳·史金纳乐队。至于葛瑞格，似乎史密斯和新秩序这两个乐队对他比较重要。当我和他开车一路向西出城时，我等着他问我有关圣路易斯的问题，或跟我开开玩笑，说我们做的事情有多无聊和做作，无奈他手机里有很多信息要回。他还有一组昂贵的工作人员、一个勉强合作的演员，以及七小时的白昼。

为腾出星期一来拍摄，我星期天就去父母的老邻居葛兰和伊琳·巴顿的家里拜访。巴顿夫妇比我更清楚地预见到连续拜访太多人的困扰，他们在我还在纽约时就打电话过来，主动提出举办一个小小的招待会。

下午三点，我开车来到昔日熟悉的韦伯斯特树林街，从不会经过老宅的方向接近巴顿家。不属于任何季节、非夏亦非秋的小雨从天而降；一群乌鸦在某棵树上啼叫。虽然葛兰最近才刚换过两个膝关节，伊琳的带状疱疹也才好，但这对夫妇在门口迎接我时看起来快乐又健康。

我进厨房做样子帮他们准备点心，而透过厨房的窗户，我可以看见我家老宅的后面。伊琳对目前住在里面的年轻夫妻赞许有加，她告诉我据她所知，自我们三兄弟把老宅卖掉后，这两年新屋主过得怎么样，又做了怎样的整修。我们的小后院现在成了停车场，一艘中等大小的船和一辆巨大的休旅车停在上面。草坪似乎重新铺过，但我不能肯定，因为我没办法再多看一秒。

“我告诉他们你要来，”伊琳说，“他们表示非常欢迎你过去看看房子，如果你愿意的话。”

“我不想去。”

“哦，我知道，”伊琳说，“艾莉·史密斯，当我打电话邀她今天过来时，她说自从你们兄弟把房子卖掉以后，她开车就不经过这条街了。她说那太令她痛苦了。”

巴顿家的门铃响了起来。我们还邀请了四对与我父母熟识的夫妇，而自我母亲过世后，我就没再见过他们。现在看着他们双双对对地到来，坐进巴顿家铺着地毯的客厅，看着他们全都充满活力，全都做着自己，仿佛是在见证奇迹。他们与我父母年纪相近，都七八十岁，而我对他们当中某些人的记忆，如同对父母最早的记忆一样陈旧。如果你真的收到了挚爱之人的死讯，就像我终于不情愿地收到了我父母的死讯，你便知道最要紧的事实是，你再也见不到那个人活生生的、会微笑、会说话的身体了。这是“失去”这个词最神秘也最基本的真义。张臂环抱和家母打了大半辈子桥牌的阿姨，握住和父亲一起清理草丛或抱怨里根总统的叔伯粗大的手，是在同时感受失去和失去的反面。这些夫妇都可能是我的父母，仍好端端地活着，仍对病痛满不在乎，仍从葛兰·巴顿手中接过他以“斟得好”著称的酒，仍拿小碟子装生菜和各式各样的小点心，以及抹了甜酸豆橄榄酱的烤布里干酪。但他们不是我的父母。隔壁那栋整修过的房子就可以证明。后院停放着一艘船和一辆肿胀的休旅车。

就在招待会结束，我坐进巴顿家的家庭娱乐室看公羊队的橄榄球赛的当儿，外头刮起一阵强劲的秋风，吹干了街道，点亮了天空。我不禁想到《在斯万家那边》的最后一页：风“吹皱了大湖，吹起了层层涟漪，倒像是一个真正的湖泊”。大橡树帮助马塞尔“明白在现实之中去寻找记忆中的图景是何等的矛盾，后者的魅力得之于回忆，得之于没有通过感官的感受”。他的结论是：“我当年认识的现实今日已经不复存在。”[①]

这是我早在母亲去世前就已领略的教训。回家探视她时，我一再对房间的狭小和了无生气感到失望——记忆中，那些房间充满魔力，意义非凡。所以我想，现在我更没有理由去探索那栋房子里的过往了。如果母亲不会身穿家居服、捧着她从草坪里拔的马唐草或捡起的小树枝沿车道走上来，如果她不会从地下室抱着她一直在等雨停好晾在晾衣绳上的湿床单出现（她一向喜欢晾在外面的床单的味道），巴顿家窗外的景象就吸引不了我。当我看着橄榄球赛，听着贫弱的风，我相信我无法久视老宅的理由，是我已与它断绝关系：我不想在入内时感受那无可避免的虚无，不想情非得已怪罪一栋无辜的房子——既然它的意义已被掏空，为什么还要存在。

但演出必须继续！我左转进入韦伯斯特树林街的镜头就拍了四次，每一次拍完后葛瑞格都要我们停下，以便在他的屏幕上查看。我缓缓朝老宅开去的镜头则拍了更多次。其中一个工

①李恒基、徐继曾译本。

作人员通过对讲机建议我好奇地张望，仿佛我有一阵子没回来了。他们让克里斯坐在乘客座上重拍同样的场景，捕捉我穿过挡风玻璃的视线；然后克里斯把身体挤在门边，捕捉我仿佛有一阵子没回来，好奇张望的样子。

下午一点，我们把车停在我的旧家所在小山丘的山脚。新屋主已经沿着过去我在上面吃力地推着刈草机的斜坡筑了一堵挡土墙。墙是粉红色的——效果跟乐高的堡垒差不多——但或许他们有长期计划，让常春藤蔓生而后盖住它。

片刻后，我不得不别开头去。天色明亮，阳光灿烂，当地的树木依然翠绿。三个孩子正在唯一一间新房子外头嬉戏，那是个丑陋的灰泥盒子，从我住在这里时就开始盖了。葛瑞格正在请求孩子们的母亲准许他们入镜。我不认识那位母亲。以前我认识韦伯斯特树林街的每一个人，但现在我只认识巴顿夫妇了。

接下来半个小时，趁组员拍摄寻常美国小孩在寻常草地上玩耍的画面，我坐在巴顿家对街的三角形交通安全岛上，暴露在阳光下。我努力不去抓发痒的地方。我身后那棵年轻的橡树，是家人在父亲过世后种的。家父没交代身后要土葬或火化——他一辈子都不肯讨论这个问题——所以我们决定在这个安全岛上，在他刈了近三十年草、耙了近三十年树叶的地方种一棵树，把他的骨灰撒在树的周围，并竖起一小块大理石碑，刻上“纪念厄尔·弗兰岑”。我觉得这棵树会让葛瑞格感兴趣，而我不甚清楚自己为什么决定不告诉他这件事。当然，如果我是在保护我的隐私，那么我对摄影组员大肆关注别人的小孩感到恼火就有违常情了。

在葛瑞格跑回我车里拿了一份授权书让那个妈妈签名之后，我被要求沿街漫步，让克里斯在我背后隔几步拍摄。葛瑞格要我说几句话聊聊韦伯斯特树林街，于是我发表了简短的颂辞：我是怎么在这里快乐地长大的，对公立学校和公理教会教堂有多么浓厚的情感。

葛瑞格皱眉："更具体地描述这一带。"

"哦，很明显，这一带是城市的郊区。"

"说说住在这里的都是些什么样的人。"

我对目前住在这里的人的感觉是：他们不是以前住在这里的那些人，正因如此，我恨他们。我的感觉是，如果我不得不回来住在这条我曾经住得如此快乐的街道上，我会暴怒而亡。我的感觉是，这条街道，我对它的回忆，是属于我的：但显然，这两者都不归我所有，就连这次以我的名义拍摄的镜头也不属于我。

所以我对着镜头发表了简短的社会学演说，阐述这个地区如何变迁，住户如何扩张，新入住的家庭多么富裕。演说内容的真实性或许趋近于零。伊琳·巴顿已经走出她的家门，在前院跟我挥手。我回以挥手，像对陌生人一样。

"你确定我们不能在你家前面拍吗？"葛瑞格说，"就在前面而已，不进去？”

“真的很抱歉，”我说，“但我不想这么做。”然后，因为我不知道自己到底在保护什么，一阵歉意突然涌上心头：我太难搞了。我告诉葛瑞格我会给他一张冬天拍的房子的照片，屋顶还有积雪。“你可以放那张照片。”我说。

葛瑞格把头发甩到后面去。“你一定要给我们。”

“一定。”

但葛瑞格看起来仍对我很不满，所以我听到自己跟他提了那棵树的事。我向他说明原委，讲了故事，但效果不如预期。他似乎只是稍感兴趣地看着我带摄影团队回到安全岛，指出那块大理石碑。伊琳·巴顿还在她家院子里，但我现在看也不看她一眼了。

再接下来半小时，我们从很多角度和距离拍了我和那棵树，我慢慢朝树走去，沉思似的伫立树前，假装凝视树下的铭文。身体的痒让我想到《异形》中的那个场景：新孵出的异形从太空旅行者的胸口爆破而出。

显然我没有表现出感情。

“你抬头望着树，”葛瑞格指导，“回想你的父亲。”

我父亲死了，而我也感觉自己与死无异。我想起但又叫自己忘记，家母也有一些骨灰撒在这里。当克里斯推进和摇动镜头时，我主要在将橡树树枝的结构印在视网膜上，试着回想树在我们种下时的尺寸，试着推算它的年生长率；但一部分的我也在注视我。一部分的我在想象这场景将如何在电视上呈现：像伤感的音乐。表现情感是我身为作家的分内之事，而这棵树就是我的素材，现在我却成为毁灭它的帮凶。我知道我在毁灭它是因为葛瑞格对我蹙眉的样子，就像我蹙眉看着一支不好用的圆珠笔。肚子和背部奇痒无比反倒成了慰藉，让我难以专心面对无法公正对待父亲和他的树的羞愧。我多么希望没跟葛瑞格提起这棵树！但我怎么可以什么也不提？

作为奥普拉图书俱乐部的作者，我很失败，当团队和我正要结束最后一些散步镜头的拍摄，进入在韦伯斯特树林街的第三个小时，我让这次失败变得彻底。三个字像埋伏着的异形幼体般从我的胸口爆破而出。我说："这好假！"

出乎意料地，克里斯从他的目镜上抬起脸，精神抖擞地笑了笑，点点头。"你说得对！"他的声音洪亮，带着欢乐和某种近似愤怒的意味。"你说得对，就是假！"

脸色铁青的葛瑞格只是看了看表。光阴似箭，而这个作家真难搞。

我们从韦伯斯特树林街出发，穿过本县的西部地区前往交通博物馆，那是一条被美化的支线轨道，铁路公司送来了过时的运输工具，或许因为这个麻烦而得到了宽厚的税负减免。我对火车没有特别的迷恋，也从没去过那座博物馆，但交通博物馆在《纠正》中客串演出，而且小说的主人公之一是铁路工人，所以我的职责是站或走在铁路旁边，作沉思状。这事儿我做了一个小时。

当我得动身前往当晚要朗读和签名的书店时，我握了握葛瑞格的手，说希望有些画面能派上用场。从他的回话中流露出的沮丧，我看到了似曾相识的完美主义和多愁多虑，他的重拍相当于我的重写。

“我想我会找到办法让它们派上用场。”他说。

当我抵达时，布伦特伍德的博德斯书店人潮拥挤。出版社的宣传人员，名叫彼特·米勒的圣路易斯本地人已在现场，并为这场读书会带来了他的妹妹、他的女友和一瓶单一纯麦苏格兰威士忌，给我在巡回期间喝。在跟陌生人相处了一天后看到他，我觉得仿佛又回到亲人身边。不只是因为我已经和同一家小型出版社合作了十四年，或彼特和他的同事感觉更像朋友而非事业伙伴。而是彼特和他的女友都来自纽约，而纽约才是世上所有城市之中，让我觉得像我的成长之家的那座城市。我的父母后半生才有了我，而我小时候最典型的经验是在大人去上班或开派对时，自己玩自己的。我的纽约就是这样。

想家的我差点张臂环抱彼特。直到我朗读完，我与这另一个家，与这圣路易斯的完整关联才变得明确。排队等签名的人里面有数十张熟面孔——老同学、朋友的父母、父母的朋友、主日学校的老师、学校剧团里的其他演员、高中老师、父亲的同事、母亲的桥牌牌友、教堂信众、韦伯斯特树林街住得近和住得远的邻居。我家老宅的新屋主，我恨了一整天的那个男人也开车过来祝贺我，并交给我一件老房子的遗物：一只上面刻了家父名字的铜门环。我接过门环，跟他握手。我跟每一个人都握了手，也喝了彼特倒给我的威士忌。我吸收着这些对我一无所求的人的善意，他们只是过来打个招呼，或许拿本书让我签名，只为怀旧。

离开书店后，我直接前往机场。我预计要搭晚上最后一班飞往芝加哥的班机了，在芝加哥，第二天上午我要和艾丽丝为奥普拉的节目录九十分钟的访谈。那天早些时候，当我正竭尽所能为镜头摆出沉思状时，奥普拉已公开宣布她选了我的书，并以我如果有幸亲耳听到一定会脸红的话语称赞它。后来，我一个朋友告诉我，奥普拉说作者为这本书倾注了那么多，“脑汁一定绞尽了”。事实将证明这是出奇贴切的描述。从第二天晚上开始，在芝加哥，我将在签名队伍和采访中遇到两种类型的读者。一类会对我说：“我喜欢你的书，我觉得奥普拉选了它真棒。”另一类则会说：“我喜欢你的书，很遗憾它被奥普拉选中。”而因为我是一到得州就马上会学得州腔的那种人，对两种类型的读者我都将亲切地响应。跟崇拜奥普拉的人说话时，我将体验到感激和善意的光辉，认同电视为书籍拓展读者群是件美事。跟蔑视奥普拉的人说话时，我将体验到家父的橡树被搞成催泪弹时我感到的那种浑身的不自在，并将抱怨“图书俱乐部”这一标签。我将因此惹上麻烦。在俄勒冈的某个精疲力竭的时刻，我将把“高度现代性”和“艺术小说”混为一谈，并用“高度艺术性”来形容普鲁斯特、卡夫卡和福克纳对我写作的重要影响，倒为丹·奎尔[①]挣得意外的同情。这又将使我惹上麻烦。奥普拉将取消让我上她节目的邀请，因为我似乎“自相矛盾”。我将被怒不可遏的民粹主义者从东岸骂到西岸，被《纽约》杂志的一位匿名投稿人称作“混账东西”，被《新闻周刊》骂“自大狂”，被《波士顿全球报》骂“目中无人”，被《芝加哥论坛报》骂“被宠坏的、爱抱怨的小捣蛋鬼”。我将思考这些可能性，并在某种程度上相信，我就是这样的人。我将后悔，解释，抚慰，但收效甚微。我的疹子将像它们神秘地出现那般神秘地消失；而被撕裂的感觉只会加深。

但这些仍旧全是未来发生的事，当时我还在I-170公路上，快速向北而行，穿过照明不足的车道，肚子空空，头在威士忌的作用下而有点晕。那只铜门环令我心烦意乱。我把它留给彼特·米勒保管，因为我不想拥有它。（几个月后它会在我的编辑的桌上重新露面。）我不想保留那只门环，甚至不想看它，原因同我将视线从老宅那儿移开一样。不是因为那会提醒我现在那栋房子的意义有多么空洞，而是因为那栋房子或许终究并没有那么空洞。遥远的过去或许只活在我的脑海里，或许只是被我一无所成的现在嘲笑；但还有更近更痛的记忆是我丝毫未触碰

①丹·奎尔（1947－ ），1989年至1993年任美国副总统。年轻的奎尔在任期内始终受到“经验不足”的困扰，常在镜头前“出丑”，因此一直是媒体取笑的对象。

的：我努力抛下、留在那栋房子里的记忆。

比如，上回母亲住院时我在冰箱里发现，一只耐热硬玻璃小碟子里盛有罐头豌豆。从很久以前开始，在孩子们逃往东西两岸期间，母亲便安于一个人待在家里。我们邀她搬到东岸或西岸住，但那栋房子就是她的生命，是她仍然拥有的东西，对她而言，它与其说是孤独的所在，不如说是孤独的解药。但她在那里常孤零零一个人，而人在纽约的我，总是竭力不去想起这种孤单。一般来说我忘得相当不错，但当我在她上次动手术那天飞回来时，却在屋里发现了不可避免会唤起记忆的物品：一条浸在地下室一只水桶里的脏毛巾、她床边做了一半的填字游戏。住院前一个星期，母亲咽不下任何东西，等到我抵达时，她的冰箱里除了一些陈年的调味品和珍馐，几乎空空如也。架子最上层只剩下一夸脱的脱脂牛奶、一听顶上包了箔纸的绿豌豆罐头，以及，罐头旁边，盛了一撮豌豆的碟子。我中了这碟豌豆的伏击，几乎被摧毁。我被迫想象这样的情景：母亲独自在家，想吃一口什么，随便什么，一口豌豆，却发现自己吃不下去。平常节俭又乐观的她把罐子和碟子都放进冰箱，以防又有了胃口。

三个月后，我在那栋房子里的最后一天，我和我的一个哥哥一起做最后的修补，并把我的旧物装箱。那个星期，我们一天要忙十二到十四个小时，我一直疯狂打包，直到去开租来的货车的那一刻。除了给箱子贴标签和把东西装上货车的快感，我没有时间感受什么；紧接着，忽然，我该离开了。我去找哥哥道别，碰巧经过我以前的卧室，我不由自主地驻足走廊往里面瞧，这才猛然想到，我永远不会再看到这个房间了；一阵悲伤淹没了我。我跑下楼，大口喘着气，眼前一片迷蒙。我张臂抱了一下哥哥，拔腿就跑，一路狂奔着离开那栋房子，跳上货车，冲下车道，匆忙开上公路时扯断了一根树枝。我想那时我已下定决心。我想那个下午我已对自己默许下承诺，如果我今天回到那栋房子里就会打破的承诺：那是我最后一次离开，我永远也不要再被迫离开一次。

承诺，承诺。我加速往机场赶去。

二〇〇一年

二〇〇一年元月就职日

上上星期六，因为没有更好的邀约，你可能五点半就起床了，把丝绸领带和开司米羊绒外套留在衣橱里，穿上你破烂的红翼队球衣和好几层旧羊毛衫，搭出租车到一百二十五号街的哈莱姆州政府大楼。二十位年轻的社会学家、一群同行的福特汉姆大学学生，以及两个在愚人村酒吧喝了个通宵的迷路的巴纳德学院大四学生，正在那里等待开往华盛顿的交通车。

等到交通车姗姗来迟，才知道那原来是两辆年代久远的黄色校车。此次活动系由国际社会学家组织哈莱姆分处的大卫·施茂奇负责。他长得很像胡子刮干净的肯尼斯·布拉纳夫[1]，这天穿着防水靴、尼龙风雪大衣，戴了一顶显得憨傻的绒线帽。他

①肯尼斯·布拉纳夫（1960－），北爱尔兰演员、导演，以将莎士比亚戏剧引入主流电影著称，29岁时自导自演的电影《亨利五世》曾荣获奥斯卡多项提名。

自掏腰包，花了一千五百美元租这两辆巴士，而他卖出的车票所得离一千五百美元还很远。他说，有一批支持者在得知巴士没有洗手间后退出了。你或许会对这个事由嗤之以鼻，嘲讽其资产阶级式的娇惯做作，但在你乘坐的本来就行进缓慢，又因雨和浓雾而行进得更缓慢的校车，在新泽西收费公路上的每个服务区都停车放人小解之后——而且每一次停车都膨胀成抽根烟的休息、扩张为吃点心的机会——你也许会希望自己搭的是设备齐全的大客车。

但话说回来，你坐在温暖、干燥的巴士里阅读《社会主义劳工报》的时间愈多，站在最高法院后面斯坦顿广场的泥泞里的时间就愈少。斯坦顿广场能躲雨的地方只有弥漫着麻醉药气味的流动厕所，再有就是盖着塑料布的露台，为艾尔·夏普顿牧师热身的演讲人正从那儿向四五千名湿漉漉的非共和党人汇聚而成的海中钓取欢呼。可以想象天气恶劣，雨可能下得更大。如果你幸运地上了龟速巴士，很晚才抵达，那么到夏普顿接管麦克风，用他简洁而有力的谴责鼓动你，让你不由自主激昂起来的时候，你可能只有小指冻僵了。在雨中，与凋落的海报（“向贼致敬[①]！”和“人民说话了——五个人都说了”）和布莱希特[②]款眼镜满是雨点的镜片为伴，你甚至可能对夏普顿较为粗鄙的抨击产生好感——

①美国总统的官方进行曲为《向统帅致敬》（*Hail to the Chief*），常见于有总统出席的各种场合，此处“向贼致敬”（Hail to the Thief）是一种巧妙戏仿。

②贝尔托·布莱希特（1898－1956），德国剧作家、诗人，代表作有《四川好人》《三毛钱歌剧》等。

例如他要求杜比亚“处理杰西，别只顾跟他厮混”[①]，或刻意结巴地说出“克拉伦斯·T——汤姆——托马斯”[②]。

群众都面露微笑，同时排成纵队，徐徐沿马里兰大道前进，要去包围最高法院。你要是在那里，可能会被人群不间断的呼喊所鼓动：

> 种族主义，性别歧视，反同性恋，
> 乔治·布什，滚蛋！

以及

> 嘿，杜比亚，你说什么——
> 你今天偷到几张选票？

就算你其实不觉得乔治·布什冥顽不灵，也不相信他那天偷了选票。或许，很久以前，你也曾在高中的赛前动员会上有类似的分裂感。或许，尽管这群人的啦啦队队长们梳雷鬼辫，穿皮裤，戴了一堆显得累赘的纽扣（一串串清楚表现意识形态的念珠似的东西），而不是穿字母运动衫和百褶裙，你仍会再一次觉得自

---

①杜比亚指美国总统小乔治·W. 布什，“杜比亚”为 W 的谐音（仿得州口音）；杰西指参议院外交关系委员会主席、共和党籍保守派的杰西·赫姆斯。

②指最高法院大法官克拉伦斯·托马斯，为保守派人士，曾于 1991 年大法官任命国会听证会上被昔日助理指控性骚扰。

己既兴奋又厌恶。但当环绕最高法院的人行道挤满浑身湿透的抗议群众，呼喊也转变成康加舞曲节奏的

这是民主－的－表现

那是伪善－的－面目

每喊到“那”，数百只湿淋淋的手便指向法院，你对“这”一句流露的沾沾自喜感到恼怒，但当听到“那”一句突然的、排山倒海般的愤慨，看到若隐若现、沉默、幽暗的大理石法院，躲在一排戴着镇暴头盔的条子后头无动于衷，你之前的恼怒或许会被一扫而光。你或许会庆幸自己来到这里。

但紧接着，随着队伍迈步向前，当你绕着法院的东南隅而行，你或许会有那种“看到自己在看自己”的十分怪异的体验。在二号街另一侧的佛罗里达之家，在悬挂爱国旗帜的高窗后面，男男女女正等待派对开始。他们穿着你留在家里的西装和鞋子，吃着你前一星期几乎每晚都在餐馆吃的食物，喝着你忽然好想喝的八十度烈酒，以夹杂好奇、恐惧和满足的神情向外凝视着你身在其中的湿淋淋的游行队伍——你至少是其中活跃的一员，虽然可能只是一小会儿，可你也并非完全不情愿。

回程花了七个小时。年轻的社会学家们——一名威瑞森电信公司的装机员、一个曾是布朗大学足球明星的酒保、一位新手教师——比较彼此的手机，读马克思摘要（“省得花两年时

间读全三册《资本论》”)，无异议地称赞《老友记》，在对《战士公主西娜》的评价上则严格按照同 / 异性恋的分野产生分歧。能在天色已晚、行程延迟数小时后登上巴士，和一群志同道合的人在一起，是人间少有的乐事。但最后，不可避免地，你被抛回了这座城市。雨在地面结冰，雪掩盖雪泥。只要你还在等着搭地铁回家，你或许仍是你自己的一种变体，从巴士出来的变体，较为年轻、红润的变体。但然后，你剥去一层层保暖的、仍然湿答答的穿了一整天的戏服，你看到衣橱里挂着完全不一样的戏服；而在淋浴间，你一丝不挂，独自一人。

二〇〇一年

图书在版编目（CIP）数据

如何独处 /（美）乔纳森·弗兰岑著；洪世民译
．—— 2 版．—— 海口：南海出版公司，2021.7
ISBN 978-7-5442-9931-2

Ⅰ．①如… Ⅱ．①乔… ②洪… Ⅲ．①随笔—作品集
—美国—现代 Ⅳ．① I712.65

中国版本图书馆 CIP 数据核字（2020）第 079979 号

著作权合同登记号 图字：30-2012-010

如何独处
〔美〕乔纳森·弗兰岑 著
洪世民 译

出　　版　南海出版公司　(0898)66568511
　　　　　海口市海秀中路 51 号星华大厦五楼　邮编 570206
发　　行　新经典发行有限公司
　　　　　电话 (010)68423599　邮箱 editor@readinglife.com
经　　销　新华书店

责任编辑　黄宁群
特邀编辑　李茗抒　白　雪
装帧设计　李照祥
内文制作　杨兴艳

印　　刷　北京盛通印刷股份有限公司
开　　本　880 毫米 ×1230 毫米　1/32
印　　张　11.25
字　　数　221 千
版　　次　2021 年 7 月第 2 版
印　　次　2021 年 7 月第 1 次印刷
书　　号　ISBN 978-7-5442-9931-2
定　　价　59.00 元